Annwyl Ddarllenydd,

Mae'r stori hon yn stori hirfaith,
wedi'i phlannu mewn plentyndod,
yn canfod ffurf ac adenydd mewn geiriau.
Pan ddaw cwymp y cysgodion rwyt ti yno'n gefn,
dyna eiriau Omid.
Dwi'n cefnogi'i neges o hefyd.

Mae hon yn stori fydd yn gefn i ti.
Mae'n aros gyda ti –
y sawl sy'n rhodio'r ddaear dyner hon –
yn chwilio'r goleuni.

Mae hi'n goeden o stori am oroesiad,
â'i gwreiddiau'n lledu drwy'r byd,
boncyff cryf, eang,
yn cynnal canghennau
i bawb gysgodi oddi tanynt,
yn deulu, cyfeillgarwch, cymuned, cariad.

Mae'r stori hon yn dy ddwylo di
i'w chael ac i'w dal.
Ynddi fe weli ysgrifbin
a siarcol yn troi'r pridd llosg yn gelfyddyd.
Cymer y stori a theimlo'i grym –
rŵan ydy dy amser i hedfan.

Sita Brahmachari

Mae *Cwymp y Cysgodion* yn cynnwys peth deunydd a all beri gofid i rai darllenwyr ac yn ymwneud â phynciau megis colli plentyn, hiliaeth, caethiwed, iselder, hunanladdiad a thrais gangiau.

Y fersiwn Saesneg

Cyhoeddwyd yn gyntaf yn 2021 gan Stripes Publishing Limited, argraffnod Little Tiger Group, 1 Coda Studios, 189 Muster Road, Llundain SW6 6AW

Hawlfraint y testun © Sita Brahmachari, 2021
Hawlfraint yr arlunwaith © Natalie Sirett, 2021

Argraffiad gwreiddiol wedi'i gyhoeddi yn y Saesneg dan y teitl *When Shadows Fall*

Y fersiwn Gymraeg

Cyhoeddwyd yn Gymraeg gan Atebol Cyfyngedig, Adeiladau'r Fagwyr, Llanfihangel Genau'r Glyn, Aberystwyth, Ceredigion SY24 5AQ

Addasiad gan Tudur Dylan Jones
Dyluniwyd gan Owain Hammonds
Golygwyd gan Gyngor Llyfrau Cymru

Cyhoeddir y fersiwn Gymraeg drwy drefniant â Stripes Publishing Limited

Hawlfraint © Atebol Cyfyngedig 2023
Cedwir pob hawl

Cedwir pob hawl. Ni chaniateir atgynhyrchu unrhyw ran o'r cyhoeddiad hwn na'i drosglwyddo ar unrhyw ffurf neu drwy unrhyw fodd, electronig neu fecanyddol, gan gynnwys llungopïo, recordio neu drwy gyfrwng unrhyw system storio ac adfer, heb ganiatâd ysgrifenedig y cyhoeddwr.

ISBN: 978-1-80106-344-9

Cyhoeddwyd gyda chymorth ariannol Cyngor Llyfrau Cymru

atebol.com

CWYMP y CYSGODION

SITA BRAHMACHARI
DARLUNIAU GAN NATALIE SIRETT
ADDASIAD TUDUR DYLAN JONES

Rhagair

Fe ddyweda i wrthyt ti beth na fydd hon. Nid stori-creu-dagrau fydd hi. Ni fydd yn drasiedi erchyll, er bod elfennau o hynny ynddi, yn bendant. Dydy hi ddim yn un o'r straeon hynny lle rwyt ti'n fy ngwylio i'n cwympo ac yn cwympo ac yn cwympo, er 'mod i'n gwneud hynny.

Be alla i ei ddweud? Dwi yma heddiw, on'd ydw i?

Mae'n debyg mai fy mhwynt wrth ysgrifennu'r stori ydy bod rhywun, rywsut, yng nghanol yr holl lanast, yn gallu defnyddio'r hyn a ddigwyddodd i fi ac i ni. Wyt ti'n sylwi sut dwi ddim yn dweud y llanast wnes *i* neu *ni* neu *fo* neu *hi*? Y llanast *a ddigwyddodd* ddywedais i. Er, doedd dim byd yn teimlo'n oddefol amdano.

Gyda phwy uffern dwi'n siarad? Ddim y cigfrain. Maen nhw wedi hedfan o'r byd hwn, er 'mod i'n dal i chwilio am Bwa. Rhaid i fi anghofio amdani.

Dwi wedi ysgrifennu hwn er fy mwyn i.

Kai.

Fi.

Mae'n haf rŵan, er iddi deimlo fel gaeaf tragwyddol ar un adeg. Os wyt ti byth yn cael dy sugno i Dir y Cysgodion, cofia: waeth pa mor llwm yw hi, mae tymhorau bob amser yn newid.

Felly dyma fi, yn eistedd ar ein Gwyrddlas Fryn, yn ysgrifennu hwn …

Draw, draw ymhell mae gwyrddlas fryn

Mae'n rhyfedd sut rwyt ti'n meddwl dy fod di'n ysgrifennu, yna mae llinellau o ganeuon yn peltio dy galon ac yn ysgrifennu oddi mewn i ti.

Draw, draw ymhell
mae gwyrddlas fryn
tu faes i fur y dref

Mi wnes i ganu'r emyn yma unwaith gyda Dad, yn sefyll y tu allan i Eglwys Gadeiriol Sant Paul, yn gwrando ar y côr yn ymarfer. Roedd Dad yn rhygnu ymlaen am ddod â fi yn ôl yno i ganu un diwrnod. Beth ddywedodd o? "Mae gan bawb yr hawl i godi eu llais a'i glywed yn atseinio o amgylch lle mor anhygoel ag Eglwys Sant Paul."

Mae'n dal i roi ias i fi pan glywaf ein cân, y Gwyrddlas Fryn, a hynny, mae'n debyg, gan mai dyma'r dôn gyntaf iddo chwarae ar ei sacs pan ddes i'n ôl. Mae bob amser yn rhoi gwefr i fi – mae'n hawdd rhagweld y ffordd mae'r gân yn adeiladu, ond wedyn mae'n sleifio'n llechwraidd ac yn cyffwrdd y galon gyda'r nodau lleddf … Mae'n fy llorio bob tro.

Dyma beth hoffwn i fod wedi gallu'i ddweud wrtha i fy hun pan o'n i'n cerdded trwy'r cachu – fel y cyfweliadau hynny lle mae pobl yn dweud yr hyn y bydden nhw wedi'i ddweud wrthyn nhw eu hunain yn eu harddegau. Alla i ddim credu 'mod i'n dal i fod yn fy arddegau. Bachgen rhy fawr yn aros am flwyddyn arall yn y chweched dosbarth tra bod fy ffrindiau i gyd yn hedfan i ffwrdd. Beth bynnag, siapia hi, Kai, fel y dywed Orla. Ymlaen mae Canaan.

Wel, pe gallwn i siarad â fi, fel yr o'n i bryd hynny, byddwn yn dweud wrtha i fy hun i gofio bod y Gwyrddlas Fryn bob amser wedi aros amdanon ni. I edrych i lawr ar y gorffennol a gweld ein hunain yn y pyllau o olau, yn disgleirio fel adenydd cigfrain ar ôl y glaw.

Dydy hyn ddim hyd yn oed yn swnio'n debyg i fi! Pam mae hi mor anodd darllen dy eiriau dy hun? Fel cerdded y stryd yn hollol noeth, pob rhan ohonot ti allan yn y golwg, yn agored, er mai fi ydy'r unig un sy'n eu darllen, am y tro beth bynnag. Dwi'n troi'r tudalennau lle ceisiais ysgrifennu rhyw fath o ddiweddglo i'r hyn a ddigwyddodd – wedi'i rwygo neu wedi'i sgrwbio'n lân achos bod popeth a ysgrifennais yn teimlo mor gloff ... Efallai mai dyna beth fu holl bwrpas yr ysgrifennu hwn – dechrau yn y diwedd gyda llawer o help gan fy ffrindiau, dod o hyd i fy ffordd 'nôl, dim i fywyd normal ... ond 'nôl.

Ar ein balconi tu ôl i fi mae Dad yn chwarae ei sacs eto. Rhywbeth mae'n ei gyfansoddi. Mae fy ffrindiau i'n dathlu pasio eu harholiadau

Safon Uwch a dwi yma ar fryncyn ein Gwyrdd-diroedd ger coeden Swla, yn aros amdanyn nhw. Pa mor hir mae'n ei gymryd i nôl ychydig o ganlyniadau? Daw'r ateb i mi gan fy mwrw yn fy wyneb … Yn fy achos i – waeth pa mor gyflym dwi wedi trio gwneud y gwaith – blwyddyn arall.

Mae edrychiad yn twyllo. Dwi wedi gweld yr olygfa hon o'r blaen; mae'n hen hanes. Mae'n edrych yr un peth yn unrhyw le yn y byd. Brodyr a chwiorydd ar fin torri'n rhydd. O'r man lle dwi'n eistedd rŵan mae'r cyfan yn ymwneud â bachgen deunaw oed a'i ffrindiau, yn paratoi i adael y cilcyn o ddaear maen nhw wedi'i wneud yn gartref, a hedfan i wahanol gyfeiriadau.

Does dim byd chwedlonol am y foment hon. Ond hyd yn hyn, petaet ti wedi dweud wrtha i y byddwn i hyd yn oed yn hanner meddwl am eistedd yma, darllen dros fy stori, aros am fy ffrindiau, gan feddwl, yr amser yma y flwyddyn nesaf y bydda i lawr yno, yn cerdded drwy reilins uchel Ysgol Ravenscroft gyda fy nghanlyniadau fy hun, byddwn wedi dweud, "Rwyt ti'n breuddwydio!"

Maen nhw'n cymryd hydoedd.

Dwi'n rhedeg fy nwylo dros wyneb meddal fy llyfr nodiadau i, y llyfr dwi wedi'i stwffio'n llawn o'n barn ni am yr hyn oedd wedi digwydd, dim byd wedi'i adael allan. Yr holl gachu oedd wedi digwydd i ni. Mae'r llyfr nodiadau yma, anrheg pen-blwydd cynnar Orla i fi … a'i llais, yn fy nwyn i'n ôl. Gallwn i nabod ei llais mewn unrhyw dorf.

Dyma hi'n dod, yn arwain y ffordd, gydag Om a Zak yn llusgo tu ôl iddi, heibio'r tir gwastad lle roedd ein Bwth yn arfer bod, heibio'r hen reilins metel sy'n arwain allan o Ysgol Ravenscroft, y lle maen nhw'n ei adael rŵan am byth.

Orla ... Or-laaaaaa, Or-liiiii ... Dwi bob amser eisiau canu ei henw fel dau nodyn cyntaf mewn cân serch. Hen arferion.

Zak, fy ffrind gorau cyntaf, a gymerodd y cyfan y taflais i ato a gwrthod cefnu arna i.

Ac wrth eu hochr mae Om yn cerdded. Fy ffrind mwyaf newydd a f'enaid hoff cytûn hynaf. Mae'n teimlo fel 'mod i wedi'i adnabod erioed, fel petaen ni'n nabod ein gilydd mewn bywyd arall neu rywbeth.

Wrth eu gwylio nhw'n ymlwybro i fyny Gwyrddlas Fryn ein plentyndod, dwi ddim yn meddwl i fi erioed ddeall yn iawn yr hyn roedd Om yn trio'i egluro, sef pam y bu farw ei deulu yn amddiffyn adeiladau hynafol Aleppo yn hytrach na rhedeg am eu bywydau. Ond, pan dwi'n meddwl am sut rydyn ni'n dal i frwydro i ddal ein gafael ar y triongl hwn o goed y Gwyrdd-diroedd a'n darn bach ni o'r Rec, efallai 'mod i'n dechrau deall. Dydy achub lle ddim yn golygu'r tir yn unig – mae'n golygu ein hachub ni hefyd, ein hatgofion am gartref ... rhaid i fi roi'r gorau i deimlo'n hunandosturiol ac aros i ymladd dros ein Gwyrdd-diroedd ni, dros bob un ohonon ni. Fel roedd teulu Om yn gwarchod eu cartref. Beth ydy'r holl ffws? Dwi'n ddiogel. Does dim bomiau'n cwympo ar fy mhen i.

Siapia hi, Kai ... mae Orla yn iawn. Mae'n bryd i fi wneud. Mynd amdani a dal i ymladd. Mae hyn yn rhywbeth gwerth ei warchod.

"Fe wnaethon ni'n dda." Mae lleisiau fy ffrindiau yn dod â fi'n ôl at fy nghoed wrth iddyn nhw eistedd wrth fy ymyl i. Mae'n rhaid eu bod nhw wedi ymarfer ar gyfer y funud hon, fel ro'n i'n gwybod y bydden nhw. Peidio â gwneud môr a mynydd o ddiwrnod y canlyniadau.

Mae Zak yn rhoi amlen i fi. "Dwedodd Mam wrtha i am roi hwn i ti."

"Beth ydy o, gwobr gysur?" Dwi'n brathu ond mae Orla yn fy mhwnio yn fy nghefn.

"Ddwedodd hi ddim beth oedd o, dim ond dweud wrtha i am wneud yn siŵr dy fod di'n ei gael o." mwmiodd Zak.

"Diolch." Efallai un diwrnod y byddwn yn cael gwared ar y teimlad chwithig sy'n mynnu dod rhyngon ni. Rhoddais yr amlen yn fy mhoced.

Mae portffolio Om wedi'i guddio o dan ei fraich ac mae'n ei wthio ata i. "Gwranda! Dwi wedi pacio lluniau fy arddangosfa i. I ti mae hwn."

Dwi'n ysgwyd fy mhen. "Na, Om. Mae'n ormod. Alla i ddim cymryd hwn."

Ond mae'n gafael yn fy wyneb ac yn ei ddal yn ei ddwylo, fel y mae ei fodryb yn ei wneud iddo fo weithiau. "Paid â dadlau. Fy anrheg i ydy o."

Mae Orla yn galw'n ysgafn ar ei ôl. "Fe ddwedon ni am gadw pethau'n ysgafn, Om!"

Dwi eisiau dweud rhywbeth ond mae yna ormod o hanes a geiriau rhyngon ni. Wn i ddim beth sy'n dod drosta i ond dwi'n edrych ar Zak ac yn ei reslo i'r llawr fel yr oedden ni'n arfer gwneud yn blant. Dim ond chwarae ymladd, o leiaf ni alla i *deimlo* unrhyw ddicter ar ôl ynon ni wrth i ni rowlio i lawr ein Gwyrddlas Fryn.

Rydyn ni'n gorwedd ar y glaswellt rŵan, yn syllu ar y cymylau fel roedden ni'n arfer gwneud. Mae Om yn cymryd ei ffôn o'i boced, gan fynnu hunlun grŵp. Mae ganddo obsesiwn. Mae fel petai'n meddwl y bydd yn colli popeth os na chaiff ei recordio. Dwi'n deall hynny. Bu bron iddo yntau hefyd.

"Wyt ti'n siŵr dy fod eisiau rhoi'r holl luniau hyn i fi, Om? Os byddi di'n newid dy feddwl …"

"Dim o gwbwl." Mae'n eu chwifio i ffwrdd fel petai'n ddim byd. "Zak, Orla … Ewch i'r llun! Agos, yn agosach," mae'n gorchymyn.

Rydyn ni i gyd wedi'n gwasgu gyda'n gilydd, prin yn ffitio i'r ffrâm. Dyma ni, wedi ein dal mewn amser am byth. Ymgasglodd Orla, Om a Zak o amgylch coeden Swla. Yn y foment hon dim ond chwerthin sydd. Ond os edrychi di'n agosach ac agosach trwy'r pelydrau o olau, tybed a weli di eneidiau enfys yr adenydd duon?

Dydy Om ddim yn hapus gyda'r llun ac rydyn ni i gyd yn gwybod na fydd o'n gadael i ni fynd nes y bydd o.

O'r diwedd.

"Dyma'r siot iawn! Edrych i'r dyfodol," cyhoeddodd Om, gan ddangos i ni'r llun ohonon ni ein hunain yn syllu tua'r heulwen, ein cyrff yn taflu cysgodion hir …

Yna mae mam Orla a modryb Om yn galw o'u balconïau, yn awyddus i ddathlu eu canlyniadau.

Ac wrth iddyn nhw ddiflannu, fesul un, maen nhw'n fy ngadael ar fy mhen fy hun.

Dwi'n codi'r llyfr nodiadau, gan droi at y dechrau eto, ond yn sylweddoli bod rhywbeth ar goll ... I bwy mae'r llyfr? Pwy a ŵyr pryd bydd y clwyfau yn gwella digon i adael i fy ffrindiau ddarllen y cyfan, neu a fyddan nhw'n gwneud? Y gwir ydy 'mod i yn ei chael hi'n anodd fy hun i'w ddarllen i gyd, ond os ydyn nhw byth yn gwneud hynny, y peth lleiaf y galla i ei wneud ydy ysgrifennu rhyw air bach iddyn nhw ar y dechrau. Petawn i ond yn gallu dod o hyd i eiriau digon cryf, digon ffyddlon, digon caredig, digon dewr i ddweud yr hyn mae fy ffrindiau wedi'i wneud i fi. Dwi'n troi'r tudalennau ac yn dod o hyd i'r man i ailddechrau darllen.

Gweld ein hunain yn y pyllau o olau, yn disgleirio fel adenydd cigfrain ar ôl glaw ...

Dyna sut deimlad yw mynd ymhell bell yn ôl i'r amser pan oedden ni'n blant. Fel cerdded mewn pyllau o olau.

Act 1

Y Llais Di-dor

Kai

Pan oeddwn yn blentyn
roedd Dad bob amser yn nyddu caneuon,
yn canu am enfys a'r hyn sydd ar ei diwedd.
Wyddwn i ddim ai stori dylwyth teg, ai chwedl oedd hi …
neu beth bynnag.
Yr adeg pan oeddwn i'n meddwl y gallai fy rhieni fy achub,
fy hedfan i leoedd euraidd,
fy nal,
peidio byth â gadael i fi gwympo.

Amser maith yn ôl rwyt ti'n meddwl eu bod nhw'n gwybod
beth maen nhw'n ei wneud.
Yna daw'r adeg i ti weld eu bod nhw'n gallu cwympo hefyd,
felly mae'n rhaid i ti ddilyn rheolau newydd.
Efallai y gelli di ac efallai na elli di
neu
efallai dy fod, yn lle eu dilyn, yn eu torri.

Yna rwyt ti yn llygad y storm,
yn hedfan o fewn chwedl
lle gall unrhyw beth ddigwydd
a'r tro hwn does dim troi'n ôl,

rwyt ti yn ei chanol hi cyn i ti allu troi.
Does neb i'th rybuddio bod y ffin wedi'i gwau
mor gain â gwe pry cop.

Mae'n ddrwg gen i, ffrindiau.
Cyn pen dim roeddech chi'n rhan o'r cawl
ond dyma'r we rydyn ni wedi'i gwau gyda'n gilydd.
Mae wedi'i chlymu, ei rhwygo,
ei harteithio hyd yn oed,
ac ni allwn ac ni ddylwn fyth
fod wedi dweud y stori
ar fy mhen fy hun.
Ac er y dylwn wybod beth rwyt ti wedi'i ysgrifennu,
pa synnwyr rwyt ti wedi'i wneud o bopeth a ddigwyddodd,
dwi hefyd yn ei ofni.
Pe bai hyn yn gerddoriaeth
byddai'n fwy o 'improv jazz' gwyllt Dad
na'r caneuon dwi'n eu gwybod
lle galla i ddarlunio lle bydd fy llais yn glanio
mewn nodau glân, clir fel
'Rhywle, Draw Dros yr Enfys'.

Amser torri trwodd
os ydw i byth yn mynd i wneud yr hyn dwi wedi'i addo i fi fy hun,
a helpu plant eraill sy'n glynu wrth y wifren uchel
i ddeall eu hunain,
i godi eu hunain.

*Neu'n well fyth,
i fi eu dal cyn iddyn nhw gael eu gwthio,
neidio,
cwympo ...
Ro'n i'n gwybod erioed mai dyma'r unig ffordd.
Gwau'r cyfan at ei gilydd.*

*Ond rŵan bod fy rhan i wedi gorffen
mae gwacter rhyfedd yr arferai gwaith
a breuddwydion Orla ei lenwi,
mae ofn yn ymlusgo i mewn.
O, na allwn i fod
yn symud ymlaen fel pawb arall.*

*Ai dyma un arall o'r hyn mae Dad yn ei alw'n
"eiliadau-creu-cymeriad"?
Faint o'r rhain mae pobl yn eu cael yn eu hoes –
daeargrynfeydd, stormydd, corwyntoedd?
Faint gallwch chi eu cymryd?*

*Dwi'n meddwl 'mod i'n sôn am
eiliadau enfawr trawsnewid,
metamorffosis, beth bynnag ...*

*Mae wedi bod yn iawn ysgrifennu hwn,
gwybod y byddai fy ffrindiau yn helpu i roi'r hyn na allaf ei roi at ei gilydd,
ond pan fyddan nhw wedi hedfan*

mi gaf lawer mwy o adegau fel hyn,
yn eistedd yma ar fy mhen fy hun.
Yna beth?
Dwi wedi gwneud yr holl feddwl am bwy oedd yma gyda fi,
er fy mwyn i.
Nid y rhai oedd yn gorfod bod,
neu ddylai fod wedi bod, fel teulu,
ond y bobl a ddewisais
neu'r rhai a'm dewisodd i.
Pa ffordd bynnag,
er gwell neu er gwaeth,
mae'n ysgrifenedig.

Llyfr nodiadau mewn llaw,
yn eistedd ar y Gwyrddlas Fryn hwn,
yn aros i'm ffrindiau lenwi'r gwagleoedd.

Efallai, pan fyddaf wedi darllen yr hyn sydd gan bob un i'w ddweud,
yna byddaf yn dod o hyd i ffordd i'w dorri a'i ludo.
Gwneud llyfr go iawn i fi fy hun.
Rhyw fath o stori ryfedd a fyddai
wedi'i hysgrifennu gan bobl a chigfrain,
a gododd ac a bigodd y darnau bryd bynnag y collais fy ffordd.
Achos dyna beth mae ffrindiau yn ei wneud.
Ffrindiau ... mwy na
ffrindiau,
sydd yn gefn i ti

waeth faint o boen rwyt ti ynddo
neu faint o boen rwyt ti wedi'i roi iddyn nhw,
ffrindiau sy'n dy ddal fel nad wyt ti'n cwympo,
onid ydy hynny'n wir?

Pan nad oeddwn yn gallu gwneud unrhyw synnwyr o ble roeddwn i
neu hyd yn oed pwy oeddwn i,
roedden nhw yno.

Roedden nhw'n byw trwy'r amseroedd pan lithrodd fy ngeiriau i ffwrdd.

>
> *Orla*
>
>   *Zak*
>
>   *Om*
>
>   *Glaw*
>
>   *Bwa*

mae gan bob un groen,
neu blu,
yn y gêm.

Nid fy stori i yn unig oedd hon i'w hadrodd.
Dyna'r peth
sydd bob amser yn mynd yn groes i'r celwydd
neu'r fi – yr hunan,
y 'fi' a'r 'fy'.

Mae gen i'r teimlad rhyfedd o gael fy nyrchafu ohonof i fy hun ... fel petawn i'n dweud stori rhywun arall. Dwi'n syllu i fyny trwy ganopi coed y Gwyrdd-diroedd, yn dal i chwilio am fy nghigfrain. Efallai mai dyna'r ffordd i ddarllen hwn ... Dychmyga mai fi ydy'r un sy'n hedfan uwchben, yn edrych i lawr ar bwy roedden ni.
Yr atgofion cynharaf ydy'r hawsaf.

Ochenaid ddofn.
Hedfana, Kai,
hedfana.
Hedfana yn ôl ...

Yn ôl i galeidosgop o ddotiau swnllyd, chwyrlïol yn sgrialu o amgylch y maes chwarae. Na ... dwi heb hedfan yn ôl yn ddigon pell.

Faint ydy fy oed? Tair neu bedair efallai? Yr haf cyn i fi ddechrau ysgol. Mae gen i offer torri i mi fy hun, rhai bychain a di-fin. Mae Dad wedi fy ngwisgo mewn oferôls melyn llachar, menig garddio trwchus, esgidiau glaw a gogls nofio. Mae o'n gwisgo oferôls hefyd, ond rhai glas tywyll. Dwi'n hoffi ein bod ni'n debyg. Mae fy nhad ifanc, golygus, ei wyneb heb rychau a'i wallt yn hir, yn sefyll o fy mlaen i, yn dal ei offer torri miniog yn yr awyr. Fy nhad – y rhyfelwr anorchfygol.

"'Da'n ni'n ddynion arfog yn erbyn y drain! Gwarcheidwaid y Gwyrdd-diroedd." Dwi'n cau fy llygaid rhag poen chwerthin Dad. Ei chwerthiniad dwfn, cryf, mor isel a sicr. Mae fy llais bachgennaidd bach i mor felys a di-dor, yn dod ata i'n finiog ac yn glir.

Dyma'r teimlad ddaw i fi. Bod fy nhad yn ddigon cryf i ysgwyd y ddaear rydyn ni'n sefyll arni.

Ar hyn o bryd dwi'n caru fy nhad gymaint nes ei fod yn brifo. Eiliadau cyn i'r byd ruthro i mewn. Cyn ysgol ac ymhell bell cyn plannu coeden Swla. Dyma haf y straeon a'r caneuon, haf o dorri llwybrau newydd ymhellach bob dydd i'r llwybr serth, llawn mieri sy'n arwain i lawr y Gwyrddlas Fryn o'n fflat ni.

Dyma'r haf mae Mam yn sefyll ei harholiadau i fod yn nyrs a dim ond fi a Dad, yn wyllt ac yn hapus, yn byrlymu canu ac adeiladu ein ffau.

A! Ac maen nhw yno hefyd, y cigfrain, yn ddienw yr adeg honno. Yn crawcian trwy fy meddwl.

Dwi'n colli Bwa cymaint ar hyn o bryd.
Arhosa yma, Kai.

Mae gen i ofn yr adar â'u hadenydd du wrth iddyn nhw setlo o'n cwmpas, ond dydy Dad ddim. Mae'n dweud "Prynhawn da!" yn llawn hwyl. "Wyt ti'n meddwl eu bod nhw'n edrych ychydig fel fi yn fy siwt dywyll?"

Dwi'n ysgwyd fy mhen, gan gilio'n ôl. Dwi'n ofni'r creaduriaid aflafar hyn, fydda i ddim yn crwydro'n rhy agos atyn nhw, a ddim fi ydy'r unig un. Mae Mam bob amser yn chwifio'i dwylo atyn nhw fel petai hi'n ofnus, eisiau iddyn nhw fynd. Dim ots faint o weithiau mae Dad yn chwerthin ac yn dweud eu bod nhw'n ddiniwed, dwi'n rhedeg i ffwrdd, gan neidio i ddiogelwch ei freichiau. A phob tro mae'n canu'r un gân wirion.

Paid ag ofni'r cigfrain, Kai.
Edrycha i'r disgleirdeb yn eu llygad.
Edrycha sut mae'r golau'n pefrio ar eu plu,
gan beintio enfys ar adenydd eboni.
Edrycha i'r disgleirdeb yn eu llygad,
Kai.
Edrycha i'r disgleirdeb yn eu llygad.

Bob dydd mae Dad yn dweud hanesion am y cigfrain wrtha i, ac yn raddol mae fy ofnau'n cilio. "Mae'r darn hwn o'r coetir anial rydyn ni'n ei glirio yn perthyn gymaint i'r cigfrain hyn ag i ni, Kai bach!"

Wrth guddio yn ein ffau o bren, mae Dad yn dweud straeon am sut mae cigfrain wedi nythu yma ers dechrau amser. "Os ydyn ni'n mynd i rannu'r gwylltir hwn, os wyt ti ryw ddydd yn mynd i gerdded trwy giatiau uchel Ysgol 'fawr' Ravenscroft, yna mae'n rhaid i ti ddysgu ymddiried yn y cigfrain!"

Dwi'n gorchuddio fy nghlustiau. Dwi ddim yn hoffi pan fydd yn dweud pethau fel hyn. Os ydy Mam yn clywed mae hi'n dweud wrtho am beidio â llenwi fy mhen â nonsens. "Paid â chymryd unrhyw sylw, Kai. Erbyn i ti fynd yno, byddi di wedi tyfu'n llawn a fydd y giatiau ddim yn edrych mor uchel." Mae Mam yn tawelu fy meddwl ond dwi bob amser yn clywed ei hochneidiau hi wedi'u gwau i straeon Dad. Dwi ddim i fod i wybod ond mi glywais i o'n dweud wrth Mam unwaith ei fod o'n casáu'r ysgol gymaint nes ei fod yn arfer rhedeg i ffwrdd.

Dwi'n hapus, efallai ar fy hapusaf, yn adeiladu cuddfannau yn y Gwyrdd-diroedd, yn dysgu ymddiried yn y cigfrain. Mae Dad yn dysgu enwau a chaniadau adar melys i fi wrth i ni dorri drwy'r mieri. Ei ffefryn o ydy'r fronfraith. Mae rhwng hon a'r robin goch i fi, yr un sy'n ddigon dewr i neidio o fewn pellter cyffwrdd i ni. Mae Dad yn stopio, yn gosod ei fys ar ei wefusau ac rydyn ni'n dal ein gwynt, yn gwrando ar ei chân ac yn chwarae delwau, gan weld pwy all bara hiraf heb symud.

Dim ond ni a'r adar yn y byd i gyd.

Yn uchel uwchben y ffau mae'r fronfraith yn canu ei chân ac rydyn ni'n gwylio'r fam yn prysuro ei hun. Mae Dad yn dweud bod nyth yn siŵr o fod yno. "Shh – rhaid i ni beidio â tharfu arni beth bynnag a wnawn ni achos –" ac mae'n pwyso'n agosach ata i, fel petai am rannu'r gyfrinach bwysicaf yn y byd – "mae eu nythod yn nefoedd fechan ... Eu hwyau glas – allai neb beintio glas mwy perffaith erioed."

Mae'n gwneud i ni fynd ar flaenau ein traed i fyny'r allt serth ac o dan fy anadl dwi'n sibrwd,

"Y nefoedd fechan,

y nefoedd fechan,

y nefoedd fechan agos."

Ro'n i'n rhy ifanc i feddwl hyn bryd hynny, ond taswn i wedi gallu rhoi mewn geiriau beth ro'n i'n ei deimlo'r diwrnod hwnnw, dyma beth fyddai – sef efallai ein bod ni'n adar bronfraith hefyd! Byw yn ein nyth Gwyrdd-diroedd, ein nefoedd fechan agos.

Dwi'n estyn fy ngwddf i edrych ar y balconi llawr gwaelod lle mae Mam yn sefyll a chwifio'i llaw wrth i ni ddringo'r darn olaf o allt serth.

"Ond edrycher draw ... Juliet fy nghariad pur!"

"Paid â siarad yn wirion eto, Dad! Pam rwyt ti'n galw Mam yn Juliet? Janice ydy'i henw hi!"

Ond mae Dad yn corddi fy ngwallt. "Gobeithio y byddi di'n gwybod ryw ddiwrnod!" mae'n ateb, gan chwerthin.

"Edrychwch ar yr olwg sydd arnoch chi'ch dau!" Wrth i ni agosáu dwi'n gweld golwg wedi blino ar lygaid Mam. Mae Dad yn taflu ei freichiau allan yn llydan, gan ymestyn tuag ati. Dwi'n ei gopïo ac mae'n gwneud i Mam chwerthin. Hoffwn i petai ein balconi yn mynd yn syth allan i'r Gwyrdd-diroedd, yn lle bod y garejis rhyngon ni. Yna byddai wir yn teimlo mai ni sydd biau'r lle.

"Pam na allwn ni gael grisiau o'n coedwig i'n balconi ni?" dwi'n gofyn ac mae Dad yn chwerthin. Mae'n edrych i fyny ar Mam, a'r disgleirdeb yn ei lygad yn pefrio'n hapus.

"Rŵan, dyma syniad am gân – grisiau i'n nefoedd fechan agos ni!" dwi'n ei glywed yn sibrwd wrth i ni gerdded o gwmpas yr adeilad trwy'r drws caled metel oer.

"Juliet … Paham—"

Mae Mam yn agor ein drws, gan ysgwyd ei phen, ond dydy hi ddim wir yn flin gyda ni. "Yr hurtyn, Dex! Mewn â ti!"

Mae Dad yn cofleidio Mam ac yn ei throelli o gwmpas nes iddi bledio arno i'w gollwng hi.

"Edrycha beth wnaethon ni, Mam!" dwi'n dweud, gan redeg allan i'r balconi.

Oddi yma gallwch chi weld ein llwyddiant ni. Rydyn ni'n sefyll gyda'n gilydd, dim ond y tri ohonon ni, yn gwylio'r haul yn machlud dros y llwybr yr ydyn ni'n ei dorri drwy'r mieri. Mae'r llwybr trwy'r triongl o goetir y mae Dad yn dweud mai tir neb ydy o, felly beth am ei hawlio fel ein tir ni?

Mae Mam yn sychu ôl mwyar duon o fy moch.

"Beth ar y ddaear rydych chi'ch dau wedi bod yn ei wneud?"

"Trin ein gardd Gwyrdd-diroedd ein hunain!" cyhoeddodd Dad.

"Rwyt ti'n freuddwydiwr, Dexter King."

"Ydw! Dyna pam rwyt ti'n fy ngharu i!"

Mae Dad yn chwarae ychydig o gerddoriaeth ac mae Mam a Dad yn dal ei gilydd, gan siglo i rythm na alla i ei glywed. Ond pan fydda i'n sefyll ar draed Dad, yn glynu wrth ei goesau, ac yn cau fy llygaid galla i deimlo'r rhythm yn chwarae trwyddyn nhw.

Cariad.

"Mae'n well i chi fynd i folchi!" mae Mam yn dweud, gan dynnu'i hun oddi wrth Dad, yn plygu i lawr ac yn plannu cusan ar fy nhalcen mwdlyd.

Mae Dad yn llenwi'r bath ac yn chwarae ei dric-chwythu-swigod, yn seboni ei ddwylo nes eu bod wedi'u gorchuddio. Mae'n eu trochi mewn dŵr ac yn gwahanu ei fawd a'i fysedd yn araf, araf nes creu swigen fawr sgleiniog wych. Pan mae'n siŵr na fydd yn torri mae'n rhoi'r arwydd i fi. Gwefusau'n barod, llygaid soser yn syllu ar y swigen wyrthiol enfawr, a dwi'n chwythu mor ysgafn â phluen trwy'i ddwylo.

"Gwna ddymuniad, Kai!" mae'n sibrwd.

Yna rydyn ni'n bwyta gyda'n gilydd ar y balconi. Mae Dad yn mynd i mewn ac yn gwisgo'i siwt waith ddu mae'n ei chasáu'n fwy nag unrhyw wisg. Ond mae'n dweud y gallai fod yn waeth. O leiaf mae'n cael sefyll wrth ddrws y Jazz Café a gwrando ar gerddoriaeth mae'n ei hoffi, "pan nad ydy o'n cael ei foddi gan sŵn y stryd".

Alla i ddim meddwl pam nad ydy o yn un o'r perfformwyr y tu mewn achos fy nhad ydy'r cerddor gorau yn y byd i gyd. Dwi'n dweud wrtho yr hyn dwi'n ei feddwl ac mae'n edrych fel petai ar grio, ond yn lle hynny mae'n corddi fy ngwallt ac yn dweud, "Diolch, Kai. Ti ydy'r mab gorau yn y byd i gyd."

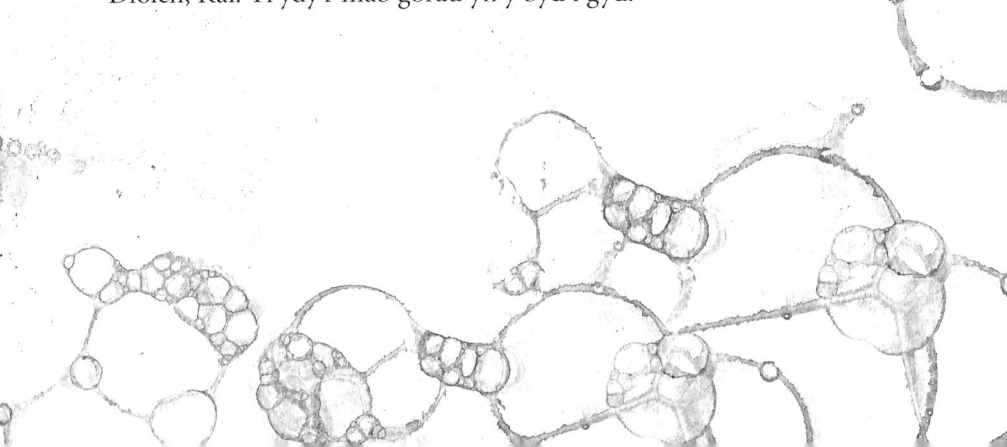

Mae bob amser yn ochneidio'n ddwfn cyn gadael. "Unwaith eto i mewn i jyngl y dref!" mae'n cellwair ond mae'r disgleirdeb wedi mynd o'i lygaid, a fy rhai innau hefyd. Achos er 'mod i'n dymuno na fydd Dad byth yn gorfod gweithio trwy'r nos, ac y byddai'n gallu darllen i fi hyd at fy mreuddwydio weithiau, dwi'n synhwyro na fydd hyn byth yn dod yn wir. Mae hud y dydd bob amser yn dod i ben ac mae'r swigen yn byrstio pan fydd Dad yn gadael.

Diwrnod cyntaf yr ysgol. Ydw i'n ei gofio? Dwi'n *meddwl* 'mod i. Ond efallai mai dim ond llawer o luniau gwahanol yn taro yn erbyn ei gilydd ydy'r cof erbyn hyn. *Collage* y cof. Synapsau yn goleuo o'r diwedd. Beth ydy'r ots? Mae'n *teimlo* fel diwrnod cyntaf yr ysgol, felly gad i ni ddweud ei fod. Pwy sy'n dadlau? Efallai, un diwrnod, os ydw i'n gadael i Zak ddarllen hwn bydd ganddo farn arall.

Dwi'n gweld fy hun yn hongian yn ôl yn erbyn y ffrâm ddringo, yn codi llaw ar Dad sy'n cario'r bêl a ddriblon ni i'r ysgol gyda'n gilydd.

Ha! Pe gallwn i, byddwn yn rhedeg i fyny ataf fi fy hun ac yn rhoi cwtsh i fi.

Dwi'n codi fy mhen ac yn dod wyneb yn wyneb â Zak, yn dangos gwên ei ddannedd coll.

Roedd o yno wrth fy ochr ar y diwrnod cyntaf un ac mae'n dal i fod yma rŵan, er nad oes ganddon ni ddim syniad beth i'w ddweud wrth ein gilydd yn aml iawn.

Yn ddirybudd, mae pêl yn glanio wrth fy nhraed. "Eisiau chwarae?" mae Zak yn gofyn. Dwi'n brathu fy ngwefus, dagrau'n pigo fy llygaid wrth i fi wylio Dad yn croesi'r Rec. Mae cigfrain yn hedfan efo fo – byddi'n well gen i petaen nhw ddim.

"Yn dy flaen! Cicia fo!" medd Zak.

Dwi'n ysgwyd fy mhen ond mae Zak yn dod draw ata i, a finnau'n glynu wrth y reilins.

Ymhen dim, rydyn ni'n mynd din dros ben, yn ymestyn ein breichiau ac yn hedfan fel cigfrain. Dwi'n dysgu cân Dad i Zak ac rydyn ni'n chwyrlïo o gwmpas, ein breichiau fel adenydd yn codi, a ninnau'n llafarganu gyda'n gilydd.

Paid ag ofni'r cigfrain, Kai.
Edrycha i'r disgleirdeb yn eu llygad.

Ar y ffordd adref mae Dad yn dod â 'mhêl-droed i ac rydyn ni'n ei driblo ar draws meysydd chwarae ein Rec. Dwi'n dweud wrtho am fy ffrind gorau newydd i.

"Os bydda i'n cael brawd dwi'n meddwl y bydd o'n edrych ychydig fel Zak," dwi'n dweud wrth Dad.

Mae'n wincio arna i ac yn dweud, "Ti byth yn gwybod, fachgen. Efallai y bydd gennyt ti frawd neu chwaer ryw ddiwrnod."

Dwi'n crychu fy nhrwyn. "Dim ond brawd dwi eisiau!"

Mae Dad yn ochneidio ac yn dweud, "Dydy babanod ddim jyst yn digwydd." Yna mae'n cicio'r bêl oddi ar y cae pêl-droed ac ymhell ar draws y Rec felly dwi'n gwibio ar ei hôl hi ac yn aros ar lwybr y Gwyrdd-diroedd amdano. Dwi yn fy mhlyg tra bydda i'n cael fy anadl 'nôl. Pan mae Dad yn fy nghyrraedd mae o allan o wynt hefyd ac mae'n cyrcydu i lawr ac yn pwyntio i mewn i'r mieri sydd ar ffin coed y Gwyrdd-diroedd. "Dwi wedi bod yn meddwl efallai un diwrnod y gallen ni dorri trwodd o'r fan hyn yr holl ffordd adref," meddai.

"Pam?" dwi'n gofyn. Hyd yn oed wrth sefyll ar flaenau fy nhraed, alla i ddim gweld y Gwyrdd-diroedd dros ben ein Gwyrddlas Fryn ar ochr arall ein coedwig wyllt ni. Dwi'n hoffi nad oes neb sy'n cerdded ar y Rec hwn yn gwybod bod ein cuddfan ni yno.

"I agor llwybr tarw i lawr i'r Rec, yn lle gorfod cerdded y ffordd hir ar y llwybr i'r Gwyrdd-diroedd. Beth am i ti ofyn i Zak ddod draw, i weld a ydy o eisiau ein helpu ni efo'r clirio?"

Mae Dad yn codi ffon hir ac yn ei gwthio drwy'r llwyni trwchus nes y galla i ei chlywed yn tapio ar y reilins metel sydd ar y ffin ag Ysgol Ravenscroft, lle bydda i a Zak yn mynd un diwrnod. Ond wrth iddo ddyrnu o gwmpas efo'i ffon, gan guro drwodd, mae fy mherfedd yn glymau ... yn gwybod na fyddai agor ein llwybr ni yn syniad da. Y Gwyrdd-diroedd ydy ein teyrnas gyfrinachol ni, fy un i a Dad, ac, er bod Mam bob amser yn dweud y drefn wrth Dad am wastraffu cymaint o amser i lawr yma efo fi, dwi eisiau i'r clirio orfod para am byth.

Gartref, mae Mam yn agor ei breichiau a dwi'n rhedeg ati, yn dweud wrthi am fy ffrind newydd, Zak, ac mae hi'n gwenu ac yn dweud sut mae hi'n dal i gofio ei ffrind ysgol cyntaf hi. Dwi'n aros iddi ddweud mwy ond mae'n dweud wrtha i am frysio i neidio i mewn i'r bath. Mae hi'n cerdded o gwmpas ein fflat, yn codi'r golch a glanhau'r gegin, ac mae Dad ar fin chwythu anferth o swigen ddymuniad pan mae Mam yn gollwng tywel glân ac yn dweud bod angen iddi fenthyg Dad am "sgwrs fach". Dwi'n gallu clywed eu cecru nhw drwy'r drws.

Tybed pam nad ydy Dad byth yn galw Mam yn Juliet mwyach? Does dim sŵn siaradus yn ei llais hi, dim ond sŵn blin, ac mae'n dweud sut mae hi'n gweithio'n galed ac yn astudio ar gyfer ei harholiadau nyrsio a sut mae angen i Dad ddod o hyd i fwy o waith a sut na all hi gael dau ben llinyn ynghyd (dwi ddim yn gwybod beth mae hynny'n ei feddwl). Rŵan mae hi'n dweud na all hi ymdopi ar ei phen ei hun mwyach. Mae'r cyfan yn dod allan ar garlam.

Ond dydy hi ddim ar ei phen ei hun. Dwi ddim yn deall. Mae hi bob amser yn rhoi stŵr i Dad am beidio â chwilio am fwy o waith, nid dim ond ei shifft nos. Dydy hi ddim yn gweiddi ond mae ei geiriau'n dyrnu'r awyr.

Wedyn dwi'n clywed Dad yn dweud, "Dwi wedi dweud

wrthyt ti 'mod i am roi fy enw i lawr fel hyfforddwr pêl-droed ar ôl ysgol!"

"Ond fyddi di'n cael dy dalu? Rydyn ni angen yr arian, Dex! Dwi'n cyrraedd pen fy nhennyn yma! Dos amdani beth bynnag. Mi allai arwain at rywbeth. Gwell na segura yn y gwylltir yna bob dydd, a mwydro Kai â straeon gwirion am gigfrain."

"Dydyn nhw ddim yn straeon gwirion," dwi eisiau sgrechian ar Mam. Dwi ddim yn gwybod beth mae "segura" yn ei olygu ond dydy o ddim yn swnio'n dda. Dwi'n llithro o dan y dŵr fel nad oes rhaid i fi wrando ar y "drafodaeth". Dyna beth maen nhw'n ei alw fo, ond dadlau ydy o, a dweud y gwir, a dwi'n trio cynllunio sut dwi'n mynd i dorri'r newyddion bod tad Zak yn barod wedi dechrau ein hyfforddi ni.

Pan mae Dad yn dod 'nôl dwi'n gwrthod mynd allan o'r bath nes ei fod o'n chwythu swigen ddymuniad go iawn. Dwi'n sgrensian fy llygaid yn dynn ac yn dymuno fy nymuniad arferol i – ei fod yn dechrau galw Mam yn Juliet eto.

Mi soniais i mai tad Zak ydy ein hyfforddwr ni ond mae'n esgus peidio â phoeni. Mae'n fy lapio yn y tywel ac yn fy nhynnu allan o'r bath. Ond dwi'n gallu gweld ei fod yn dymuno gymaint â fi y gallai o fod yn hyfforddwr y tîm.

"Ond Dad, dydy hi ddim yn deg. Ti o'n i eisiau. Wnaethost di ddweud wrthyn nhw dy fod di'n arfer bod yn chwaraewr proffesiynol?"

"Roedd hynny oes yn ôl, fachgen! Dydy dymuniadau ddim wastad yn dod yn wir!"

Does dim un fel petaen nhw'n dod yn wir i fi. Dim i fi, dim i Dad chwaith.

Heno, ychydig cyn i Dad fynd allan i weithio, mae'n chwarae cerddoriaeth sy'n rhy drist i ddawnsio iddi felly dwi'n gwneud iddo ei newid. Wrth gydio yn llaw Mam a llaw Dad, dwi'n eu tynnu nhw'n agos at ei gilydd. Dwi'n sefyll ar eu traed fel bod rhaid iddyn nhw aros yn agos at ei gilydd neu byddan nhw'n fy hollti. Rydyn ni'n siglo gyda'n gilydd, fy mreichiau wedi'u lapio o gwmpas y ddau. Er bod y gerddoriaeth yn hapus rŵan, dwi'n dal i allu teimlo cerddoriaeth drist yn curo trwyddyn nhw.

Dwi ddim wedi siarad yn uchel â Bwa ers i fi ddod yn ôl. Dwi'n trio peidio â chael fy nhynnu'n ôl at hynny ond mae'n rhyfedd beth mae ysgrifennu yn ei wneud i chi. Mae fel petai wedi rhyddhau rhywbeth y tu mewn i fi. Dwi'n dychmygu 'mod i'n siarad â Swla yn union fel petai hi, a dim y goeden, wrth fy ymyl i … Weithiau dwi'n dal fy hun yn mwmian y geiriau wrth i fi eu hysgrifennu nhw, fel petai hi yma go iawn, yn gwrando. A oes unrhyw ddrwg mewn darlunio hynny?

Roedd gen i rywfaint o ffydd mewn dymuniadau swigod am sbel achos fe gafodd Dad gyfle i fod yn hyfforddwr pan oedd tad Zak yn brin o amser … ond doedd hyn yn dal ddim yn gwneud Mam yn hapus achos doedd o ddim yn cael ei dalu. Roedd hyn wedi arwain at hyd yn oed mwy o ddadlau ffyrnig. Dwi'n ei chofio hi'n dweud un peth, achos mae o wedi fy mrathu gymaint o weithiau dros y blynyddoedd. Mae'r gwir yn brathu go iawn. "Os nad wyt ti'n gwerthfawrogi dy hun, Dexter, fydd neb byth yn dy gymryd di o ddifri."

Ai dyna pryd sylwais i gyntaf fod y disgleirdeb yn dechrau pylu o lygad Dad?

Felly er nad o'n i'n gallu rhoi dim o hyn mewn geiriau bryd hynny, ro'n i'n ei synhwyro, yn gwybod bod pethau'n llithro, ond yn cicio hynny i gefn fy meddwl. Achos beth bynnag oedd yn fy mhoeni, cyn gynted ag roedd Dad yn ein hyfforddi i chwarae pêl-droed, roedd fy mhryderon yn diflannu.

"Beth ydy ystyr 'gwerthfawrogi dy hun'?" dwi'n gofyn i Dad ar y ffordd i'r gêm bêl-droed.

"Faint rwyt ti'n werth," mae Dad yn mwmian, yn driblo'r bêl i fi.

"Ond rwyt ti'n werth fy nhad!" dwi'n protestio.

"Mae'n ymddangos bod hynny ddim yn ddigon, Kai."

"Pam?" Dwi'n ateb y cwestiwn â chwestiwn.

"Anghofia 'mod i wedi dweud hynny." Mae'n codi'r bêl ac yn dechrau rhedeg. "Tyrd, fachgen! Tyrd i ni ennill y gêm yma!"

Kai, Kai, pasia.

       Kai, croesa, Kai!

  Iawn!

       Hedfana efo'r bêl.

Fi ydy'r gwibiwr,

    "y dawnsiwr" mae Dad yn fy ngalw i.

   Mae wedi dysgu ei holl driciau i fi.

     Sut i gadw
    pêl i droelli ar flaen fy nhroed,

sut i droelli yng nghanol yr awyr,

      pirwét pêl-droed.

Galla i a Zak, achos ein bod bob amser gyda'n gilydd, ddarllen meddyliau'r naill a'r llall o bell.

Dwi'n asesu lleoli'r bêl,

                darllen ystum ei ysgwydd,

    a gogwydd ei ben

                yn rhoi'r arwydd i fi

ble i blannu'r bêl

    wrth ei draed,

        gwau i mewn ac allan nes iddo sgorio

a Dad yn chwythu'r chwiban.

Buddugoliaeth.

"Beirdd ar y bêl, chi'ch dau!" mae'n gweiddi, gan ein cipio ni'n dau i'w freichiau.

Ar ôl y gêm mae rhieni Zak yn dod draw i ysgwyd llaw â Dad. Dywed tad Zak, "Mae'r tîm wedi gwella gymaint! Rwyt ti'n hyfforddwr gwych! Wedi meddwl ei wneud yn broffesiynol?"

"Mae o yn broffesiynol!" Dwi'n torri ar draws.

"Bron, amser maith yn ôl!" Mae Dad yn chwerthin, yn corddi fy ngwallt. "Fe wnes i chwarae am ychydig ond ces i anaf," eglura mewn embaras. "Dim ond am hwyl y dyddiau hyn!" Mae Dad yn gwenu, yn cosi'r gwair â blaen ei droed, ond galla i weld bod balchder yn llenwi ei wyneb, a balchder ynof innau hefyd.

Mae fy nhad yn werth llawer.
Mae fy nhad yn hyfforddwr da.
Mae fy nhad yn werth llawer.
Mae fy nhad yn gerddor gwych.
Mae fy nhad yn werth llawer.

Weithiau, hoffwn pe na bai Zak yn byw yr ochr arall i'r Rec. Dwi wedi bod yn ei dŷ lawer o weithiau ond dydy o erioed wedi bod yn fy nhŷ i. "All Zak ddod 'nôl i'n tŷ ni?" dwi'n ymbil, y ddau ohonon ni'n fŵd o'r corun i'r sawdl.

Ar ein ffordd adref dwi'n dweud wrth Dad bod gardd gan bob un o'r tai ar stryd Zak â digon o le ar gyfer rhwydi pêl-droed. Ar amrantiad mae Dad yn cychwyn rhedeg nerth ei draed felly mae'n rhaid i ni redeg i ddal i fyny ag o. Am ryw reswm mae o wedi penderfynu mai heddiw ydy'r diwrnod i agor ein llwybr tarw cyfrinachol. "Does ganddon ni ddim gardd, ond mae ganddon ni hon – ein coedwig wyllt ein hunain. Rydych chi'n llawn mŵd beth bynnag, fechgyn – dewch ffordd yma!"

Rydyn ni ar ein dwylo a'n pengliniau, yn dilyn reilins Ysgol Ravenscroft. Rydyn ni'n cael ychydig o drafferth felly mae Dad yn chwilota am ffyn hir ac yn rhoi un yr un i ni i dorri ein ffordd drwodd.

"Mae dy dad yn wych!" Mae llygaid Zak yn fflachio â chyffro wrth i ni rwygo, torri a chropian ein ffordd drwy'r tyfiant. Dwi'n nodio, yn llawn balchder. Dwi'n arwain y ffordd rŵan, gan wybod y bydd ein gwaith caled yn dod â ni'n fuan at y llwybr sy'n arwain i'r Gwyrdd-diroedd.

Rydyn ni'n sgrialu i fyny'r banc sydd wedi'i glirio. Dwi'n dangos ein ffau i Zak wrth i ni lithro ar y clai dyfrllyd. Ar ben y Gwyrddlas Fryn rydyn ni'n dal ein hanadl, gan edrych yn ôl ar y ffordd y daethon ni.

Ro'n ni yma. Ein traed a'n dwylo llawn clai wedi'u plannu ar y tir yma. Yn union lle ysgrifennais hwn, yn y fan hon lle dwi'n eistedd rŵan, yn ei ddarllen wrth ymyl coeden Swla, er nad oedd dim o hyn wedi cael ei blannu bryd hynny. Dwi'n gosod fy llyfr i lawr achos bod y dagrau'n diferu ar y dudalen, yn golchi'r geiriau. Mae'r atgofion hyn yn ddwfn yn fy mêr. Dwi fel petawn i rŵan yn crafu hen greithiau, yn pigo ar y crachod caled, yn gwneud i fi waedu. Mae tipyn ohonof eisiau rhwygo popeth yn ddarnau.

Mae pelydryn o heulwen yn ymddangos ar goeden Swla fel petai hi yn siarad rŵan, y ferch na ddywedodd air wrth neb. Mae'n fy annog i ddal ati i ysgrifennu. "Gwna hyn i fi."

Cymera gyngor Dad ... Arhosa ym mhresennol y gorffennol os wyt am fynd yno, dwi'n dweud wrtha i fy hun. *Mae o'n iawn! Dylai fod yn gwybod, am wn i. Mae'n ei gwneud hi'n bosibl wynebu'r cyfan.*

"Rwyt ti mor lwcus. Ai chi wir sy biau'r holl goedwig wyllt yma?" Mae Zak yn ochneidio, yn gegagored wrth i ni eistedd gyda'n gilydd, fi, Dad a Zak. Mae'r coed yn foel uwch ein pennau ni. Mae pâr o gigfrain yn clwydo yn y canghennau pigog, yn crawcian yn groch, gan wneud yn siŵr nad ydyn ni'n anghofio mai eu tir nhw ydy hwn hefyd.

Dwi'n edrych draw ar Dad am ateb achos dwi'n gwybod nad ydy o'n hollol wir mai ni sydd biau'r goedwig i gyd. Ddim yr un ffordd ag y mae Zak yn berchen ar ei ardd o. "Ia! Ni sydd biau'r goedwig i gyd. Ni ydy'r gwarcheidwaid." Mae Dad yn nodio, heb gwrdd â llygaid Zak, gan edrych i ffwrdd i'r pellter trwy'r coed.

Mae Mam yn galw o'r balconi i ni frysio a mynd i gael bath cyn i ni fferru.

Pan fyddwn ni tu mewn, dwi'n dechrau rhoi fy sylwebaeth ar y gêm. Mae hi'n dweud da iawn, ond dwi'n gallu dweud bod ganddi fwy o ddiddordeb bod gen i ffrind efo fi, a dwi'n meddwl, o'r arwydd mae hi'n ei roi i Dad, ei bod hi'n hapus ei fod o wedi gwahodd Zak. Mae hi'n aros wrth y drws efo bagiau bin, yn gwneud i ni ddiosg ein cit, ac yn ein harwain trwodd i fath chwilboeth.

Dyma'r diwrnod dwi'n dysgu Zak sut i wneud y swigod dymuno enfawr gorau y gallai plentyn saith oed eu chwythu erioed. Allwn i ddim credu nad oedd neb wedi'i ddysgu o. "Mae fy nhad yn bencampwr chwythu swigod," dwi'n brolio.

Sebon, sebon, sebon.
Yna gwna galon gyda dy fodiau a bys cyntaf y ddwy law.
Yn araf, araf agora'r galon.
Chwytha'n ysgafn, gan adael i'r siâp dyfu sut bynnag y mae'n dymuno,
nes ei fod yn hedfan yn rhydd …

Rydyn ni'n gwylio fel petai'n ras rhwng ein swigod dymuniad. Mae un Zak yn cael ei dal ar ymyl y drych ac yn byrstio ond mae fy un i'n hedfan allan o'r drws ac rydyn ni'n tasgu o'r bath, yn llawn ewyn a dŵr mwdlyd, yn ei dilyn i fy stafell ac allan drwy'r ffenestri agored. Rydyn ni'n sefyll ar y balconi, yn crynu, yn gwylio fy swigen anferth yn hedfan i lawr y twmpath serth sy'n arwain i'r Gwyrdd-diroedd …

Mae Mam yn rhedeg allan, yn poeni am y carped sy'n socian a ninnau'n dal annwyd. "Beth fydd rhieni Zak yn ei feddwl ohonon ni?"

Mae Mam o hyd yn poeni am yr hyn mae pobl yn ei feddwl ohonon ni ond does dim ots gan Dad. Dydy Zak a fi ddim yn oer o gwbwl, yn dal yn llawn stêm o'r bath. Mae hi'n taflu tywelion droson ni wrth i ni wylio fy swigen enfawr yn ymlwybro i ffwrdd.

"Gelli di rannu fy nymuniad i!" dwi'n dweud wrth Zak.

"Iawn!" mae'n nodio, ac mae Mam yn gosod llaw ar ein hysgwyddau ni'n dau.

"Byth rhy hen i ddymuno!" mae hi'n sibrwd, efo'i llygaid ar gau yn dynn fel petai hi'n gwneud un hefyd.

Dwi'n gwybod am beth mae hi'n ei ddymuno achos dwi'n

clywed Mam a Dad yn sibrwd amdano drwy'r amser. Yn ogystal â'r dymuniad i Dad fod yn werth mwy, ac iddi beidio â gorfod gweithio mor galed o hyd, mae hi hefyd eisiau brawd neu chwaer fach i fi. Byddai'n dda gen i petai hi ddim yn dweud mai i fi mae hi eisiau'r brawd a chwaer. Dwi ddim yn poeni cymaint â hynny, cyn belled â bod Dad a Mam yn rhoi'r gorau i ddadlau.

Mae'r ffordd mae migyrnau llaw Mam yn troi'n wyn o ddal gafael ar reilins y balconi tra mae hi'n gwneud ei dymuniad yn gwneud i fi deimlo'n drist, a dwi'n estyn am ei llaw. Dwi'n meddwl bod Mam wedi bod yn gwneud yr un dymuniad ers talwm. Felly, yn lle fy nymuniad arferol i Dad beidio â gorfod mynd i'r gwaith yn y nos, dwi'n dymuno am fabi hefyd.

Dwi'n clywed y drws metel allanol yn cau'n glep. Gyda'n dwylo rhydd, rydyn ni'n chwifio ar Dad wrth iddo fynd allan i'r tywyllwch.

"Mae dy dad yn edrych yn smart yn ei siwt waith!" medd Zak.

O dan y lamp mae Dad yn tynnu wyneb ac yn dechrau gwneud ei ddawns gigfran ddoniol gan fflapio gwaelodion ei siaced ddu i wneud i fi chwerthin, fel y mae bob amser yn ei wneud. Ond yn sydyn dydy hyn ddim yn iawn. Hoffwn na fyddai o'n chwarae'r ffŵl gyda Zak fan hyn.

Mae Zak yn rowlio chwerthin a dwi'n esgus ei fod yn ddoniol hefyd, ond dwi wedi gweld yr olwg ar wyneb Mam ac mae'n gwneud i fi fod eisiau crio achos mae hi'n gwybod cymaint â fi sut mae Dad yn casáu gwisgo'i siwt gigfran.

Pan mae Zak wedi mynd, a Mam yn dod i ddweud nos da, dwi'n dweud wrthi, "Mae'n iawn, Mam. Os na ddaw babi arall, gall Zak fod yn frawd i fi."

Ond cyn gynted ag yr ydw i'n ei ddweud hoffwn petawn i wedi cadw fy ngheg ynghau achos erbyn hyn mae ganddi ddagrau yn ei llygaid a dwi'n meddwl mai fi wnaeth iddi grio.

Anodd nodi'r diwrnod pan ddechreuais deimlo bod rhai pethau'n well eu gadael heb eu dweud, calla dawo ... Yn rhy ifanc i benderfynu hynny, mae'n ymddangos, ond dwi'n meddwl mai tua'r adeg hon y dechreuais fynd yn fewnblyg. Roedd Orla wedi deall: mae ysgrifennu hwn tra mae hi a Zak i ffwrdd yn eu gŵyl neu'n gweithio yn eu gwersyll haf, beth bynnag, wedi gwneud i fi feddwl yn ddwfn am sut roeddwn i bryd hynny, a hynny'n fwy nag yr ydw i erioed wedi'i wneud o'r blaen.

Dwi'n cofio sut ro'n i'n teimlo gyda phoen asid oddi mewn i fi, fel poen eisiau bwyd.

A jyst pan ddechreuais i deimlo'r swigod yn byrstio, pwy ddaeth mewn i 'mywyd i, ond Orla.

Mae awel ysgafn yn llacio clwstwr o ddail sychion a dwi'n dilyn eu llwybr euraidd byrlymus, wedi'i oleuo gan yr heulwen, wrth iddyn nhw orwedd ar y ddaear wastad a fu unwaith yn ffau i ni. Mae'r dail blêr yn arwain y cof yn ôl at amseroedd euraidd pan oeddwn i'n ddeg oed. Do'n i ddim yn gwybod y pryd hwnnw, ond roedd hwn yn mynd i fod yn un o'r dyddiau anferth hynny.

Dydy Dad ddim yn dod lawr i'n coedwig ni gymaint y dyddiau yma ond mae'n dweud 'mod i'n cael crwydro cyn belled â'n ffau ar fy mhen fy hun … ar yr amod ei fod yn dal i allu fy ngweld o'r balconi. Mae'n dweud bod yn rhaid iddo ymarfer ei sacs a dwi'n gofyn iddo a fyddan nhw'n gadael iddo fynd i mewn i'r Caffi Jazz wedyn, ddim yn sefyll wrth y drws yn ei siwt.

"Dyna fyddai nefoedd!" mae'n ochneidio, a'r fflach yn absennol o'i lygad. "Paid â phoeni am y peth, Kai … ti a dy fam ydy'r unig gynulleidfa sydd ei hangen arna i."

Dwi'n troi ac yn codi fy llaw arno. O'r fan hon, dwi'n gallu'i glywed yn canu'r sacs o hyd. O'r pellter hwn mae'n swnio fel y gân dristaf yn yr holl fyd. Pam na all o a Mam chwarae cerddoriaeth hapus?

Yn ein ffau dwi'n gafael mewn carreg ac mae pryfed lludw'n sgrialu i bob cyfeiriad. Dwi'n gwrando ar Dad ac yn trio deall beth sy'n digwydd. Dwi'n gafael mewn ffon ac yn dechrau tyllu a dwi'n cael fy atgoffa o Dad, yn hela am rywbeth sydd wedi'i gladdu mor ddwfn yn y ddaear fel mai dim ond cerddoriaeth all ddod ag o i'r wyneb.

Dwi'n llyfnhau'r mŵd yn ôl dros y twll dwi wedi'i wneud wrth i gerddoriaeth Dad ddod i ben. Dwi ar fin pendroni a ddaw o draw rŵan ei fod o wedi gorffen, pan dwi'n clywed lleisiau. Merch a gwraig. Does neb byth yn dod yma heblaw fi a Dad, a Zak os ydy o efo fi. Dwi'n rhewi ond dwi eisiau rhedeg allan a gweiddi arnyn nhw i fynd i ffwrdd … Ni biau'r Gwyrdd-diroedd gwyllt hyn.

"Dydy hi ddim yn ardd mewn gwirionedd, Mam," meddai'r ferch, sydd ymddangos tua'r un oed â fi.

Ai dyna'r geiriau cyntaf y clywais i ti'n eu dweud? Ie, dwi'n meddwl ... Anodd meddwl am amser pan na wnaeth dy lais lenwi fy enaid.

"Beth am i fi osod dy siglen yn sownd yma dros y goeden hon?" Mae'r ddynes yn edrych yn ôl draw at ein bloc ni. "Bydda i'n gallu dy weld o'n balconi ni, dim problem. Dwedais i y byddet ti'n mwynhau fan hyn! Cymaint mwy o ryddid i chwarae nag yn ein hen fflat ni."

Uwch fy mhen, trwy 'styllod to'r ffau, dwi'n syllu ar y ddynes yn dringo. "Gad i fi brofi pwysau'r canghennau yn gyntaf," meddai. "Gwell na gardd, Orla! Fyny o'r fan yma gelli di weld ... Mae rhywun wedi dechrau torri llwybr. Mae'n edrych fel petai'n arwain yr holl ffordd at reilins yr ysgol – yna ar draws y Rec – handi! Dim ond dau gam fydd hi i ni gerdded i'r ysgol. Ond edrycha ar y darn bach gwyllt hyfryd yma!" Mae hi'n ymestyn allan, gan ddal gafael ar ddwy gangen gadarn, ac mae ei llais yn newid fel ei bod hi'n siarad â hi ei hun. "Yr holl liwiau tanllyd ... ro'n i'n gwybod y bydden ni wrth ein bodd yma!"

Ymhen ychydig dwi'n ei chlywed hi'n dringo i lawr a rŵan mae ei chysgod hi uwch fy mhen i, yn cylchu'n agosach ac agosach.

"Fy nhro i!" sgrechia'r ferch a'r siglen yn cylchu'n fwy ac yn fwy gwyllt. Cychwynnodd y cigfrain grawcian hefyd a'u crio aflafar yn un â chwerthiniad y ferch.

Yn araf bach mae llais y ddynes yn pylu.

Uwchben, mae'r haul yn dallu wrth i gylch melyn llachar gylchu'n gyflymach a chyflymach. Dwi'n sgrialu allan i weld ei gwallt du-fel-y-frân yn ymddatod wrth i'r haul droelli golau ar draws yr holl Wyrdd-diroedd. Dwi'n rhythu ar y derfis sgrechlyd sy'n chwyrlïo o 'mlaen i. Dwi'n gegrwth hyd nes i'r weledigaeth euraidd ffurfio'n ferch denau mewn *dungarees* melyn, dau ddant babi ar goll a dannedd mawr yn gwthio trwy ei gymiau yn union fel fy rhai i. Mae hi'n neidio oddi ar y siglen, a'i dwylo ar ei chluniau. Y peth cyntaf dwi'n sylwi arno wrth syllu'n agosach ydy ei llygaid hi – yn wyrdd fel mwsogl y coed.

"O ble daethost ti?" mae hi'n gofyn.

"Dwi'n byw yma!"

"Beth? Yn y coed?"

"Weithiau fan hyn ac weithiau fan acw!" dwi'n dweud wrthi, gan bwyntio o'r ffau i fyny at ein balconi.

"Fi hefyd!" Mae hi'n pwyntio tuag at y fflat uwchben ein fflat ni lle mae ei mam eisoes yn pwyso dros y balconi, yn sgwrsio gyda fy nhad islaw. Mae'r ddau yn chwifio aton ni.

"Dwi'n byw yma hefyd rŵan! Eisiau tro?" mae hi'n gofyn, gan roi pen clymog y siglen raff i fi.

Mae'n rhaid 'mod i'n rhythu. Methu siarad.

"Ti ddim yn mynd i ddweud dy enw? Mae'n gwrtais cyflwyno dy hun. Ar beth wyt ti'n syllu?" mae hi'n gofyn yn gadarn. "Ti ddim yn gallu dweud dy enw?" mae hi'n chwythu'n ddiamynedd.

"Kai!"

"Kai!" Mae hi'n adleisio fy enw yn ôl ata i.

Dyma fy atgof, atgof ffug mae'n debyg, ond roedd yr haul yn tywynnu arna i bryd hynny ac ro'n i'n teimlo mai dyma'r tro cyntaf erioed i fi glywed fy enw mewn gwirionedd.

Dwi'n cymryd y rhaff oddi arni ac yn dringo ar y pen clymog. Mae hi'n rhedeg o 'nghwmpas i, yn gyflymach ac yn gyflymach, gan chwerthin pan fydd y rhaff wedi'i throelli mor uchel ac mor dynn ag y gall ei breichiau cryf, tenau ei wneud ...

"Anghwrtais! Wnest ti ddim gofyn fy enw *i*," meddai, wedi'n clymu at ein gilydd, ei hwyneb yn agos at fy un i rŵan. Dwi'n gweld fy adlewyrchiad yn ei llygaid, ac mae'r pren y tu ôl, a fi hefyd, yn gallu arogli ei hanadl past-dannedd-mintys.

"Orlaaaaaa," mae hi'n canu, gan ryddhau ei henw efo'r siglen.

"Orlaaaaaaaaaaaaaaaaaaaaaaaaaa," bloeddiais wrth i fi droelli drwy'r awyr, yn dal ei henw tan ddiwedd fy anadl, yn llenwi fy ysgyfaint ag ocsigen, wedi fy nghyfareddu gan ein troelli trwstan.

Dwi'n troi ac yn edrych i fyny at ffenest balconi Orla, er 'mod i'n gwybod ei bod ar gau. Alla i ddim penderfynu a ydy ysgrifennu hwn yn gwneud i'r haf basio'n gyflymach neu'n arafach.

Mae'r rhain yn bethau na sylwais i erioed cyn i fi ddechrau ysgrifennu. Sut mae'r haul yn cwympo mewn pelydrau, gan blygu oren melfedaidd trwy ddail ariannaidd coeden ewcalyptws Swla. Mae'r lliwiau'n swreal. Dwi'n tynnu llun i Om achos dydy o ddim yn ôl o'r stiwdio gelf eto a dwi'n gwybod y byddai o eisiau peintio hwn.

Rŵan bod diwrnod euraidd Orla wedi'i oleuo ynof i wrth i fi ein hysgrifennu ni i mewn i'r stori, yn union fel yr oedden ni ... mae cymaint ohonof yn dyheu am ein gadael ni yno.

Dwi'n anfon y llun at Om ac ychydig funudau'n ddiweddarach mae neges yn pingio i mewn i fy ffôn i.

Mae hyn yn dda. Rwyt ti'n syllu ar harddwch. Mae tro'r tymor hwn yn ddefnyddiol ar gyfer dy stori. Mae'r lliwiau hefyd yn dda.
Byddaf yn peintio rhywfaint o hyn.

Ond dydy Om ddim yn rhan o lun ein Gwyrdd-diroedd eto. Doedd y bom ddim eto wedi'i ollwng ar ei fyd ymhell, bell i ffwrdd, gan ddinistrio'i gartref a dod ag o yma.

O hyd, dim ond y tri ohonon ni oedd yma. Doedd dim byd syfrdanol wedi digwydd i fi eto, Zak ac Orla. "Y tri *musketeer*," fel roedd Dad yn mynnu ein galw ni, dim ots faint ro'n i'n ymbil arno i beidio â'n trin ni fel plantos.

Mae Bwa yn pigo o gwmpas wrth fy ochr i a dwi'n dal fy hun bron â llithro i hen arferion, a siarad â hi eto, ond dwi'n callio. Dwi wedi gweld Om bob yn hyn a hyn yn ddiweddar, ond ag Orla a Zak i ffwrdd yn y gwersyll haf, dwi'n dechrau sylweddoli cymaint dwi'n gweld eisiau ni i gyd gyda'n gilydd.

Mae hi wedi mynd braidd yn oer rŵan ond ddim dyna'r rheswm dwi'n rhynnu, nage, yn crynu a dweud y gwir, wrth i fi edrych i fyny at do ein fflatiau Gwyrdd-diroedd. Dwi'n teimlo 'mod i'n sefyll ar ymyl dibyn, yn cymryd y cam hwn yn ôl i'r Bwth. Mae Dad yn iawn – mae'n anodd wynebu'ch hun weithiau, fel ro'n i ... fel dwi wedi bod. Bryd hynny, mor llawn o embaras, yn ofni y byddai'n codi cywilydd arna i. Dwi'n corddi gyda chymysgedd o'r holl crap yna rŵan, yn ysgrifennu hwn. Roedd rhywbeth ynof i yn gwybod, er bod pawb yn chwerthin ac yn caru ffyrdd rhyfedd Dad, roedd pethau'n cwympo'n ddarnau ... Efallai mai dyna pam yr oeddwn i mor daer yn chwilio am yr haul.

Rydyn ni yn ein cwrcwd yn y ffau, y tri ohonon ni, wrth ymyl y siglen raff. Yn ein cwrcwd achos ein bod wedi tyfu, a'r ffau ddim. Rydyn ni bron ym Mlwyddyn 7 ac rydyn ni'n edrych yn chwerthinllyd; yn dal gafael ar blentyndod, gwneud cytundeb o beth bynnag sy'n digwydd pan fyddwn ni'n mynd i'r ysgol uwchradd, y byddwn ni bob amser yn aros gyda'n gilydd, yn gefn i'n gilydd.

"Does dim ots. Hyd yn oed os cawn ni ein rhoi mewn gwahanol ddosbarthiadau, gallwn ni ddal i gyfarfod yma ar ôl ysgol bob dydd," mae Orla yn ein cysuro ni wrth i ni gropian allan o'n ffau ac edrych i lawr dros Ysgol Ravenscroft. Efallai fod ein hen ffau wedi crebachu ond bob tro dwi'n edrych ar adeiladau anferth yr ysgol, hanner hen, hanner newydd, mae fel petai eu cysgodion yn tyfu.

"Mae'n biti bod y llwybr heb ei glirio at reilins y Rec! Gallen ni fod yn yr ysgol mewn dim o dro!" Mae Orla yn syllu i lawr y bryn. "Fe allen ni ei glirio ein hunain os ydy dy dad yn rhy brysur."

"Dwi wedi dweud wrthyt ti. Allwn ni ddim. Dydy o ddim eisiau i ni wneud hynny, mae'n dweud ei fod o'n beryglus!"

"Iawn! Does dim angen bod yn bigog!" medd Orla yn bwdlyd. "Jyst yn meddwl y gallen ni ddeffro yn hwyrach yn lle gorfod llusgo ein hunain rownd y ffyrdd."

"Dwi ddim yn gofyn iddo fo eto," meddwn i.

Rŵan mae Zak yn rhoi ei farn. "Os ydy o'n rhy brysur dwi'n siŵr y byddai Mam a Dad yn helpu."

"Na! Ti'n clywed? Sori, ond mae Dad yn meddwl am fan hyn fel ein lle ni a dydy o ddim eisiau i unrhyw un arall ei ddefnyddio fel llwybr tarw."

"Dwi'n rhyw fath o ddeall, ond er mai chi welodd o gyntaf, dydy hynny ddim yn meddwl mai chi bia fo." Mae Orla yn dechrau dadlau ond wedyn mae hi'n gweld yr olwg ddigalon ar fy wyneb ac yn newid ei meddwl. "Beth am i ni ei glirio fo ddigon i'w gadw fel ein llwybr cyfrinachol ni? Fydd dim angen i unrhyw un arall wybod ..."

Dwi'n troi fy nghefn fel nad ydyn nhw'n gweld y dagrau yn fy llygaid i. Maen nhw'n dweud na fydd dim byd yn newid, ond dwi'n gallu'i deimlo rywsut ... mae wedi dechrau'n barod.

"Beth sy'n bod, Kai?"

Roedd Orla bob amser yn fy nabod i, weithiau cyn i fi nabod fy hun.

Dwi'n gwingo tu mewn, yn union fel y gwnes i bryd hynny, wedi rhewi ac yn llawn tân ar yr un pryd ... eisiau mynegi rhywbeth doedd gen i ddim geiriau amdano.

Mae Bwa yn gosod ei phen ar fy mraich. Sut wnes i ddim sylwi o'r blaen ei bod hi'n heneiddio? Ei haden wedi rhwygo ac yn llusgo; teneuach, gwannach, llai anturus. Prin mae hi'n hedfan o gwbwl erbyn hyn heblaw pan dwi'n ei galw bob bore. Weithiau, pan fydda i'n agor fy nwylo iddi, mae'n neidio i mewn i 'nwylo ac yn gadael i fi ei hanwesu hi.

Mae hi'n cyffroi, garwhau ei hadenydd a dwi'n ei rhoi hi i lawr. Dwi'n meddwl ei bod hi'n hoffi 'mod i'n eistedd yma ddydd ar ôl dydd. Dwi'n gallu teimlo'r pyllau golau yn agor fy meddwl wrth i fi ysgrifennu, yn clirio'r llwybr, ac mae hi wedi bod yma efo fi bob cam o'r ffordd, o'r hedfan i'r cwymp. Dwi'n llowcio aer ffres yr hydref, gan adael i arogl priddlyd y dail fy nhawelu.

Dydy Zak ddim yn rhoi'r ffidil yn y to yn hawdd, ac mae'n fy mhrocio. "Ti'n cofio pan ddes i 'nôl i'ch lle chi, a dy dad yn dod â ni drwy'r ffordd yma? Ro'n i wrth fy modd! Ro'n ni'n wyllt y diwrnod hwnnw."

"Na!" dwi'n gweiddi yn ei wyneb. Dwi ddim hyd yn oed yn gwybod pam ro'n i'n gweiddi ond mae'n cilio oddi wrtha i. "Mae Dad yn dweud na. Mae'n dweud bod yn rhaid i ni adael y lle i fynd yn wyllt eto ... gadael iddo dyfu drosodd neu efallai y bydd rhywun yn dod o hyd iddo a thrio ei dynnu oddi arnon ni."

Dwi'n gweld yr olwg mae Orla a Zak yn ei roi i'w gilydd. Ydyn nhw'n teimlo piti drosof i, neu Dad, neu'r ddau ohonon ni?

Mae Orla yn fy ngwthio i ac yn chwerthin. "Siwtia dy hun! Dim ond syniad oedd o! Ond dweda i wrthyt ti be, dwi ddim yn mynd i aros o gwmpas i ti fy ngwneud i'n hwyr i'r ysgol!" Dwi'n gwybod ei bod hi'n trio ysgafnhau pethau.

Yn ddirybudd mae ci yn cyfarth wrth ymyl ac mae lleisiau rhywun yn ein tawelu'n syth. Heb ddweud gair rydyn ni'n sleifio'n ôl mewn i'n hen ffau.

"Ble wyt ti'n mynd, Pops? Does dim byd yn fanna. Dim ond ychydig o dir gwastraff ydy o." Mae dynes yn ymddangos wrth ochr hen ŵr, yn trio'i dynnu yn ôl at y llwybr ar y Rec islaw. Wrth edrych i lawr y bryn drwy'r bylchau yn y canghennau, dwi'n gweld ei groen, wedi crychu fel rhisgl coeden.

Ar y dechrau ro'n i'n meddwl mai sŵn y ci yn llefain oedd o, ond y dyn sydd yna. Rydyn ni'n dynn yn ein gilydd, ein trwynau wedi'u gwasgu i fyny yn erbyn y waliau pren. Mae'r ci yn sniffian yr awyr ac am eiliad dwi'n meddwl ei fod yn mynd i'n harogli ni, ond mae'n trotian yn ôl at yr hen ddyn.

Mae'r dyn yn dechrau siarad – ei lais yn gras, fel petai pob gair yn crafu ei wddf. "Dwi'n gwybod ei fod o yma! Mae'n rhaid ei fod o yma! Hwn oedd y Bwth bach cyntaf i fi ei adeiladu! Mae'r cigfrain yn gwybod." Ar y dechrau dwi'n meddwl ei fod o'n siarad iaith arall nes i fi glustfeinio a nabod ei acen Albanaidd, fel Mam pan mae hi'n siarad am ble cafodd hi ei magu.

"Dewch Pops, rydych chi'n drysu'n llwyr. Does dim pethau fel Bwth yn Llundain. Chi erioed wedi byw yma o'r blaen. Chi'n cofio eich bod wedi dod i aros efo ni? Dydyn ni ddim yn yr Alban bellach," rhesyma'r wraig, gan gymryd yr hen ŵr wrth ei fraich a'i dywys i ffwrdd yn dyner.

"Mae angen i fi fynd adref, gad i fi fynd adref, Kath!" Mae'r hen ŵr yn crio fel plentyn.

"Peidiwch â chynhyrfu eich hun, Pops. Gadewch i ni fynd â chi yn ôl i mewn. Mae angen i chi orffwyso rŵan. Mae'r tir yn rhy anwastad yma – dydych chi ddim eisiau codwm arall ..."

Rydyn ni'n gwrando ar eu lleisiau'n pylu ac yn syllu ar y wraig yn tywys yr hen ŵr yn araf, gan dynnu canghennau yn ôl i gysgodi ei lygaid wrth iddyn nhw fynd trwy'r reilins gwaelod i'r Rec.

"Druan o'r hen ddyn. Efallai fod dy dad yn iawn am gadw hyn yn gyfrinach i ni! Dydyn ni ddim eisiau i rywun rhywun ddod yma," meddai Orla, a dwi eisiau rhoi cwtsh fawr iddi fel ro'n i'n arfer ei wneud.

"Beth ydy 'Bwth' beth bynnag?" mae Zak yn gofyn, gan chwilio amdano ar ei ffôn. "Yn ôl hwn, rhyw fath o loches wedi'i gadael heb ei chloi y gall unrhyw un aros ynddi," mae'n darllen yn ei flaen. "Yn cael ei defnyddio gan unrhyw un, ond yn bennaf garddwyr a gweithwyr ar stadau Ucheldiroedd yr Alban."

"Roedd yn swnio fel ei fod wedi drysu," meddai Orla. Mae fy ffôn yn gwneud sŵn. Tecst gan Dad.

Bwyd yn barod!

"Rhaid i fi fynd!" dwi'n dweud, gan sgrialu allan mor gyflym ag y gallwn fel nad ydyn nhw'n gweld yr afon o ddagrau yn rhedeg i lawr fy ngruddiau. Achos rywsut, ar ôl heddiw, beth bynnag mae unrhyw un ohonon ni wedi'i addo, dwi'n gwybod bod pethau'n mynd i newid a does yr un ohonon ni'n gallu ei atal.

Mae'r haul yn codi ac mae niwl yn gorchuddio brigau coed y Gwyrdddiroedd. Dwi'n sefyll ar y balconi gyda Dad. Dwi'n gallu clywed hen ŵr yn galw drwy'r niwl. "Cassie, Cassie!" mae'n crio drosodd a throsodd, a dwi'n troi at Dad ac yn dweud wrtho bod yr hen ŵr yn chwilio am ble roedd o'n mynd iddo pan oedd yn fachgen, ac y dylen ni fynd yn ôl efo'r torwyr drain a dod o hyd i'r lle.

Pam gwnaethon ni roi'r ffidil yn y to, Dad?

Mae'n ysgwyd ei ben ac yn dweud, "Camgymeriad ydy mynd yn ôl. Paid mynd yn ôl, Kai. Does dim byd yno i ni." Ac yna mae'n dechrau llefain ac mae ei wyneb yn troi i mewn i wyneb yr hen ddyn a dwi'n gweiddi arno i beidio â newid ond dydy o ddim yn gallu ac mae'n suddo i'w ben-gliniau ac yn crio ac yn crio. Beth bynnag dwi'n trio'i wneud, alla i ddim gwneud iddo stopio.

Pan dwi'n deffro mae fy ngobennydd yn llawn dagrau a dwi'n gwybod bod yn rhaid i fi fynd i gael golwg ... I weld a oes rhywbeth wedi'i guddio o dan y gwylltir hwnnw nad ydyn ni wedi'i ddarganfod eto.

Mae'r penwythnos wedi cyrraedd. Mae Dad allan. Dwi'n dweud wrth Mam 'mod i'n cwrdd â Zak yn ei dŷ o, croesi bysedd y tu ôl i 'nghefn gan obeithio na fydd hi'n dod i glywed ei fod ar ei wyliau. Dwi'n aros nes bydd Orla yn mynd i ymarfer athletau, cyn mynd i'r Gwyrdd-diroedd gyda thorrwr Dad.

Ar fy mhedwar, dim oferôls na gogls i fy amddiffyn, dwi'n cropian drwy'r tyfiant, tu hwnt i'n ffau ni lle roedd y ci yn sniffian, i ffwrdd o unrhyw lwybr dwi a Dad wedi'i dorri o'r blaen ... dwi'n mynd yn fy mlaen ond mae'n teimlo fel tyllu yn ôl mewn amser. Dwi'n parhau i dorri efo'r offer miniog, gan feddwl am yr holl ofidiau sydd wedi ymddangos ers y dyddiau pan oeddwn i a Dad yn Warcheidwaid y Gwyrdd-diroedd.

Cyn pen dim, dwi'n torri'r mieri, ac mae'r teimlad o glirio eto'n teimlo'n dda. Dwi'n cael hwyl arni. Mae'r cigfrain yn fy nilyn i drwy'r mieri. Mae golau dydd bron â diflannu i mewn yma ac yn sydyn dwi mewn twnnel, yn rhy bell i mewn i fynd yn ôl rŵan, er 'mod i'n gwybod y dylwn.

Mae brigyn yn procio fy llygad. Mae'r boen yn saethu, ac yn fy ngwneud yn benysgafn. Dwi'n gweld dwy gigfran yn plymio i lawr, yn edrych arna i, yn poeni amdana i. Dwi'n gallu gweld cysgod y ddwy gigfran yn neidio ymlaen trwy ein hen ffau, fel petaen nhw'n arwain y ffordd. *Ydw i'n dal i freuddwydio?* Mae fy mreichiau'n chwifio'n wyllt, ac wrth i fi sefyll, mae 'styllod to ein ffau yn cwympo

i ffwrdd. Dwi'n sathru arnyn nhw ac ymlwybro ymlaen. Wrth i fi ddilyn y cigfrain ymhellach i mewn, gan dynnu ar y tyfiant, mae llais yn fy mhen yn fy arwain i. *Dal ati, Kai, cliria'r ffordd ac efallai un diwrnod bydd Dad a Mam yn dawnsio eto.*

Mae'r eiliad yn mynd heibio a fy llygad a 'mhen i'n glir. Dwi'n troi'n ôl at ein sgerbwd o ffau a gwneud adduned i fi fy hun na fydda i *byth* yn dweud wrth Orla na Zak nac wrth unrhyw un 'mod i wedi dod yma heddiw, a hynny ar ôl siarad dryslyd a chof niwlog yr hen ddyn a'i freuddwyd wirion. Bydden nhw'n meddwl 'mod *i* wedi colli fy mhen. Ond mae'r cigfrain yn troi ata i, yn gefnogol.

Edrych i'r disgleirdeb yn eu llygad, Kai.
Edrych i'r disgleirdeb yn eu llygad.

Mae fy llygad yn dal i bigo ac yn llawn dŵr ond mae'r niwl wedi clirio. Dwi'n torri drwodd yn wyllt, yn flin efo fi fy hun am fod mor rhyfedd nes 'mod i'n dilyn y freuddwyd ddiwerth hon, gan anwybyddu'r crafiadau a'r gwaed ar fy mreichiau a fy fferau. Dwi ar fin rhoi'r gorau iddi pan mae'r offer torri yn taro rhywbeth solet. Wrth i fi grafu'r tyfiant i ffwrdd dwi'n darganfod drws pren. Mae'r cigfrain yn diflannu trwy agoriad, eu hadenydd du yn sleifio i mewn. Dwi'n torri'r tyfiant yn wylltach rŵan, gan glirio'r ddaear nes y galla i agor y drws ymhellach. Mae arogl tir a lleithder a henaint yn fy ffroenau.

Dwi'n mynd ar fy mhedwar unwaith eto ac yn cropian i'r fan lle mae'r cigfrain yn eistedd yng nghanol ... beth ydy'r lle hwn? Rhyw fath o fyncer? Na. Mwy o loches yn tyfu o'r ddaear. A dyma sut dwi'n dod o hyd i fwth yr hen ŵr yn swatio yn ein gwylltir ni. Mae'r ffordd y mae'r cigfrain yn neidio ac yn neidio ar wely lliw melyn efo'i gilydd yn rhoi'r argraff eu bod nhw wedi adnabod y lle yma erioed. Dwi'n arogli'r awyr ac yn gweld eu baw wedi'i wasgaru ym mhobman. Felly hwn ydy eu cartref nhw.

Mae ffenest ar un ochr a'r gwydr wedi torri. Yn ofalus dwi'n torri'r goeden eiddew sy'n ymestyn trwy'r ffenest, a thrwyddi dwi'n gweld reilins Ysgol Ravenscroft. Dwi wedi gwneud yr hyn nad oedd Dad eisiau i fi ei wneud, sef clirio'r llwybr trwy ein gwylltir yn llwyr. Dwi'n lapio fy mreichiau amdana i fy hun a syllu ar y cigfrain. Yna dwi'n gosod yr offer torri i lawr, yn gosod dwy law dros fy llygaid ac yn crio ac yn crio ac yn crio ... a dwi ddim hyd yn oed yn gwybod pam.

Dwi'n trio ailosod 'styllod to ein ffau orau y galla i ond mae'r awyr i'w weld drwyddo rŵan. Mae'r cigfrain yn eistedd wrth fy ymyl, yn gwylio. Tybed ai nhw sy'n gwneud i fi gael y meddyliau hyn? *Efallai ei bod yn dda dy fod di'n gallu gweld yr awyr rŵan, Kai. Nid yw popeth mae dy dad yn ei ddweud yn gorfod bod yn wir – efallai iddo fo, ond nid i ti.*

Mae angen i fi ddianc oddi wrthyn nhw yn chwarae gyda fy meddyliau. Yn ôl adref, dwi'n cuddio'r offer torri yn y cwpwrdd ac yn anelu am yr ystafell ymolchi, ond mae Mam yn dod allan o'i llofft ac yn taro i mewn i fi. "Beth sy'n bod ar dy lygad di, Kai? Mae 'na waed ynddo. Ac rwyt ti'n llawn crafiadau!"

"Ges i gic i'r pen yn chwarae pêl-droed, felly es i ar y llwybr tarw drwy'r Gwyrdd-diroedd," dwi'n dweud yn gelwyddog.

Mae hi'n ysgwyd ei phen, yn crychu ei thrwyn ac yn plannu cusan ar fy nhalcen. "Hmmm … Yn fy atgoffa o pryd roeddet ti a Dad yn arfer–" Mae hi'n distewi ar ganol brawddeg a hoffwn petai hi'n gorffen yr hyn y mae hi eisiau ei ddweud ond mae fel petai hi'n methu siarad am yr amseroedd hapus mwyach.

Mae hi'n codi ei llaw i fy llygad a dwi'n cilio. "Stopia ffysian, Mam, dwi'n iawn!"

Dwi'n cloi'r drws ac yn tynnu fy nillad, yn gwylio'r stêm yn llenwi'r ystafell ymolchi, y cymalau'n ymlacio wrth i fi ymgolli'n araf yng ngwres y dŵr sy'n pigo. Mae amser yn llithro heibio. Dwi'n rhoi sebon ar fy nwylo a dwi'n chwythu swigod, pob un yn tyfu'n fwy wrth i feddyliau ffurfio. Ddylwn i ddweud wrth Orla neu Zak, neu ddylwn i gadw'r cyfan i fi fy hun? Gallwn i fynd yn ôl a gorchuddio'r twnnel yn y tyfiant a dorrais i tua'r Bwth. Fyddai hi ddim yn cymryd llawer i bopeth dyfu drosodd eto.

Ond rŵan 'mod i'n gwybod ei fod o yno, alla i ddim. Does dim mynd yn ôl.

Pan dwi allan o'r bath ac wedi fy lapio mewn tywel dwi'n rhuthro i fy ystafell wely i anfon neges destun at Orla ac mae hi'n cytuno i gwrdd â mi yn ein ffau y prynhawn yma. Dwi ddim yn gwybod pam mae'r ffaith fod Zak i ffwrdd am yr wythnos olaf hon o'n gwyliau cyn i'r ysgol uwchradd ddechrau yn fy ngwneud i'n hapus, ond mae o.

"Beth sy'n wahanol?" Meddai Orla, gan edrych i fyny at 'styllod to'r ffau wedi'u haildrefnu. Dwi'n ei hanwybyddu ac mae hi'n dod yn agosach ata i. "Kai! Mae gennyt ti waed yn dy lygad."

"Fe wnes i ei grafu ar bren yn chwilio am rywbeth … mi dorrais drwy'r mieri ac *mae* bwth yno, fel dwedodd yr hen ddyn," dwi'n dweud heb feddwl.

"Rwyt ti mor hurt!" Mae hi'n chwerthin, gan feddwl 'mod i'n tynnu coes, felly dwi'n datgymalu'r 'styllod yng nghefn ein ffau ac yn cropian ymlaen, gan glirio'r brigau ro'n i wedi'u gosod i guddio'r llwybr roedden ni newydd ei dorri.

Mae Orla yn rhythu arna i, ei llygaid lliw mwsogl yn disgleirio.

"Ti'n dod? Gwylia nad wyt ti'n cael dy grafu!" dwi'n rhybuddio ac yn teimlo ei bod yn fy nilyn.

Rydyn ni y tu mewn i'r Bwth cyn iddi siarad eto. Mae hi'n syllu o gwmpas y lle, yn sylwi ar y cyfan. "Ro'n i'n meddwl dy fod di'n tynnu coes … dylen ni drio ffeindio'r hen ddyn yna a dweud wrtho fo!" Yna mae ei hwyliau'n newid a dwi'n gallu gweld ei meddwl yn chwyrlïo. "Wsti be … mae'n sych yn fan hyn. Efallai mai dyma ein ffau newydd ni." Mae hi'n arogli ac yn tynnu wyneb. "Ond mae'n drewi. Byddai angen rhywfaint o wella arno. Mae'r ffau yn cwympo beth bynnag, ac mae'n rhy fach gan ein bod ni rŵan yn mynd i'r ysgol uwchradd. Gallen ni gyfarfod yma unrhyw bryd – hyd yn oed yn y gaeaf." Mae Orla erbyn hyn yn gynnwrf i gyd, yn neidio o gwmpas, yn gwneud cynlluniau.

"Dwi'n meddwl efallai y bydd gan y cigfrain rywbeth i'w ddweud am hynny. Maen nhw'n byw yma hefyd!" dwi'n dweud wrth iddyn nhw lamu i fyny at y drws.

Mae Orla yn stopio ac yn ysgwyd ei phen arna i. "Sori, gigfrain, ond bydd yn rhaid i chi fynd!" Mae hi'n rhythu arnyn nhw wrth iddyn nhw eistedd ar y fatres, yn syllu'n ôl ar y ddau ohonon ni. "Wyt ti'n meddwl eu bod nhw efo'i gilydd, yn gariadon?"

"Sut gwyddwn i?" dwi'n gofyn, ond dwi wir yn meddwl hynny, a rŵan dwi'n pendroni pam mae Orla yn gofyn hyn i fi.

Roedd Orla yn edrych fel darlun bryd hynny, ei llygaid yn disgleirio gyda chyffro, a golau cynnes, meddal ar ei chroen a'i gwallt. Dwi'n oedi i weld pa mor wir oedd hyn – a oeddwn i o ddifri wedi cael y teimladau hyn amdani bryd hynny? Do, dwi'n siŵr 'mod i. Pam na allai bywyd sefyll yn stond pan oedden ni'n adeiladu rhywbeth eto, o ddim? Ddim fi a Dad mwyach, ond fi ac Orla ... Ac yna roedd yn rhaid iddi hi fynd a sbwylio'r cyfan.

"Dwi'n edrych 'mlaen at ddangos hyn i Zak pan fydd o'n ôl o'i wyliau!"

Byddai'n well gen i gadw'r Bwth ddim ond i fi ac Orla a dwi'n teimlo'n euog am hynny, felly dwi ddim yn dweud wrthi. Ond dwi'n hapus nad ydy hi'n dadlau efo fi pan dwi'n dweud mai dim ond fi a hi ddylai fod yn tynnu ein ffau i lawr. A dyna rydyn ni'n ei wneud, yn ddistaw, fesul 'styllen, gan dynnu i lawr yr hyn a adeiladon ni, a gadael dim ond bwa yn arwain at ein Bwth newydd. Dwi'n gweld y dagrau disglair yn ei llygaid wrth i ni ffarwelio fesul darn â'r holl gemau plentynnaidd roedden ni'n arfer eu chwarae.

Wrth i ni gerdded adref mae hi'n sgwrsio am yr holl waith sydd i'w wneud i lanhau'r Bwth ond y cyfan galla i feddwl amdano rŵan ydy sut dwi'n mynd i dorri'r newydd i Dad bod ein hen ffau wedi mynd a 'mod i wedi torri trwodd i'r pen draw. Yn union beth doedd o ddim eisiau i fi ei wneud.

Ond pan dwi'n cyrraedd mae Mam a Dad fraich ym mraich efo'i gilydd ar y soffa am y tro cyntaf ers hydoedd. Mae llaw Dad ar fol Mam ... bol chwyddedig Mam. Mae rhywbeth wedi newid. Dwi'n gwybod. Mae'r golau yn eu llygaid yn pefrio'n llachar wrth iddyn nhw ofyn i fi eistedd rhyngddyn nhw.

"A ddylwn i olchi fy nwylo?" dwi'n gofyn, gan eu dal i fyny i ddangos y baw o dan fy ewinedd.

"Paid â phoeni am hynny!" Mae Mam yn chwerthin ac mae hi'n cydio yn fy llaw fwdlyd, a'i gosod ar ei chrys T gwyn llachar. "Rydyn ni wedi bod yn aros i roi'r newyddion i ti, Kai … Rwyt ti'n mynd i gael brawd neu chwaer fach."

"Pryd?" dwi'n gofyn, gan syllu ar fy llaw ar chwydd bol Mam.

"Ionawr, rydyn ni'n meddwl!"

Ro'n i'n teimlo mai dyna oedd diwrnod cyntaf bywyd newydd. Ro'n i'n teimlo bod Mam a Dad yn caru ei gilydd eto. Ro'n i'n gallu clywed y gerddoriaeth rhyngddyn nhw. Roedd gen i deimlad, rywsut, bod cysylltiad â'u hapusrwydd rhwng fy nymuniad taer i'r babi ddod a'r torri trwy'r gwylltir, ac o hyn ymlaen roedd popeth yn mynd i fod yn iawn.

Y diwrnod wedyn dwi'n mynd â Dad lawr i ddangos y Bwth iddo. Mae'n gwgu pan mae'n gweld ein ffau wedi'i datgymalu ond yn nodio ac yn dweud, "Wel, fachgen! gallwn adeiladu cuddfan newydd i dy frawd neu dy chwaer pan fydd o neu hi'n ddigon hen …" Uwch ein pennau ni mae bronfraith yn dechrau canu. Mae Dad â'i law ar fy ysgwydd i. "Amser adeiladu nythod newydd – ac amser i ti hefyd, Kai, gychwyn ar dy lwybr dy hun!"

"Dad!" Dwi'n gwingo oddi wrtho, yn llawn embaras, er mai dim ond y cigfrain sy'n ein gweld ni.

Dwi'n nerfus ond mae o mewn hwyliau mor dda – yn chwibanu! Dwi ddim wedi'i glywed yn chwibanu ers i ni adeiladu'r hen ffau. Rywsut mae hynny'n gwneud i bopeth deimlo'n iawn.

Unwaith rydyn ni y tu mewn i'r Bwth mae'n chwerthin ac yn dal ei drwyn. "Meddylia bod hwn wedi bod yma drwy'r amser. Mae'n drewi braidd! Cachu cigfran!" Mae'n arogli ac yn archwilio'r hen wely. "Mae'n codi arswyd braidd, ond does neb wedi cysgu yma ers amser maith. Bydd yn rhaid i ti ei wneud yn ddiogel ac yn lân. Efallai cael dy glo dy hun ar y drws, hyd yn oed. Galla i drwsio rhai pethau i ti." Mae'n syllu draw at reilins Ravenscroft. "A chofia, fe ddylet ti gadw'r llwybr hyd at fan hyn yn gyfrinachol. Paid â thorri'r mieri yma i lawr neu mi fydd pawb eisiau darn o'r lle hwn."

"Iawn, Dad," dwi'n dweud, ac mae'n rhoi coflaid fawr i fi.

"Mae'n ddrwg gen i os ydw i wedi bod ymhell, bell i ffwrdd. Dwi'n dal yn methu credu dy fod di'n mynd i'r ysgol uwchradd, fachgen. Tyrd, gad i ni drwsio'r Bwth yma!"

Mae Orla yn cyrraedd wrth i Dad ddod yn ôl efo'i offer. Dwi ac Orla yn sgubo ac yn diheintio tra mae Dad yn dringo ar y to, yn clirio'r eiddew ac yn trwsio'r twll mae wedi'i ddarganfod sy'n gwneud i'r lle arogli'n llaith.

"Reit! Dwi'n gadael yr addurno i chi'r tri *musketeer*!"

"Dad!" dwi'n griddfan, gan ddal llygad Orla. "Dyw Zak ddim hyd yn oed yma!"

"Dau *musketeer* 'te!"

Dwi'n ei wthio allan o'r drws y mae newydd ei drwsio. Mae'n gwybod mai dim ond tynnu coes ydw i.

"Dyna'r holl ddiolch dwi'n ei gael! Iawn! Dwi am adael llonydd i chi." Mae'n chwerthin, gan edrych i fyny'r llwybr agored sy'n arwain trwy fwa ein hen ffau ac i fyny'r llethr serth i falconïau'r Gwyrdd-diroedd.

"Jyst i chi wybod, dwi wedi clirio digon i allu gweld, felly dim mistimanars yn y fan hon pan fyddwch chi'n dechrau yn yr ysgol uwchradd. Gallwn ni weld popeth rwyt ti'n ei wneud i lawr yma!"

O gornel fy llygad dwi'n dal Orla yn gwrido'n goch llachar a dwi'n syllu ar Dad. Ond alla i ddim bod yn flin efo fo am yn hir achos wrth iddo fynd i ffwrdd, mae'n chwibanu. A phan fydd Dad yn chwibanu, dwi'n hapus.

Mae Mam yn gwneud yr hyn mae hi'n ei alw'n 'adeiladu nyth'. Bob dydd, pan fydd hi'n rhoi rhywbeth allan i'w ailgylchu, rydyn ni'n ei fachu ar gyfer ein Bwth. Mae'n debycach i glirio nythod nag adeiladu. Mae hi'n glanhau ei hen nyth a ni ydy'r rhai sy'n adeiladu un newydd, a dwi'n meddwl mai dyna beth rydyn ni wedi'i wneud, sef clirio o'n hen ffau ac ailgodi'r Bwth. Erbyn hyn mae ganddon ni ddarn o garped gwyrdd meddal i orchuddio'r llawr carreg caled, cist fach o ddroriau i roi gemau ynddyn nhw a dau fag ffa i eistedd arnyn nhw.

Pan ddaw Mam lawr i weld beth rydyn ni wedi'i wneud mae hi'n gwenu. "Lle cartrefol iawn!" Mae hi'n gosod ei llaw ar ei stumog fel petai'n gartref hefyd … o leiaf i fy mrawd neu chwaer. Dwi'n trio dychmygu babi bach yn nofio o gwmpas y tu mewn iddi ond dwi'n stopio achos ei fod yn teimlo'n rhy ryfedd.

"Mae'n dda eich gweld chi i gyd yn setlo ond dwi ddim yn meddwl y bydda i'n dod lawr yma eto." Dwi'n gafael ym mraich Mam ac yn ei helpu i ddringo'r bryn, er ei bod yn mynnu nad oes angen i fi wneud hynny.

"Beichiog ydw i, dim claf, Kai!"

Ond dwi'n sylwi pa mor ofalus mae Mam yn cerdded, fel petai hi wir yn ofni syrthio.

Ro'n i ac Orla mor brysur yn adeiladu ein Bwth-nyth bach ein hunain y dyddiau olaf hynny o'r haf fel mai prin ro'n i wedi meddwl am ddechrau yn yr ysgol uwchradd nes yn sydyn roedden ni'n cerdded drwy'r giatiau metel uchel.

Mae'r ysgol yn iawn, a dweud y gwir. Mae'r ychydig wythnosau cyntaf yn iawn, er gwaethaf mynd ar goll o dro i dro. Un waith, dwi'n drysu efo'r amserlen ac yn mynd i'r wers anghywir ond mam Zak ydy'r athrawes, felly mae hi'n dangos i fi ble i fynd.

Dwi'n chwilio am Orla drwy'r amser ond yn sylwi mai dim ond amser cinio y gallwn ni ddod at ein gilydd. Mae Zak yn lwcus, fel arfer, ac mae o yn yr un dosbarth ag Orla. Byddai'n dda gen i petaen ni gyda'n gilydd ... ond mae'n iawn, am wn i. Mae yna bobl eraill dwi'n eu nabod o'r ysgol gynradd ond dwi ddim yn chwilio am ffrindiau newydd. Gan amlaf dwi'n aros am ddiwedd y diwrnod ysgol, pan allwn ni chwarae pêl-droed ar gae'r Rec a mynd i'n Bwth ni.

Dydy Dad ddim yn dod i lawr yma rhyw lawer ar ôl i fi, Zak ac Orla ddechrau gwneud. Bob dydd sy'n mynd heibio dwi'n gwylio bol Mam yn chwyddo, ac fel mae'r bol yn tyfu mae'r hapusrwydd gartref yn tyfu hefyd. Mae'r dyddiau'n dawnsio fel roedden nhw'n arfer ei wneud.

Felly mae popeth yn eithaf da. Dwi ddim yn rhy hoff o'r ysgol ac unwaith neu ddwy dwi wedi mynd i drafferthion am beidio â chanolbwyntio, ond dwi ddim yn trafferthu Mam na Dad gyda hynny, achos yn y pen draw dwi'n cicio'r straen i ffwrdd gyda Zak mewn gêm o bêl-droed neu gêm reslo. Ac weithiau dwi'n siarad ag Orla am bethau os oes angen.

Efo Dad, dwi'n ddigon bodlon i wrando ar nodau ei sacs yn dawnsio i lawr yr allt er mwyn teimlo'n agos ato, ac mae'n swnio'n fwy hyderus bob dydd. Y rhan fwyaf o'r amser dwi ddim eisiau iddo, ond weithiau, dim ond weithiau, hoffwn petai'n dod i'r Bwth hefyd fel y gallen ni fod gyda'n gilydd fel yr hen amser. Ond mae mor hapus fel nad oes ots ganddo wisgo ei siwt gigfran ar gyfer gwaith. "Os oes rhaid, mae rhaid," mae'n dweud wrtha i yn siriol, "pan mae angen cynilo ar gyfer babi newydd."

Mae fel petai amser yn cyflymu, a phob dydd mae'r babi'n tyfu dwi'n teimlo 'mod i'n tyfu hefyd. Yna cyn pen dim dwi'n eistedd wrth ymyl Dad, yn edrych ar y sgrin lle mae'r peth sy'n edrych fel cyw wedi tyfu i fod yn rhywbeth sy'n debycach i fy chwaer fach. Yn y sgan diwethaf roedd hi'n gwneud tin-dros-ben ym mol Mam – y tro hwn mae Mam yn dweud bod dim lle. Mae croen Mam wedi'i ymestyn i gyd, a'i orchuddio â llinellau fel petai'r babi yn tynnu llun map arni.

Mae Mam yn syllu ar y sgan rŵan, yn gafael yn llaw Dad. Mae hi'n gallu deall yr hyn sydd ar y sgrin yn well na ni achos mae hi'n nyrs. Y tro diwethaf mi gymerodd oesoedd i fi sylwi ar y cyw estron, ond mae hyd yn oed fi yn gallu gweld rŵan.

"Ein merch ni!" Mae Mam yn cymryd anadl ddofn wrth i'r meddyg symud y teclyn sganio dros ei bol. "Ac rwyt ti'n siŵr bod popeth yn iawn?" Mae talcen Mam yn llawn pryder.

"Yn hollol normal."

Chwaer fach. Mae dagrau yn taro'r dudalen hon mor galed â glaw, glaw trwm, a Bwa'n neidio wrth fy ochr.

Does dim angen i fi hyd yn oed edrych ar Mam a Dad i deimlo'r hapusrwydd yn byrlymu allan ohonyn nhw. Mae Dad yn gwyro ac yn rhoi cusan hir i Mam fel petai wedi anghofio bod unrhyw un arall yn y stafell. Maen nhw'n dawnsio i'w cerddoriaeth dawel nhw eto a hoffwn i petawn i'n ddigon bach i wasgu rhyngddyn nhw a siglo ar eu traed nhw. Mae Dad yn dechrau canu, "A dwi'n meddwl yn awr, am ryfeddod— "

"Dexter!" Mae Mam yn chwerthin ac yn ei wthio i ffwrdd wrth iddi godi'i hun i bwyso ar ei phenelinoedd. "Felly be ydy dy farn di, Kai?"

Dwi'n troi fy mhen i'r ochr. "Mae hi'n edrych yn fwy o berson nag o aderyn rŵan," dwi'n cyfaddef ac wrth i fi ddweud hynny mae'n taflu dwrn esgyrnog tuag ata i! "Mae hi'n codi llaw arna i!" Dwi'n chwerthin ac ymestyn fy mreichiau ac yn trio plygu'n ôl yn araf, gan wneud tin-dros-ben fel y gwnaeth hi y tro diwethaf i fi ei gweld hi'n nofio o gwmpas.

"Dim acrobateg yma, Kai!" Mae Mam yn cysgodi ei stumog ond dydy hi ddim yn gweld mai dim ond dawnsio ydw i er mwyn cuddio'r holl gariad a hapusrwydd sy'n llifo trwy fy ngwaed i. Achos heddiw ydy'r diwrnod cyntaf dwi wedi gadael i fi fy hun gredu 'mod i'n mynd i fod yn frawd mawr.

Dwi'n cuddio fy mhen o dan fraich Dad, fel petai'n adain yn fy amddiffyn i.

Mae Dad yn fy nghofleidio, gan gorddi fy ngwallt. "Dim byd i fod â chywilydd ohono, fachgen … synnu at ryfeddod y byd," meddai, gan sychu ein dagrau ni'n dau. "Byddi di'n frawd mawr gwych! Ddim yn hir rŵan." Mae Dad yn fy ngwasgu ato yn ddigon caled i fi deimlo ei galon yn curo trwy ei siwmper.

Dwi'n clywed sŵn traed ac yn troi i weld Om yn cerdded yn araf tuag ata i, gan roi amser i fi. Mae'n rhaid ei fod wedi fy ngweld i o'i falconi lle mae wedi gosod ei îsl, yn peintio ac yn tynnu llun wrth i fi ysgrifennu. Felly o leiaf dydy o ddim yn teimlo mor bell i ffwrdd. Beth bynnag, mae mwy rhyngof i ac Om na siarad yn unig. Mae'n gosod llaw ar fy ysgwydd ac yn eistedd wrth fy ymyl, yn edrych o'r llyfr at ôl y dagrau ar fy wyneb ac yna i fyny at y man lle mae Bwa wedi sefyll ar gangen arian.

Mae'n lapio ei siaced o 'nghwmpas i. "Dwyt ti ddim yn oeri yn eistedd yma mor hir?"

Dwi'n ysgwyd fy mhen. "Mae angen i fi ddal i ysgrifennu."

Mae'n nodio. "Dwi'n deall. Mae Zak ac Orla yn dweud eu bod nhw wedi bod yn dy alw di ond nad wyt ti'n ateb. Gwnaethon nhw ofyn i fi weld a wyt ti'n iawn. Defnyddia neges grŵp fel nad ydyn nhw'n gorfod poeni amdanat ti. Mae hynny'n naturiol," mae'n dweud yn dyner.

"Gysyllta i." Dwi'n dal fy llyfr nodiadau i fyny. "Dwi jyst wedi ymgolli yn hwn."

"Dwi'n deall. Weithiau pan fyddi di'n gweithio mae'n rhaid i ti fod ar dy ben dy hun." Mae Om yn tapio'i frest ei hun. "Ond wyt ti'n cadw cydbwysedd rhwng pethau?" Mae'n taro'i lygaid arlunydd ata i, yn chwilio, chwilio. "Dwi hefyd wedi bod yn creu gwaith ar gyfer fy mhortffolio. Dwi'n meddwl ein bod ni yn yr un lle. Ond prin rydw i wedi dy weld di. Mae Anti Gisou yn dy wahodd i fwyta gyda ni un diwrnod."

"Diolch i ti. Diolch iddi hi. Mi ddo' i." Ac mae fy stumog yn corddi'n uchel wrth gofio'r wledd olaf a wnaeth hi.

"Mae dy stumog di'n cytuno!" Mae Om yn chwerthin.

Dwi'n trio gwenu trwy fy nagrau ond heb argyhoeddi. Dwi'n gollwng anadl ddofn, yn byseddu trwy'r holl eiriau dwi wedi'u hysgrifennu … Mae'n wir, prin dwi wedi sylwi ar amser yn hedfan ers i fi fod yn ysgrifennu. Dwi ddim hyd yn oed wedi gweld eisiau Orla cymaint ag yr o'n i'n meddwl y byddwn i. Mae fel petai fy mod i wedi bod i ffwrdd yn rhy hir, a'r dyfnaf dwi'n mynd i mewn i bethau, y mwyaf dwi'n gwirioni. Gallwn i eistedd yma drwy'r dydd a'r nos. Ond rŵan … mae'n mynd yn rhy bersonol. "Dwi ddim yn gwybod a ddylwn i bara â'r ysgrifennu hwn ai peidio. Beth os ydw i wir yn mynd ar goll eto? Ydy hyn yn dda i fi hyd yn oed?"

Mae Om yn plygu ymlaen ac yn codi llond dwrn o bridd o amgylch boncyff coeden Swla. Mae'n llawn lympiau o glai trwchus, ac mae'n eu torri'n fanach nes eu bod yn ddigon bach i hidlo rhwng ei fysedd.

Mae'n sefyll ac yn pwyntio at yr îsl a osodwyd ar ei falconi. "Weithiau dwi'n meddwl mai'r unig beth y gallwn ei wneud ydy gweithio. Nid wyt ti ar dy ben dy hun." Mae'n rhwbio ei ddwylo at ei gilydd i'w glanhau. "Os ydy popeth arall yn mynd, un peth na allan nhw ei gymryd oddi arnaf yw fy lluniau. Fel ti gyda dy ysgrifennu. Os wyt ti eisiau, weithiau gallwn ni eistedd gyda'n gilydd yma a chreu ein gwaith," mae'n dweud a gwenu'n dyner.

Gadawais iddo fy siglo, fel y gwnaeth unwaith o'r blaen, ac mae yna dristwch mawr yn llifo allan ohonof i eto.

Roedd y cyfnod nesa'n llawn llawenydd felly pam mai dyma'r darn anoddaf i ysgrifennu amdano? Yr adeg pan oedd popeth yn mynd i fod yn iawn? Dyma hefyd yr adeg pan oeddwn i ac Orla yn newid ... pan oeddwn i yn ei charu hi fwyaf.

Rydyn ni'n ymlacio ar y bagiau ffa yn y Bwth, blancedi wedi'u lapio o'n cwmpas ni i'n cadw ni'n gynnes. Dwi'n dweud wrth Orla mai merch ydy'r babi ac am y tro cyntaf ers oesoedd mae hi'n rhoi cwtsh i fi. "Bydd gen i un o bob un!"

"Sut? Do'n i ddim yn gwybod bod gennyt ti frawd?" Dydy Orla byth yn siarad am ei thad. Mae'n dweud nad ydy hi erioed wedi'i gyfarfod a dydy hi byth eisiau gwneud ar ôl iddo fo adael ei mam pan glywodd ei bod hi'n feichiog.

Mae hi'n culhau ei llygaid ac yn gwneud llygad croes arna i ac yna'n procio 'mrest i. "Ti, y twpsyn. *Ti!* Ti ydy'r agosaf at frawd a gaf i byth i achos mae Mam yn dweud nad ydy hi am gael mwy o blant, hyd yn oed os bydd hi'n cwrdd rywbryd â'i henaid hoff cytûn."

Dyma'r foment dwi'n sylweddoli sut mae hi'n fy ngweld – mae fy mherfedd yn troelli ac mae fy meddwl i'n bell nes iddi fy ngwthio.

"Wyt ti hyd yn oed yn gwrando? Mae Mam yn dweud y gall hi fod yn fydwraig i dy fam!"

"Ydw, dwi'n gwybod – mae hynny'n beth od!"

"Felly pryd *gawn ni* gwrdd â'n chwaer?!"

"Ionawr y pumed ydy'r dyddiad i fod, ond roedd Mam yn hwyr efo fi – mae hi'n dweud 'mod i fel petawn i eisiau aros yn y gwres achos roedd hi'n bwrw eira mor drwm pan ges i fy ngeni."

"Dwi'n caru eira!" Mae llygaid Orla yn pefrio.

Dwi eisiau estyn allan a chyffwrdd â'r croen llyfn ar ei gwddf. Weithiau dwi jyst eisiau syllu i'w llygaid hi. Weithiau, fel rŵan ... dwi eisiau ei chusanu.

"Byddi di'n gadael i fi fod yn chwaer iddi hi hefyd, fyddi di?" mae Orla yn ymbil. Dwi'n nodio, ddim yn ymddiried ynof i fy hun i agor fy ngheg.

"Tan hynny, mae'n rhaid i ni wneud y twll yma'n balas er anrhydedd iddi hi!"

"Ry'n ni wedi, yn barod," dwi'n dweud, wrth edrych o gwmpas.

"Mae'n iawn ond mae'n dal i fod braidd yn foel yn fan hyn. Mae'n llaith ac yn oer. Dylen ni ei beintio! Ei wneud o'n heulog hyd yn oed yn y gaeaf!" Mae Orla yn rhynnu ac yn chwythu anadl oer i'r awyr. "Efallai un diwrnod y gallen ni gael ei pharti pen-blwydd hi yma! Adeiladu tân allan fanna ... "

Dechreuodd y cigfrain sgrechian ar y to uwch ein pennau.

"'Swn i'n licio petaen nhw'n fflio ffwrdd, serch hynny! Does dim ots be ti'n ddweud, maen nhw'n codi cryd arna i."

"Mi wnaethon ni ddwyn eu cartref nhw!"

"Am beth wyt ti'n malu awyr?"

"Dwn i ddim. Dwi'n teimlo braidd yn flin drostyn nhw rŵan ein bod ni wedi selio'r ffenest a'r drws. Efallai eu bod nhw'n edrych ar ein holau ni," dwi'n mwmian, wrth wrando ar eu cri byddarol.

"Rwyt ti mor rhyfedd, Kai! Mae adar i *fod* i fyw mewn coed!" Mae Orla yn chwerthin, yn fy ngwthio. "Paid â meiddio gadael iddyn nhw ddod i mewn, ar ôl yr holl waith rydyn ni wedi'i wneud yn y lle 'ma. Dwi ddim eisiau eu gweld nhw'n bawio dros bopeth." Mae hi'n crychu ei thrwyn. "Mae Zak yn iawn, dwi'n dal yn gallu eu harogli nhw yma! Elli di ddim?"

Dwi'n ysgwyd fy mhen ond mae Orla yn crwydro o gwmpas, yn sniffian yn y corneli. "Mae'n dal braidd yn briddllyd i mewn yma. Os peintiwn ni'r waliau fe allai hynny fod o help. Allet ti ddim dod â babi i mewn yma fel y mae o."

"Dwi ddim yn siŵr y byddai Mam yn gadael i ni gael y babi i mewn yma pa liw bynnag rydyn ni'n ei beintio."

"Wel, fydd hi ddim yn aros yn fabi am byth, fydd hi? Bydd hi'n tyfu!" Mae Orla yn llawn cyffro, yn pefrio ag egni, ei llygaid yn disgleirio fel emralltau. "Mae ganddon ni ychydig o baent dros ben o fy ystafell. Gad i ni ei wneud o heddiw! I ddathlu! Felly fyddwn ni byth yn anghofio'r diwrnod roedden ni'n gwybod ein bod ni'n mynd i gael chwaer!" Yna ffwrdd â hi, yn gwibio i fyny'r allt, yn galw yn ôl ata i i dynnu popeth oddi ar y waliau er mwyn i ni ddechrau arni.

Mae Orla yn cymysgu'r paent ac yn mynd i roi brwsh i fi, ond yn petruso. Mae ei chroen rhewllyd-oer yn brwsio yn erbyn fy un i. "Dwi'n gwybod!" Mae hi'n gwenu, yn plannu ei llaw yn yr hambwrdd o baent melyn llachar ac yn nodio i fi wneud yr un peth. Mae fy mhen yn chwyrlïo efo'r arogl, neu efallai am fy mod mor agos â hyn at Orla wrth i ni argraffu cledrau ein dwylo ar wal y Bwth. Ei llaw chwith hi, fy llaw dde i.

"Mae mor llachar, bydd angen sbectol haul i mewn yma rŵan!" dwi'n tynnu coes. "Mi allwn ni esgus ein bod ni efo Zak, yn torheulo yn St Lucia efo'i deulu ar gyfer y Nadolig!"

"Dwi'n siŵr y byddet ti'n hoffi bod!" Mae'r geiriau'n llithro allan ... ac yn chwerw. Mae llygaid Orla yn pylu a'i gwefusau'n llawn tensiwn.

"Mae'n rhaid i ti roi'r gorau i wneud hynna, Kai. Rydyn ni'n aros gyda'n gilydd, cofia. Fe wnaethon ni addo ... Am byth."

Yna mae ei gwên yn gwawrio. "Mae gen i syniad. Fel y byddwn ni'n cofio am byth!" Â symudiad arall o'i brwsh mae hi'n peintio dros olion ein dwylo. "Byddwn ni bob amser yn gwybod bod ein heulwen ni'n hunain fan hyn!" Mae hi'n gwenu ac rydyn ni'n dawel am sbel, wedi ymdrochi mewn melyn ac wedi'n dallu yn union fel fi ar y diwrnod cyntaf i fi erioed weld Orla yn chwyrlïo uwchben y ffau. "Tyrd, Kai. Dwi ddim am wneud y gwaith i gyd! Ar beth wyt ti'n rhythu? Oes paent ar fy wyneb?"

"Na. Dim byd," dwi'n dweud, yn parhau. "Paid â dweud wrth Zak fod ôl ein dwylo o dan y paent."

Mae Orla yn aros, cyn dweud, "Pam?"

"Dwn i ddim! Newydd feddwl y byddai'n teimlo fel ei fod yn cael ei adael allan."

Mae Orla yn pwdu. "Dydy o ddim yn meddwl felly. Beth bynnag, dwi ddim yn siŵr os oes ganddo gymaint o feddwl o'r Bwth â ni. Roedd yn hoffi ein hen ffau ni'n well. Dwi'n meddwl ei fod o mewn gwirionedd braidd yn flin tuag aton ni am gymryd y ffau i lawr hebddo. Mae'n meddwl bod hwn yn lle sy'n codi arswyd …" Mae Orla yn sefyll yn ôl i edmygu ein gwaith. "Efallai y bydd yn ei hoffi yn well rŵan!"

Gobeithio ddim … Wyt ti'n meddwl am Zak fel brawd hefyd, Orla? Dwi'n trio gwthio'r cwestiwn hwnnw i gefn fy meddwl.

"Jyst paid â dweud am ein dwylo ni, iawn?"

"IAWN, IAWN!"

Fe wnaethon ni gytundeb y diwrnod hwnnw.
Beth bynnag a ddaw,
er bod unrhyw un i fod i fod â'r hawl i gysgodi mewn Bwth,
mae'r un yma'n eiddo i ni.
A ni yn unig.

Trwy gydol y gwyliau Nadolig hwnnw roedd hi'n teimlo fel haf yn ein Bwth ni. Hyd yn oed pan oedden ni bron â rhewi i farwolaeth, yn gotiau, hetiau a menyg i gyd, wedi'n cysgodi o dan flancedi, roedden ni'n glyd, wedi lapio yn ein haul ein hunain wrth i ni aros am yr un roedd Orla eisoes yn ei galw, "ein chwaer".

"Kai! Wnest ti ddim fy nghlywed i'n galw?" Mae fy nghalon yn neidio. Dwi'n gollwng fy meiro ac mae'n rholio tuag at draed Orla. Mae hi'n ei godi ac yn ei roi yn ôl i fi.

"Ro'n i'n meddwl doeddet ti ddim yn dod 'nôl tan ddiwrnod arddangosfa Om."

Mae hi'n codi ei dwylo i'w gwallt yn hunanymwybodol. "Mi ges i'r penwythnos i ffwrdd! Ar gyfer dy ben-blwydd – heb golli un eto," meddai. Dwi'n gallu clywed yn ei llais ei bod yn trio peidio â gwneud môr a mynydd ohono. "Mi wnes i anfon neges atat ti gymaint o weithiau! Pam wnest ti ddim anfon tecst ata i?" Mae hi'n eistedd wrth fy ymyl a dwi'n edrych ddwywaith.

"Sori! Mae dy wallt yn edrych yn wych – siwtio ti! Sut mae'r gwersyll haf yn mynd beth bynnag? Sut mae Zak?" dwi'n gofyn, gan sadio fy hun.

"Ddim wedi gweld llawer ohono fo. Mae'n waith caled hyfforddi'r plantos. Dim ond yn y ffreutur dwi'n ei weld. Mae pêl-droed ac athletau ar wahanol gampysau. Efallai y dylet ti fod wedi dod efo ni ... "

Gan frathu ei gwefus, mae hi'n troi, yn edrych i fyny ar falconi Om ac yn sydyn dwi'n deall. "Mi alwodd Om ti, on'd do?"

Mae hi'n parhau i gnoi ar ei gwefus waelod. "Roedd o'n poeni amdanat ti ac ro'n i'n teimlo 'mod i wedi dy orfodi i ysgrifennu trwy fynd ymlaen amdano fo, a chael y llyfr nodiadau hwnnw i ti." Mae hi'n edrych ar y geiriau olaf ar fy nhudalen. "Fe allet ti o leiaf ymuno yn y sgwrs grŵp."

"Dim ond gwneud beth ddwedon ni y dylen ni! Rhoi lle i'n gilydd!" Dwi'n pwdu. "Beth bynnag, mae'n haws fel hyn."

Yn union wedyn mae Om yn dod allan ar ei falconi, yn chwifio'i law ac yn mynd yn ôl y tu mewn. "Felly ti *wedi* cael Om i ysbïo arna i?"

Mae hi'n gosod un o'i dwylo yng nghledr fy llaw i ac yn cyrlio ei bysedd yn dynn o amgylch fy rhai i, gan ysgwyd ei phen. "Ddim fel'na mae hi! Ond dydy o ddim yn colli llawer. Os wyt ti eisiau gwybod, roedd o'n poeni amdanat ti ... o ddifri. Roedd o'n dweud ei fod o wedi dod o hyd i ti yn eistedd yn yr oerfel a'r glaw i lawr yma, yn beichio crio." Mae llygaid Orla ei hun yn llaith gyda dagrau ac mae hi'n eu sychu. Mae fy mrest yn tynhau, ac eto'n wag. *Hoffwn petai hi'n gallu fy ngharu i fel dwi'n ei charu hi.* "Beth bynnag, dwi wedi teimlo hiraeth amdanoch chi'ch dau, a Mam hefyd. Ro'n i eisiau cael anrheg i chi ond dwi'n sgint." Mae hi'n gollwng fy llaw ac yn lapio un fraich am foncyff troellog coeden Swla fel petai'n ei chofleidio hi. Yna mae hi'n agor cledr ei llaw ac yn aros i fi osod cledr fy llaw i yn ei erbyn, yn arwydd ein haul-gyfrinach.

"Dyna ble ro'n i, ar goll yn fy ddoe … Peintio ein dwylo. Mae'n rhaid dy fod di'n gwybod!" dwi'n sibrwd.

Dwi'n gwybod 'mod i'n glynu wrthi, yn teimlo bod ei chalon yn curo'n galed yn erbyn fy un i, ond alla i ddim gollwng gafael. Hi sy'n gollwng gyntaf ac yn taro fy mraich. "Paid â rhoi'r gorau iddi, Kai." Mae'n hanner ple, hanner gorchymyn.

"Gwell i fi fynd i weld Mam. Be am ddiod pen-blwydd yn Y Gigfran yn ddiweddarach?"

Dwi'n nodio. Mae rhywbeth wedi setlo eto, gweld Orla, fel petai'r darnau gwasgaredig yn tynnu'n ôl at ei gilydd eto.

"Ti wedi gorffen rŵan?" mae hi'n gofyn, gan dapio fy llyfr nodiadau wrth iddi godi.

Dwi'n ysgwyd fy mhen. "Mae gan rai ohonon ni waith i'w wneud!"

Mae hi'n gwenu. Sawl gwaith mae hi wedi dweud hynny wrtha i!

Pan wyt ti wedi adnabod rhywun ar hyd dy oes, mae popeth yn teimlo fel atsain.

Dwi'n agor fy ngheg yn llydan ac mae fy ngên yn clicio gan densiwn.

Jyst dos yno, Kai … Dos yno. Gwna hynny rŵan tra wyt ti'n gwybod bod Orla ddim mor bell i ffwrdd.

Ers fy adroddiad ysgol mae Mam wedi bod yn poeni amdana i. Wn i ddim pam mae hi'n gwneud cymaint o ffws. Roedd yr adroddiad yn iawn ar y cyfan, er bod ambell i 'mae lle i wella', yn bennaf achos bod Salter wedi bod â'i lygad arna i ers i ni chwarae'r tric yna o ddod â halen i'r dosbarth. Bob tro y byddai'n troi rownd bydden ni'n ei daflu dros ein hysgwyddau nes bod y llawr wedi'i orchuddio â halen yn llwyr. Ddim fy syniad i oedd o, hyd yn oed, ond pan gwympodd o'n fflat ar ei wyneb, gan lithro allan drwy'r drws, fi chwarddodd uchaf, felly ers hynny mae wedi bod yn cadw llygad barcud arna i.

Mae'r hyn mae Dad yn ei ddweud yn wir ... fi ydy'r ieuengaf yn fy mlwyddyn, ond drwy'r amser mae'n rhaid iddyn nhw drio cael y gorau ohonof o flaen pawb. Fel petaen nhw'n fy ngweld i fel rhyw fygythiad mawr, pan, hanner yr amser, dwi ddim ond yn gwneud yr hyn mae pawb arall yn ei wneud. Ond mae'n ddrwg gen i 'mod i wedi achosi ffrae rhwng Mam a Dad – Dad yn taeru na fydd o'n gweld ei fab yn diodde'r un cachu hiliol ag yr oedd o, a Mam yn dweud na ddylai Dad neidio i gasgliadau, ac y dylwn gael mwy o barch at fy athrawon i. Dydyn nhw ddim wedi dadlau ers hydoedd. Byddai'n dda gen i petawn i wedi cadw'n glir o dric Salter ac, ar hyn o bryd, dwi'n penderfynu – dwi am geisio gwneud iawn iddyn nhw am hynny.

Mae Mam wedi cael chwilen yn ei phen 'mod i wedi bod yn treulio gormod o amser yn y Bwth a'n bod ni angen 'amser arbennig i'r teulu' cyn i'r babi ddod. Ond mae Dad yn poeni, a finnau hefyd, ei bod hi'n gor-wneud pethau.

Dwi'n ei gwylio hi'n chwythu cylchoedd iâ. Mae rhew yn hofran dros yr afon fel petai byth am godi. A dweud y gwir, hoffwn petai hi ddim yn gorfod dod gyda ni ar y 'daith olaf' yma, fel mae Mam yn ei galw.

Dwi'n gweld eisiau Dad yn ein hyfforddi ni. Dwi'n gwybod ei fod o'n rhy brysur gyda'i shifftiau ychwanegol yn y gwaith rŵan, ond pan mae'n dod lawr i'n gweld ni'n ymarfer ar benwythnos, dwi'n gweld yr olwg o syndod yn croesi ei wyneb, fel petai'n fy ngweld am y tro cyntaf.

Y penwythnos diwethaf aethon ni i nofio. Pan ddaeth Mam allan o'r stafelloedd newid do'n i ddim yn gallu credu maint ei bol. *Mae hyn yn digwydd o'r diwedd!* Tra oedd Mam yn arnofio ar ei chefn, a Dad yn nofio hyd y pwll, gwelais y babi'n symud a chymerodd Mam fy llaw a'i gosod ar ei bol. Dyna oedd y teimlad rhyfeddaf. "Ddim yn hir rŵan, Kai!" gwenodd mam.

Roedd yn deimlad mor rhyfedd, felly fe wnes i fy nhin-dros-ben fy hun yn y dŵr.

Dewis Dad ydy 'amser arbennig y teulu' yr wythnos hon ond gan fod Mam wedi arafu cymaint erbyn hyn, yn pwffian ei hanadl i'r awyr rhewllyd, dwi'n meddwl efallai y byddai wedi bod yn haws petaen ni jyst wedi mynd i nofio eto.

O'r ffordd mae Dad yn ymddwyn o gwmpas Mam dwi'n meddwl ei fod o'n difaru awgrymu'r daith yma. "Stopiwch ffysian. Dwi'n teimlo'n iawn. Ewch chi'ch dau ar y daith. Bydda i'n hapus yn eistedd yma!" mae Mam yn ein cysuro, ond dydy Dad ddim yn awyddus i'w gadael. "Mi alwa i os bydda i dy angen di. Alla i ddim credu nad ydyn ni erioed wedi bod â Kai i Dŵr Llundain! Ewch ymlaen, mae'r daith yn dechrau'n fuan."

Rŵan ein bod ni yma mae Dad yn edrych yn gyffrous am gwrdd â phwy bynnag ydy Meistr y Cigfrain, felly dwi'n falch na wnes i gwyno! Dwi'n deall pam y dewisodd Dŵr Llundain achos mae cigfrain wastad wedi bod yn rhan o'r sgwrs rhyngof i a Dad. Byddwn wedi caru hyn pan oeddwn yn blentyn, ond ddim rŵan. Weithiau dwi'n meddwl bod Dad a Mam wedi canolbwyntio gymaint wrth wylio'r babi yn tyfu, does ganddyn nhw ddim syniad faint dwi wedi newid ers i fi ddechrau yn yr ysgol uwchradd.

"Ydy Meistr y Cigfrain yn actor?" dwi'n gofyn, gan edrych ar ei wisg ddu a choch â llewys pwff a throwsus melfed. Mae'n edrych fel ei fod newydd gerdded allan o gyfnod Shakespeare. Pan fydd Dad yn gofyn iddo a ydy o'n blino braidd yn gwisgo i fyny fel yna bob dydd, mae o'n edrych yn sarhaus.

Yn bendant dydy Meistr y Cigfrain ddim yn actor. Pan mae'n ein tywys ni o amgylch yr hen adeiladau carreg gelli di weld cymaint mae'n caru'r cigfrain, fel ei blant. "Nawr, parchwch reolau'r Tŵr a dilynwch fy nghyfarwyddiadau. Unrhyw un eisiau fy helpu i'w bwydo nhw?" mae'n gofyn.

Mae Dad bob amser yn cynhyrfu pryd bynnag mae rhywun fel athro ysgol o gwmpas. Dwi'n meddwl bod y ffaith 'mod i mewn trwbwl yn yr ysgol wedi dechrau dweud arno fo. Dwi'n dyheu iddo beidio â dechrau cael pwl rŵan, ond galla i ddweud wrth yr olwg yn ei lygad ei fod ar fin cael un. "Mae ganddo dipyn o feddwl ohono'i hun on'd does? O'n i'n meddwl mai hwyl oedd hyn i fod, ddim darlith!" mae Dad yn mwmian.

Mae'n codi cywilydd arna i felly dwi'n camu ymlaen ac yn dweud, "Iawn! Mi helpa i." Ac wrth i fi wneud, dwi'n dweud wrth y tywysydd am gigfrain y Gwyrdd-diroedd, a bod yna ddau ohonyn nhw sy'n aros yn bâr efo'i gilydd.

"Maen nhw'n deyrngar iawn! Gallwn ni, fodau dynol, ddysgu ychydig o wersi ganddyn nhw. Fyddai cyfreithwyr ysgariad ddim yn gwneud cymaint o arian petai pobl i gyd mor ffyddlon â chigfrain!" Mae Meistr y Cigfrain yn chwerthin ar ei jôc ei hun, gan droi ei sylw at y grŵp o oedolion gerllaw.

Mae Dad yn crechwenu a dwi'n gwneud wyneb arno i stopio. Dwi'n ddigon hen i ddeall yr ymgais ar jôc a chwerthin cwrtais yr holl oedolion eraill heblaw am Dad sydd wedi pwdu'n lân. Dwi ddim yn deall pam mae o'n edrych mor anghyfforddus. Fi ddylai fod y mwyaf anghyfforddus achos fi ydy'r plentyn hynaf yma, yn bendant!

Biti bod Meistr y Cigfrain wedi dweud y gair 'ysgariad', achos mae'n gwneud i fi feddwl sut ro'n i'n arfer poeni a fyddai Mam a Dad yn aros efo'i gilydd cyn i ni wybod am y babi. Ro'n i wedi anghofio cymaint ro'n i'n arfer poeni am hynny.

Ar ôl i fi fwydo'r cigfrain dwi'n ymuno â Dad eto, gan gadw'n ôl ac edrych i'r cyfeiriad arall at Feistr y Cigfrain. "Wyt ti a Mam yn mynd i briodi ar ôl geni'r babi?" Mae'r geiriau'n llithro allan ohonof i.

Mae Dad yn nodio. "Wnaethon ni erioed boeni rhyw lawer am y pethau yna o'r blaen ond mae dy fam yn dweud ei bod hi eisiau priodi mewn rhyw flwyddyn. Dim ond priodas fach fydd hi – dim byd ffansi! Ro'n ni'n meddwl efallai y bydden ni'n gallu addurno ychydig ar y Gwyrdd-diroedd a'r Bwth a chael parti bach yno."

Dwi'n gafael ym mraich Dad. "Sori 'mod i wedi gwneud i ti a Mam ddadlau. Dwi'n addo peidio â chodi mwy o drwbwl. Ydych chi'ch dau yn hapus unwaith eto?" dwi'n gofyn.

Mae'n crychu ei dalcen wrth synnu 'mod i wedi sylwi nad oedden nhw'n iawn o'r blaen. Mae'n rhoi'i fraich o amgylch fy ysgwydd. "Anwybydda fi. Fy nghachu i ydy hyn. Ti'n gwybod sut mae'r ysgol yn fy nghorddi i! Y tro diwethaf ro'n i a dy fam mor hapus â hyn oedd pan gest ti dy eni, fachgen!"

Dwi'n newid y pwnc. "Mae Orla eisiau bod yn forwyn briodas. Ydy hi'n cael?"

Mae Dad yn chwerthin. "Siŵr o fod!"

Prin y galla i glywed beth mae Meistr y Cigfrain yn paldaruo amdano rŵan. Dwi'n trio'n dychmygu ni gyd flwyddyn yn hŷn ym mhriodas Mam a Dad efo'r babi efallai hyd yn oed yn cropian. Ac efallai erbyn hynny bydda i'n magu'r dewrder i ddweud wrth Orla sut dwi'n teimlo.

Dwi ar gyfeiliorn rŵan, yn creu darlun ohono yn fy meddwl. Mae'r goedwig i gyd wedi'i goleuo gan oleuadau tylwyth teg, Dad yn chwarae ei sacs. Pobl yn dawnsio. Fi ac Orla yn y Bwth, clustogau ym mhobman. Mae hi'n gwisgo ffrog felen lachar wrth gwrs ac o'r diwedd dwi'n magu'r dewrder i …

"Dydy hynny ddim yn swnio'n iawn. Chi'n dweud nad ydyn nhw byth yn trio hedfan yn rhydd?" Mae llais Dad yn torri ar fy synfyfyrdod.

Mae Meistr y Cigfrain yn syllu ar Dad, yn amlwg wedi gwylltio ei fod yn torri ar draws. Ond mae'n oedi am eiliad, gan bendroni sut i ateb. Yna mae'n dechrau gydag esboniad cymhleth o sut mae'n nhw'n torri plu'r adenydd. Dwi'n meddwl am gigfrain ein gwylltir ni ac mae meddwl am wneud hynny iddyn nhw'n gwneud i fi grio. Ond mae Meistr y Cigfrain yn tawelu meddyliau pawb gan ddweud nad ydy hynny'n greulon achos maen nhw ddim ond yn eu torri ar un ochr fel eu bod yn ddigon anghytbwys fel nad ydyn nhw'n hedfan yn bell. "Chi'n gweld! Byddan nhw'n hedfan draw at waliau'r castell ac yna'n glanio eto. Maen nhw'n synhwyro ble mae'r ffin."

Mae Dad yn dechrau anesmwytho. Mae'r cyhyr yn ei foch yn curo. Dwi ddim wedi'i weld fel hyn ers hydoedd. "Mae'n iawn, Dad!" Dwi'n trio'i dawelu ond mae'n mynd yn aflonydd, yn symud o un droed i'r llall wrth i Feistr y Cigfrain eistedd ar wal isel a'n hannog ni'n agosach. "Awn ni?" dwi'n erfyn, yn tynnu braich Dad, ond mae wedi sodro ei hun yn yr unfan gyda golwg fileinig ar ei wyneb fel petai'n paratoi am ffeit.

"Yn ôl y chwedl, os bydd y cigfrain yn gadael y Tŵr yna bydd y deyrnas yn cwympo," cyhoedda Meistr y Cigfrain yn gwbwl ddifrifol.

Mae Dad yn wfftio hyn yn llwyr ac yn dechrau pregethu o dan ei wynt. Mae rhai o'r rhieni sydd â phlant iau yn camu i ffwrdd oddi wrthon ni.

"Dad, gad i ni fynd. Efallai fod Mam ein hangen ni," dwi'n dweud ac mae hynny fel petai'n dod â fo yn ôl ato'i hun. Mae'n gadael i fi ei dynnu i ffwrdd ond ddim cyn iddo fo weiddi'n ôl yn ddigon uchel i bawb ei glywed.

"Os mai dim ond wrth dorri adenydd gall y deyrnas sefyll, yna gadewch i'r peth gythraul gwympo!"

"Dad! Paid ag ypsetio," dwi'n pledio. "Paid â chynhyrfu. Mae pawb yn rhythu arnon ni!"

"Dwi'n poeni dim. Gad iddyn nhw rythu!"

Petawn i wedi dod o hyd i fryn i edrych i lawr ohono y funud hon. Petawn i'n gwybod yr adeg honno beth dwi'n ei wybod rŵan ... Efallai y byddwn i wedi dweud wrth rywun am y cysgodion a welais i, ond nad oeddwn yn eu deall, y rhai oedd yn aflonyddu ar fy nhad y diwrnod hwnnw ac, mewn gwirionedd, ddyddiau eraill o'r blaen. Petai Mam neu Dad neu fi wedi dweud wrth rywun am gyfnodau'r cysgodion, efallai y byddwn i wedi atal ein tŵr rhag cwympo. Beth byddwn i'n ei ddweud wrth fy mhlentyn deuddeg oed petawn i'n gallu ymestyn 'nôl i'r diwrnod hwnnw? Dwed wrth rywun, Kai. Dwed wrth Mam, dwed wrth Orla, dwed wrth Zak beth rwyt ti'n poeni amdano. Ond dweud beth? Mae Dad yn siarad mewn ffordd dwi ddim yn ei deall. Sut gallwch chi ddweud rhywbeth wrth rywun na allwch chi hyd yn oed ei roi mewn geiriau?

Ar y ffordd i'r caffi dydy Dad ddim yn stopio rhefru am pa mor greulon ydy beth maen nhw'n ei wneud i'r cigfrain. "Dwi'n synnu nad ydy'r bobl hawliau anifeiliaid yn gwneud dim byd, ond mae'n debyg, efo cigfrain y Frenhines, gallan nhw wneud yr hyn a fynnan nhw. Yr un hen stori."

Dwi'n trio'i dawelu fo cyn i ni gyrraedd Mam achos mae hi'n casáu pryd mae'n dechrau malu awyr am y teulu brenhinol a dwi ddim eisiau iddyn nhw fynd i mewn i ffrae arall am rywbeth mor wirion. Felly dwi'n gofyn os ydyn nhw wedi penderfynu ar enwau i'r babi ac mae o'n dweud, "Ddim eto, er bod ganddon ni chydig o syniadau." Ond dydy o ddim yn dweud wrtha i beth ydyn nhw. Mae Dad yn dal i fod ar gefn ei geffyl braidd pan gyrhaeddwn ni'r bwrdd lle mae Mam yn eistedd, ei phen yn ei llyfr geni gartref. "Paid â dweud wrth dy fam beth maen nhw'n ei wneud i'r adenydd; efallai y bydd o'n ei hypsetio hi," meddai Dad wrtha i.

"Mi ddwedodd Meistr y Cigfrain nad ydy o'n eu brifo nhw, Dad. A dwedodd o ei fod o'n caru'r cigfrain fel petaen nhw'n blant iddo fo."

"Fyddwn i ddim eisiau bod yn blentyn iddo fo os mai dyna be mae o'n gwneud iddyn nhw."

"Dyna ble rwyt ti! Ti'n llwglyd?" mae Mam yn gofyn, gan roi rhywfaint o arian i fi. Mae ei llygaid hi'n gwibio o Dad ata i. "Dos i nôl pot arall o de a chacen, os wyt ti eisiau. Dewisa rai i ni hefyd."

Mae hi eisoes wedi sylwi ar hwyliau Dad a ddim ond yn gofyn i fi fynd er mwyn iddi'i dawelu o. Cyn gynted ag y bydda i'n cerdded draw at y cownter mae hi'n tynnu Dad o'r neilltu ac yn dechrau sibrwd. Alla i ddim clywed y rhan fwyaf o'r sgwrs, ond dwi'n adnabod yr olwg sydd arno. Maen nhw'n glòs at ei gilydd, yn siarad am oesoedd. Yn ffodus, mae'r ciw yn hir.

Wrth i fi ddod 'nôl yn cario'r hambwrdd, mae Dad yn sefyll ac yn ei gymryd oddi arna i. Dwi'n gallu gweld ei fod fwy neu lai wedi dod at ei goed eto. "Sori am gynnau, Kai!" meddai Dad, gan dapio fy mraich. "Do'n i ddim yn hoffi'r holl sôn 'na am dorri'r adenydd!"

Mae Mam yn troi ei phen felly alla i ddim gweld gymaint mae hi'n poeni. Dwi'n gwybod bod Dad wedi cael amser caled pan oedd yn iau, ond weithiau hoffwn i petai'n siarad amdano yn lle ei gau i mewn – sut brofiad oedd bod mewn gofal a pham mae o'n casáu popeth am yr ysgol.

Pan mae Dad yn mynd i glirio'r hambwrdd mae Mam yn wincio arna i ac yn anwesu'i stumog. "Paid â phoeni am Dad, Kai. Dim ond nerfau munud olaf!"

Ar y ffordd adref, wrth gerdded ar hyd yr afon, dwi'n gafael ym mraich Dad ac ym mraich Mam a dwi'n sylweddoli mai dyma'r tro olaf mae'n debyg y byddwn ni'n cerdded gyda'n gilydd am ychydig, dim ond y tri ohonon ni.

Mae'r tarth iâ wedi codi a'r goleuadau Nadolig yn disgleirio, gan adlewyrchu miliwn o sêr ar y dŵr. Mae arwydd neon yn bloeddio dymuniadau Blwyddyn Newydd Dda ac mae Dad yn pwyntio at ble gallwch chi weld tŵr a tho crwm Eglwys Sant Paul yn codi uwchben niwl trwm y gaeaf. "Fe ddylen ni fod wedi mynd i fanna yn lle. Dwi bob amser wedi bod eisiau mynd i mewn. Pam dydyn ni erioed wedi bod yno, Janice?"

Mae llygaid Mam yn goleuo. "Dewch i ni ddod y Nadolig nesaf felly, efo'r un bach yma?"

Mae Dad yn lapio'i fraich o amgylch canol Mam, neu o leiaf yn trio gwneud. "Iawn! Erbyn hynny fe ddylwn i allu cael fy mreichiau i'r holl ffordd o dy gwmpas di!" mae'n tynnu coes, ac mae hi'n ei wthio i ffwrdd, gan chwerthin. Mae Dad yn hymian eto i'w hoff emyn, 'Draw, draw ymhell mae gwyrddlas fryn'. "Wyt ti'n meddwl y gelli di gyflwyno ceisiadau?" mae'n gofyn, gan chwerthin.

Wrth i fi syrthio i gysgu mae hen gân Dad yn fy nghlust a dwi'n gwybod nad y cigfrain sy'n codi ofn arna i mwyach …

Paid ag ofni'r cigfrain, Kai.
Edrych i'r disgleirdeb yn eu llygad.
Tyrd i weld sut mae'r golau'n pefrio ar eu plu,
gan beintio enfys ar adenydd eboni.

Dwi'n deffro â 'mhen yn drwm a llais Dad yn canu, yn ddwfn gyda rhagfynegi.

Wrth eillio, dwi'n archwilio fy hun yn y drych, yn trio dyfalu beth mae Orla yn ei weld. Ddylwn i ddim gadael i'r farf dyfu. Dwi'n gallu'i weld o yng ngolwg pobl, y pryder 'mod i'n gadael i bethau lithro eto. Y tro diwethaf i ni yfed yn Y Gigfran oedd ychydig ar ôl iddyn nhw wneud eu harholiadau olaf. Wnes i ddim aros yn hir achos doedd gen i ddim byd i'w ddathlu ac allai Om ddim dod, felly bu'r ddau ohonon ni'n yfed te sinamon ei fodryb yn ei fflat yn lle hynny.

Mae Orla yn galw amdana i. Dyna'r peth ro'n i'n arfer ei hoffi am fyw ar y llawr cyntaf – mae'n rhaid i bobl fynd heibio i ti, felly rwyt ti'n cael dy gasglu!

"Rwyt ti'n edrych yn well!" Mae Orla yn gwenu wrth agor y drws. Dwi'n nodio. "Wedi siafio'n lân er dy fwyn di!"

Alla i ddim dod i arfer â pha mor wahanol mae hi'n edrych efo'i gwallt yn fyr. Mae hi'n cerdded o 'mlaen i a dwi eisiau estyn allan a chyffwrdd â'r pant bychan ar waelod ei gwddf.

Mae hi'n gafael yn fy mraich wrth i ni fynd ar hyd y ffordd tuag at Y Gigfran. "Sut mae'n mynd efo'r plantos?"

"Iawn! Dwi'n gweithio efo nhw yn y clwb gwyliau yn y bore ac yn ysgrifennu yn y prynhawn. Pan dwi wedi teimlo fel rhoi'r gorau i'r ysgrifennu, maen nhw'n fy nghadw i fynd. Maen nhw'n rhoi nod i fi i roi trefn arna i fy hun. Mae rhai ohonyn nhw'n f'atgoffa i o sut ro'n i yn yr oedran yna a, wel … mae'n teimlo fel y gallai ysgrifennu am beth ddigwyddodd fod yn ddefnyddiol rywbryd, a ddim i fi neu i ni yn unig. Beth bynnag, mae gweithio efo nhw wedi gwneud i fi feddwl be dwi'n mynd i'w wneud pan fydda i'n gadael y lle yma o'r diwedd!"

Ar ôl cael diod neu ddau, ac ar ôl i Orla godi cywilydd arna i efo'i pherfformiad arferol o ofnadwy o 'Pen-blwydd Hapus', mae hi'n dweud wrtha i bod ganddi rywbeth i'w ddweud.

Dwi'n cymryd swig o gwrw ac yn gwneud i fy meddwl i grwydro. Os mai be dwi'n feddwl ydy o, byddai'n well gen i beidio â gwybod.

"Efallai y bydda i'n eich cyflwyno chi i'ch gilydd ryw ddiwrnod!"

Dwi'n gwgu, ddim yn deall ... Fy nghyflwyno i Zak, o bawb?!

Mae Orla yn chwarae â'i gwallt, gan anghofio bod ganddi ffrinj, ac wedyn yn ei lyfnhau eto. "Chidi, Chidi ydy'i henw hi."

Dwi'n trio edrych yn ddidaro tra bydda i'n yn cymryd popeth i mewn, a bron yn llwyddo i wenu wrth i Orla sgwrsio.

"Sut un ydy hi?" dwi'n llwyddo i ofyn yn naturiol.

Mae Orla yn tynnu ei ffôn allan ac yn dangos llun ohoni hi gyda merch dal a breichiau'r ddwy dros ysgwyddau'i gilydd. "Chi'n edrych yn hapus!"

"Ydyn. Dwi ddim yn ei hadnabod hi cystal eto ond dwi'n ei hoffi hi'n fawr ... Mae hi hefyd yn paratoi i fod yn hyfforddwr."

Dwi'n nodio, yn yfed ychydig o 'nghwrw achos 'mod i'n meddwl o hyd am bethau dwi am eu gofyn iddi, ond dwi ddim yn siŵr a ddylwn i, ac a alla i.

Mae Orla yn chwerthin. "Dwi'n gallu darllen dy feddwl di'n iawn, Kai. Gwna ffafr â fi, wnei di? Pan ti'n eistedd yno, yn trefnu bywyd yn yr efengyl yn ôl Kai, meddylia am hyn – ti ddim yn gwybod popeth amdana i! Dydyn ni ddim hyd yn oed yn gwybod popeth amdanon ni'n hunain eto. Does yr un ohonon ni'n gwybod. Fel mae mam Zak yn dweud, 'Gwaith ar y gweill ydyn ni, bob un'."

Dwi'n gadael i Orla wneud y siarad tra mae fy mhen yn stopio troelli a rywsut mae'r newydd hwn yn helpu. O'r diwedd dwi'n gwybod bod yn rhaid i fi roi'r gorau i lynu wrth yr hyn na fydd byth yn mynd i fod.

Dwi'n deffro i alwad boreol Bwa ac mae'r alwad yn fy ngyrru i'n ôl i lawr yma i'n Gwyrddlas Fryn. Dwi'n dod â sach gysgu efo fi fel nad ydw i'n oeri. Rŵan dwi'n clywed chwerthin Orla y tu mewn i fi a dwi'n gwylio'r awyr yn tywynnu lliwiau gwallgof o felyn ac oren wedi'u hysgythru â llinellau llwyd. Dwi'n teimlo'n fyw o'r newydd, fel petai gweld Orla wedi rhoi lle yn fy nghalon i ysgrifennu hwn.

Mae Om ar ei falconi yn barod, yn peintio, gan ddal golau'r wawr yn codi. Mae'n fy nghyfarch a dwi'n ei gyfarch yn ôl wrth i fi eistedd wrth goeden Swla. Mae'n gwneud ei waith, dwi'n gwneud fy un i, a dwi'n teimlo ei fod yn llythrennol yn gefn i fi!

Rŵan – pan dwi'n ei weld ar y dudalen – mae'r gair *rhagfynegi* wir yn gwneud i fi grynu. Mi ysgrifennais i draethawd cyfan amdano yn Saesneg nad oedd yn un da iawn, ond gan 'mod i wedi dechrau ysgrifennu hwn dwi'n meddwl 'mod i'n deall y pwynt. Efallai mai'r rheswm na ches i erioed y graddau y dylwn eu cael tan rŵan ydy oherwydd nad o'n gallu *teimlo*'r cysyniadau haniaethol yma. Doeddwn i ddim yn poeni yr adeg honno am dranc trasig Hamlet! Ei nam marwol … Ond rŵan gofynnwch i fi ysgrifennu'r traethawd hwnnw ac mae'n debyg y byddai'n chwip o draethawd.

Os bydda i byth yn athro o fath yn byd, bydda i'n trio dod o hyd i ffordd o egluro nam marwol neu sut mae pethau'n digwydd cyn i'r cymeriad wybod mewn gwirionedd bod y ddaear ar fin symud oddi tano. Byddwn yn cael pobl i ysgrifennu eu rhagfynegi eu hunain, hyd yn oed os na fydden nhw'n dangos eu gwaith i neb. Wedyn bydden nhw wir yn ei ddeall pan fydden nhw'n ei ddarllen mewn llyfr neu'n ei weld mewn ffilm.

Ond mae'n debyg, mewn bywyd, petaen ni wir yn talu sylw i ragfynegi pan fydden ni'n ei weld, wedyn fyddai yna ddim trasiedïau. Achos petaen ni'n gallu gweld yr arwyddion fe fydden ni'n gallu atal y stori cyn i'r cachu ddigwydd. Fe fyddwn i'n gorffen y stori trwy beintio dwylo haul cyfrinachol gydag Orla, yn yr adeg pan nad oedd dim byd ond gobaith o'n blaenau ni. Ond ddim dyna'r gwir.

Dwi'n gwthio'r llyfr nodiadau o'r neilltu ac yn cau fy llygaid, gan adael i'r meddwl grwydro.

"Kai?" mae Orla yn galw, ac yn ymddangos wrth fy ochr. "Roedd dy feddwl di'n bell, bell eto!"

Yn ddwfn gyda rhagfynegiad.

"Dwi'n mynd rŵan!" Mae hi'n gosod tusw bach o lygaid y dydd wrth ymyl coeden Swla. "Dwi'n gwybod dy fod di wedi dweud nad oedd dy deulu di'n mynd i wneud môr a mynydd o'r peth ond heddiw oedd o, ie? Y diwrnod y plannon ni'r goeden yma? Y diwrnod ar ôl dy ben-blwydd di?"

Dwi'n nodio gan gyffwrdd â deilen arian.

"Newydd fod yn ffarwelio ag Om. Fe ddylet ti alw heibio i weld beth sydd ar y gweill ganddo … mae'n anhygoel!"

"Beth mae o'n ei wneud?"

Mae Orla yn ysgwyd ei phen. "Dwi ddim yn siŵr. Mae fel ei fod yn peintio ein bywyd ni yma, ar y Gwyrdd-diroedd. Ddim yn union fan hyn, chwaith. Mae'n fath o rywle arall ar yr un pryd. Mae 'na gigfrain, ac mae wedi peintio llun o'i ddinas fel roedd hi'n arfer bod."

"Ydyn nhw i gyd mewn du a gwyn o hyd?"

"Y rhan fwyaf ohonyn nhw, ond wedyn mae yna fflachiadau llachar iawn o liw. Eisteddais wrth ei ymyl wrth iddo beintio. Dwi'n meddwl efallai ei fod o'n athrylith. Beth bynnag, mae'n amlwg bod y ddau ohonoch chi'n cael hwyl arni! Sut mae'r ysgrifennu yn mynd heddiw?" Mae Orla yn gwenu.

"Dim byd syfrdanol am y peth ond dwi'n ei wneud o. Fydda i byth yn gallu gorffen hwn heb i ti ac Om lenwi'r bylchau."

"Fe wnaethon ni addo y bydden ni pan fyddet ti'n barod, on'd do?" Mae hi'n ochneidio, ac yn syllu ar y geiriau.

Dwi'n cynnig y llyfr iddi ac yn betrusgar mae hi'n ei gymryd oddi arna i.

Dwi'n gorwedd ar fy nghefn yn syllu ar y cymylau. Dyma'r amser gorau o'r flwyddyn ar ei gyfer o. Mae cymylau ar ddiwedd yr haf yn anhygoel. Heddiw maen nhw fel ymennydd crychlyd yn hwylio ar draws yr awyr. Mae Bwa yma wrth fy ochr i ac, wrth i fi wylio Orla yn darllen, dwi'n teimlo ei bod hi y tu mewn i fy meddwl a dwi ddim yn tybio bod hynny wir yn bwysig. Bob hyn a hyn mae hi'n edrych draw arna i ac yn gwenu neu'n ochneidio neu grio. Wn i ddim ble mae hi yn ein stori ni.

Mae rhywbeth annioddefol wrth feddwl, petai'n stori nad oedd wedi'i hysgrifennu eto, byddai cymaint o weithiau lle y gallem ailweindio, ailweirio, ailgyfeirio.

Mae Orla yn troi ar ei bol ac yn parhau i ddarllen. Mae hi bron â chyrraedd lle wnes i orffen. Fy ngeiriau olaf i'n hongian yn yr awyr lle mae hi'n torri ar fy nhraws i.

Yn ddwfn gyda rhagfynegi.

"Edrych arna i, Kai!" Mae ei llygaid dagreuol mor ddisglair fel y galla i weld fy hun ynddyn nhw.

"Paid â bod mor galed arnat ti dy hun. Anghofia am ragfynegi. Ti'n gwybod sut ro'n i bob amser eisiau bod yn chwaer i Swla. All hynny ddim bod ond galla i fod yn chwaer i ti ac mae gen i Om a Zak. Dy frodyr di ydyn nhw hefyd," mae hi'n sibrwd, ac yn lapio'i breichiau amdana i. "Mae gennyt ti fi am byth." Dwi'n teimlo miliwn o saethau trwy fy nghalon. Achos dwi'n gwybod bod yn rhaid i fi roi'r gorau i'r hyn dwi wedi dyheu iddi ei ddweud … Efallai 'mod i'n clywed o'r diwedd beth mae hi wastad wedi bod yn trio'i ddweud wrtha i – all hi byth fy ngharu i yn y ffordd dwi eisiau iddi hi wneud.

Mae hi'n edrych ar ei ffôn. "Rhaid i fi fynd, Kai!" Mae hi'n ei thynnu ei hun i fyny, yn pwyso ar fy ysgwydd ac yn cusanu fy moch i. "Dwi'n dy garu di, Kai."

"Caru ti hefyd, Orla!"

Rŵan bod fy hiraeth wedi cael ei dynnu allan ohonof i o'r diwedd, mae'r cwtsh mae hi'n ei roi i fi yn teimlo fel yr arferai deimlo pan oedden ni'n blant. Mae gen i'r ysfa ryfedd yma i osod siglen lle roedd yr hen un a gofyn i Orla fy ngwthio i arni, yn gynt ac yn gynt ... Ond dwi'n gwybod bod hynny i'r gwrthwyneb i'r hyn mae angen i fi ei wneud os ydw i byth yn mynd i arafu digon i graffu ar bob tro yn y ffordd.

Mae'n llawer haws anelu'n uchel. Dwi'n ochneidio ac yn ochneidio ac, yn y diwedd, dim ond dechrau lle gorffennais i. Dwi'n dal ati achos dyna'r cyfan y galla i ei wneud.

Y daith i'r Tŵr ydy ein taith olaf gyda'n gilydd. Mae'n mynd mor oer ac mae Mam yn dweud bod angen i ni aros yn gynnes ac yn glyd wrth i ni baratoi i'r babi ddod unrhyw ddiwrnod rŵan. Dwi'n meddwl ei bod hi'n meddwl am Dad hefyd, ar ôl sut roedd o yn y Tŵr.

Dwi'n teimlo'r pwysau efo'r holl lanhau a thaclu so a'r peth pwll-chwythu-fyny mawr yma sydd wedi cyrraedd canol ein hystafell ffrynt yn barod i'r babi gael ei eni ynddo fo. Hoffwn i petai Mam yn mynd i'r ysbyty yn lle cael y babi fan hyn.

Mae Mam a Dad yn cysgu a dwi'n meddwl galw i weld Orla, ond heddiw gallwn i wneud heb ei chwestiynau manwl. Gan fod ei mam hi yn un o fydwragedd fy mam i, fydd hi ddim yn stopio rhefru am y cyfan ac dwi jyst angen dianc. Dwi'n anfon neges destun at Zak ac rydyn ni'n trefnu cyfarfod yn y Bwth.

Ar y ffordd i lawr mae bronfraith yn gwneud cymaint o sŵn nes i fi droi oddi ar y llwybr i weld beth oedd yn digwydd. Mae'n trio fy rhybuddio i gadw draw ond mi es i o dan y canghennau a dod o hyd i wy glas golau wedi'i chwalu ar y ddaear rewllyd. Mae aderyn bach crebachlyd gyda choesau pigog yn gorwedd ar y ddaear, hanner ffordd i mewn a hanner ffordd allan o'r wy. Dwi'n plygu'n isel i edrych yn agosach ac mae fy stumog yn troi.

Dim ond aderyn a ddisgynnodd o'i nyth oesoedd yn ôl ydy o, dwi'n atgoffa fy hun.

Y fronfraith,
yr aderyn cân,
wedi cwympo o'i nefoedd fechan isel.

"Nefoedd fechan isel, nefoedd fechan isel," dwi'n llafarganu wrth wneud fy ffordd i'r Bwth, yn trio anwybyddu'r teimlad yn fy mol fod rhywbeth arall wedi torri.

Dim ond aderyn yn cwympo allan o nyth.
Mae'n digwydd drwy'r amser.
Nefoedd fechan isel.
Nefoedd fechan isel.
Nefoedd fechan isel.
Dwi'n taro ochr fy mhen i atal curiad y siant, ond dwi'n methu cael llun y cyw crebachlyd yn ei blisgyn toredig allan o fy meddwl.

Erbyn i Zak gyrraedd, dwi wedi dod ataf fy hun. "Ti'n iawn?" mae'n gofyn, gan estyn am ei gardiau chwarae a dechrau delio.

Rydyn ni'n chwarae Twyllwr, a bob hyn a hyn mae'r cigfrain yn plymio lawr ar y to. Ar ôl i ni chwarae am dipyn dwi'n meddwl dweud wrth Zak am y cyw crebachlyd ro'n i newydd ei gladdu ar ben y bryn. Dwi'n meddwl dweud wrtho am yr hyn ddywedodd fy nhad am y Tŵr yn cwympo hefyd, ond bob tro dwi ar fin siarad dwi'n chwysu'n boeth i gyd gyda rhywbeth tebyg i gywilydd. Mae Zak yn caru fy nhad ... Pam alla i ddim dweud wrtho? Rywsut byddai'n teimlo fel brad.

"Twyllwr!"

Mae Zak yn fy herio i ddangos fy nghardiau, ac yn araf bach dwi'n eu gosod nhw i lawr, ac maen nhw'n union fel y dywedais.

Ond wnes i erioed osod fy nghardiau ar y bwrdd mewn gwirionedd ac allai Zak ddim fy narllen i. Ro'n i bron bob amser yn ennill ond mae'n debyg mai fi oedd y collwr bob amser yn y diwedd, achos efallai petawn i wedi dweud wrtho beth oedd yn digwydd gyda fy nhad yr adeg honno ... Ond beth ydy'r pwynt? Does dim modd troi'r pecyn ... dim modd mynd yn ôl a newid cwrs hanes.

Wrth i Zak ddelio eto mae'r pâr cigfrain yn neidio i fyny at ddrws y Bwth, yn agosach nag erioed o'r blaen. Petai Orla yma byddai hi'n eu gwthio i ffwrdd. "Weithiau maen nhw'n edrych fel eu bod nhw'n gwybod beth dwi'n ei feddwl!" dwi'n dweud wrth Zak, gan wthio'r atgof am y cyw bach o fy meddwl.

Mae'n rhoi pwt i fy mraich ac yn chwerthin. "Kai! Dwi ddim hyd yn oed yn gwybod beth rwyt ti'n ei feddwl hanner yr amser!"

Pryd wnes i dy gau di allan, Zak?

"Kai! Mae wedi dechrau!" Mae Orla yn galw, ei llais yn dawnsio drwy'r awyr ac eiliadau'n ddiweddarach mae ei thraed yn clecian i lawr y llwybr.

Dwi eisiau galw arni i fod yn ofalus, rhag tarfu ar wy'r fronfraith oedd wedi cael ei gladdu ar ben y bryn, ond mae hi eisoes yn llithro i stop y tu allan i'n Bwth ni, ei hwyneb yn goch gan gyffro. "Helô, Zak! O'n i ddim yn gwybod dy fod di'n dod draw!" Mae hi'n gwenu, yn hapus i'n gweld ni yma gyda'n gilydd. "Kai! Mae'n digwydd! Mae'r babi'n dod. Mae Mam wedi mynd i dy dŷ di!" Daw'r geiriau i gyd ar frys. Alla i ddim eu hamgyffred nhw. "Beth bynnag, mae Mam yn dweud y bydd hi'n oesoedd eto felly does dim brys ond os hoffet ti fe elli di ddod i'n fflat ni nes bydd hi'n galw amdanon ni!" Mae hi'n lapio ei breichiau amdana i a Zak mewn coflaid fel roedd hi'n arfer gwneud.

Ond mae'n wahanol. Gwahanol achos dwi'n gallu teimlo twmpathau bach, meddal ei bronnau lle roedd dim ond asennau caled, tenau yn arfer bod. Dwi'n tynnu i ffwrdd. Efallai ei bod *hi'n* meddwl amdanaf i fel ei brawd, ond y cyfan dwi'n ei wybod ydy hyn – dydy cofleidio Orla y dyddiau yma ddim yn teimlo fel cofleidio chwaer i fi.

"Efallai y dylen ni i gyd aros yma," dwi'n dweud.

Mae hi'n chwerthin. "Am ychydig, os hoffet ti! Ond ti ddim eisiau clywed beth sy'n digwydd?"

"Ddim wir!" dwi'n dweud, gan wneud stumiau. "Hoffwn i petai hi wedi mynd i'r ysbyty. A Dad hefyd," dwi'n mwmian.

"Mae Mam wedi helpu i eni llwyth o fabanod gartref. Dyna beth mae dy fam ei eisiau. Bydd hi'n iawn. Allai hi ddim cael bydwraig well ..."

Nefoedd fechan isel.
Nefoedd fechan isel.
Nefoedd fechan isel.

Ro'n i'n arfer lleisio fy mhryderon wrth y ddau ohonyn nhw am y pethau sy'n rhedeg trwy fy mhen, ond wedyn do'n i byth yn arfer bod â chymaint o bryderon. Rŵan mae fy ffrindiau gorau yn pwyso yn erbyn y wal felen ac yn sgwrsio. Mae ôl fy nwylo i ac Orla y tu ôl iddyn nhw – *ydy hi wedi anghofio?* Dyma'r tro cyntaf i fi deimlo'r trywanu yma yn fy mrest i, teimlad dwi'n trio'i anwybyddu achos mae'n gwneud i fi fod eisiau cydio yn Zak a'r holl bethau newydd y mae wedi dod â nhw i'r Bwth a'i daflu o a'i holl bethau allan ...

Hoffwn i petai'n gadael llonydd i ni yn ein cartref yn y Gwyrdd-diroedd rŵan. Dwi'n gwybod 'mod i wedi gofyn iddo ddod yma ond alla i ddim atal y meddwl rhyfedd hwn rhag fflachio trwy fy mhen. Mae ein heiddo ni yn eiddo iddo fo, ond dydy ei eiddo fo ddim yn eiddo i ni. Sut all hynny fod yn iawn? Sut fyddai o'n teimlo petaen ni'n rhedeg ar draws y Rec ac yn ymddangos yn ei ardd o? Mae'r dicter hwn yn dal i godi ynof, fel dwi wedi'i deimlo yn Dad, ac mae hyd yn oed fy meddyliau yn swnio'n debycach i rai Dad na fy meddyliau i. Hoffwn petai Zak yn deall yr awgrym ac yn clirio'i bethau rŵan. Aros ar ei ochr o o'r Rec fel mae'r plantos eraill yn eu tai mawr yn ei wneud a gadael fi ac Orla i'n nefoedd fechan isel yn y Gwyrdd-diroedd.

Efallai y gall Zak fy narllen i'n well nag yr o'n i'n meddwl achos ar ôl ychydig mae'n dweud bod yn rhaid iddo fynd. Dwi'n dweud sori am fod yn dawel – achos alla i ddim canolbwyntio ar ddim byd, yn meddwl am Mam yn geni babi yn ein fflat ni ...

Mae Zak yn fy nghofleidio i yn y ffordd mae ein tadau'n rhoi cwtsh, gan guro cefnau'n gilydd yn galed. Do'n i byth yn meddwl dim am gofleidio Zak nac Orla. Roedd fel ein bod ni'n un gwreiddyn clwm o dan yr un goeden ...

"Pob lwc, ffrind!" mae'n galw wrth adael. Mae hyd yn oed y ffordd rydyn ni'n siarad â'n gilydd yn swnio fel ein bod ni'n ymarfer sut i fod pan fyddwn ni wedi dod allan o'r plisgyn plentyndod yr oedden ni'n byw ynddo mor hir gyda'n gilydd. Ers yr ysgol uwchradd mae'r cyfan wedi dechrau cracio ... ond pwy ydyn ni'n twyllo? Mae ganddon ni adenydd adar bach o hyd a dydyn ni ddim eto wedi dysgu sut i hedfan gyda'n gilydd i fyd oedolion.

"Chi'ch dau mor lletchwith efo'ch gilydd y dyddiau yma," meddai Orla. "Tyrd, gawn ni ras!" Mae hi'n cychwyn ar wib i fyny'r bryn. Rydyn ni'n rhedeg ysgwydd wrth ysgwydd, yn plygu trwy fynedfa'r ffau ac i fyny, gan gyrraedd pen ein Gwyrddlas Fryn gyda'n gilydd ac yn yr eiliad hon o rasio gydag Orla dwi'n anghofio popeth am ragfynegi ac awyr wedi torri.

Hoffwn pe gallwn rewi amser yn fanna. Does dim ots gen i pa mor serth ydy'r bryn. Dwi'n dymuno y gallen ni fod wedi aros felly, am byth yn cydredeg cyn plannu coeden Swla, pan oedd fy ysgyfaint yn rhydd i anadlu, pan oedd ein llwybr yn agored.

Yn fyr o wynt, yn cloncian drwy'r drysau diogelwch metel, rydyn ni'n rhuthro i fyny'r grisiau a heibio ein fflat ni lle mae Mam yn cael y babi!

Rydyn ni'n eistedd yn fflat Orla, yn gwrando ar y synau oddi isod. Unwaith neu ddwy rydyn ni'n clywed Dad yn chwarae ei sacs ac yna'n stopio'n sydyn. Mae drws y balconi ar gau ond rydyn ni'n gallu clywed ei gerddoriaeth yn codi i fyny drwy'r llawr, ac yn sydyn dwi'n sylweddoli ... "Allwch chi bob amser ein clywed ni mor glir â hyn o fyny fama?"

Mae Orla yn codi ei hysgwyddau. "Weithiau!"

Dwi'n meddwl am yr holl sgyrsiau rydyn ni wedi'u cael pan mae Dad wedi bod yn drist, pan mae'n rhefru, a Mam yn cau'r drysau a'r ffenestri. Tybed faint ohonyn nhw mae Orla a'i mam wedi'u clywed?

Mae Orla yn dweud iddi fynd i'r gwaith efo'i mam un tro i weld babi'n cael ei eni. Mae hi'n dweud wrtha i pa mor anhygoel ydy o er ei bod hi'n teimlo braidd yn benysgafn a heb weld y darn olaf.

"Rwyt ti'n golygu'r dechrau!" dwi'n cellwair achos waeth pa mor cŵl mae hi'n trio bod, mae hi'n gwingo ar bob ochenaid sy'n codi aton ni. Dydy o ddim hyd yn oed yn swnio fel Mam.

Mae Orla yn fy anwybyddu ac yn agor drws ei balconi ond yn cilio'n ôl. "Shw! Ewch o'ma!" Mae hi'n chwifio'i breichiau at y cigfrain, i'w gwthio i ffwrdd. Mae hynny'n rhyfedd. Dydyn nhw erioed wedi hedfan i'n balconïau o'r blaen. Nawr maen nhw'n clwydo ar reilins Orla, a phob hyn a hyn, yn hercian lawr i'n rhai ni fel petaen nhw yr un mor nerfus i wybod beth sy'n digwydd ag yr ydyn ni.

"Mae'n dda bod Mam yn rhy brysur i sylwi arnyn nhw! Mae hi'n meddwl eu bod nhw'n ddrwg ..." Mae Orla yn cnoi ei gwefusau i'w hatal rhag parhau.

"Drwg ... beth?"

"Maen nhw'n gwneud llanast drwg!" Mae Orla yn ysgwyd ei phen, ddim eisiau dweud y geiriau sy'n rhedeg trwy ein meddyliau ni'n dau.

Lwc ... ddrwg, argoel ... ddrwg. Ond dydy'r cigfrain ddim yn fy mhoeni cymaint â'r wy toredig a gladdais heddiw, ac alla i ddim magu digon o blwc i ddweud wrth Orla amdano fo.

Waeth faint mae hi'n chwifio ac yn shwian, mae'r cigfrain yn gwrthod gadael. Maen nhw'n neidio'n ôl ac ymlaen o'n balconi ni i un Orla, eu llygaid craff yn rhythu. Dwi'n edrych i'r disgleirdeb yn eu llygaid nhw achos dwi'n meddwl pe gallen nhw, bydden nhw'n dweud wrtha i beth sy'n digwydd. Dwi'n meddwl efallai fod y cigfrain yn y Tŵr a'u hadenydd toredig wedi creu argraff arna i, achos rhywsut dwi'n teimlo'n agosach at gigfrain y Gwyrdd-diroedd nag erioed, fel petaen ni i fod gyda'n gilydd.

Mae nodau cerddoriaeth dawel Dad yn ein cyrraedd ni.

"Weithiau, pan mae dy dad di'n canu'r sacs, dwi a Mam jyst yn eistedd yma ar y soffa efo'r drws ar agor yn gwrando." Mae Orla yn cau ei llygaid ac yn rhoi arwydd i fi eistedd yn y sedd wrth ei hymyl hi. "Dwi'n hoffi'r nodau sydd rhwng y nodau eraill, y rhai sydd ddim yn siŵr ohonyn nhw eu hunain, fel eu bod nhw'n ymestyn am rywbeth. Wyt ti'n gwybod beth dwi'n ei feddwl?"

"Ydw, dwi'n meddwl."

Yr hyn dwi'n ei wybod yn iawn ar hyn o bryd ydy 'mod i eisiau estyn at Orla, dal ei hwyneb yn fy nwylo a'i chusanu. I gyfeiliant y nodau yn y canol, pan dwi bron â gwneud, dwi'n meddwl ei bod hi eisiau i fi ei chusanu, ond dwi'n aros yn rhy hir ac mae hi'n agor ei llygaid wrth i gŵyn Mam droi'n rhuo. Tybed sut bod pobl yn cael eu geni fel hyn? Sut gall hi fod mor anodd cael eich geni? Mae'r ffordd y mae Mam yn gweiddi yn swnio'n debycach i rywbeth yn marw.

Oeddwn i wir yn meddwl hynny? Dwi'n credu i fi wneud. Ro'n i'n estyn am y nodau rhwng y nodau, y rhai roedd Orla yn dweud wrtha i ei bod yn hoffi orau. Dwi ddim yn meddwl bod oedolion yn rhoi digon o glod i blant am glywed y nodau rhwng nodau. Efallai fod rhai plant wedi'u tiwnio fwy iddyn nhw nag eraill ond ro'n i bob amser yn teimlo'r traw. Dyna'r peth am Orla. Mae hi'n gwneud i fi gloddio'n ddwfn i mewn i fi fy hun, chwilio mwy. Dwi wedi bod yn estyn am y nodau rhwng nodau ers cyhyd. Mae'n debyg, wrth ysgrifennu hwn, 'mod i'n dal i estyn.

"Ti'n clywed hwnna?" Mae Orla yn codi ac yn sleidio drws y balconi ar agor yn gyflym ...

Dyma'r sain amrwd melysaf a glywais erioed.

Galwad aderyn,
ddim yn hollol.

Cri,
ddim yn hollol.

Mwy fel cath yn crio.

Efo cân y bywyd newydd, mae'r cigfrain yn hedfan i'r hwyr.

Rydw i ac Orla'n dal ein hanadl,
yn rhythu i fyw llygaid ein gilydd.
Dim nodau-rhwng-nodau i'w canu na'u hochneidio,
mae hi'n gwyro draw a chusanu fy ngwefusau,
am eiliad.

Teimlai fel petawn i wedi darganfod y nodau coll y tu mewn i fi.

Rydyn ni'n sgrialu i lawr y grisiau, ac mae Dad yn agor y drws fel corwynt gan roi coflaid cawr i fi. Mae'n sibrwd am wyrthiau, heb deimlo embaras o fath yn y byd am ei frest flewog o flaen Orla sy'n chwerthin yn fy nghlust i. Mae Dad yn dweud wrtha i am dynnu fy nghrys, fel fo, er mwyn i'r babi fy ogleuo i a dod i fy nabod

i. Mae'n teimlo'n rhyfedd – fel ein bod ni fel tyrchod bach dwi wedi'u gweld yn tyllu trwy'r tyfiant – ond dwi'n gwneud beth bynnag. Cyn gynted â dwi'n ei dal hi yn fy mreichiau, mae rhyw gyffro oddi mewn i fi. Mae teimlad ei chorff bach, y bwndel bochgoch, yn erbyn fy nghroen yn teimlo fel gwyrth. Wrth edrych ar Mam, y cyfan a wela i ydy heulwen yn arllwys ohoni, yn tywynnu hapusrwydd droston ni.

Mae yna luniau ohonof i ar yr adeg yma ac mae fy llygaid yn edrych fel eu bod yn llenwi hanner fy wyneb. Dwi'n cael fy hypnoteiddio gan fywyd newydd.

Mae Dad yn rhoi ei fraich dros fy ysgwydd i. "Byddi di'n gofalu amdani gyda ni."

Dwi'n nodio'n fud, a'r tonnau o emosiynau'n ymchwyddo trwydda i, yn dal i deimlo blas cusan Orla ar fy ngwefusau.

Ei henw, meddai Mam, ydy Swla. Mae Dad yn dawnsio o gwmpas y lle. "Mae'n golygu heddwch ac 'Arthes Fechan!'" mae'n dweud gan chwerthin. Mae hynny'n gwneud i fi ac Orla chwerthin hefyd achos mae hi mor flewog ag arth!

Mae ein cartref yn llawn cariad, chwerthin, blinder a disgleirdeb. Dwi'n meddwl y byddai Orla yn symud i mewn petai hi'n cael, ond wrth iddyn nhw adael y fflat dwi'n clywed ei mam yn dweud, "Rhaid i ni eu gadael nhw i fondio rŵan. Amser i'r teulu ydy hwn."

Mae amser mewn dyddiau ac oriau yn toddi i gyfnod arall. Mae Swla wedi dod â'i chloc rhyfedd ei hun. Mae fel petai gweddill y byd wedi pylu a does neb ond fi, Mam, Dad a Swla yn ein nyth bach ein hunain … ac Orla i fyny'r grisiau, ac ôl ei chusan yn dal ar fy ngwefusau.

Rhyfedd sut nad oes gen i gof o'r ysgol bryd hynny. Mi es i yno. Do'n i ddim eisiau, ond mi es, a thrio canolbwyntio …

Mae Dad yn coginio, yn glanhau ac yn chwarae'r gerddoriaeth felysaf i fi glywed ganddo erioed. Mae Mam bob amser yn cysgu, yn bwydo, yn golchi, yn newid neu'n siglo Swla. Pan mae Mam yn cael bath dwi'n gafael yn Swla ac yn gwylio ei hwyneb fel gwylio'r awyr, yn dilyn pob cwmwl sy'n mynd heibio. Pan mae hi'n deffro ac yn agor ei llygaid, gan syllu i fy llygaid i, mae ei cheg yn codi'n wên. Mae Mam yn dweud mai dim ond gwynt ydy o … ond dwi'n gweld y disgleirdeb yn ei llygad hi a dwi'n gwybod ei bod hi'n gwenu arna i. Mae'n teimlo fel 'mod i'n dal y peth mwyaf gwerthfawr yn y byd yn fy mreichiau i, a'r ffordd y mae hi'n syllu'n ôl, mae fel petai hi'n meddwl 'mod i'n werthfawr hefyd.

Mae dau benwythnos yn mynd heibio. Mae Orla a'i mam yn dod draw. Dwi prin wedi gweld Orla yn yr ysgol ac mae fy nghalon yn curo gyda nerfau, fel petawn i ar fin cwrdd â dieithryn. Dwi'n agor y drws ac mae Orla yn gwrido fel petai ganddi gywilydd o fy ngweld i hefyd. Mae hi'n dod ag anrheg i Swla – blanced felen mae hi wedi'i gwau ei hun. Mae Mam yn ei lapio hi ynddi ac yn gadael i Orla ei dal yn agos. Mae dagrau o lawenydd yn llygaid Orla a dwi am ei chusanu rŵan, yma o flaen pawb. Dwi eisiau rhedeg allan ar y balconi a gweiddi i'r byd mai Kai ydw i, ac mai dyma ddiwrnod gorau fy mywyd – mae gen i fy nheulu ac Orla i'w caru.

"Wnes i weld rhyw olwg fach rhyngot ti ac Orla?" medd Dad yn hwyrach, yn pryfocio wrth i fi ddal Swla. "Oes angen i fi gael y sgwrs bwysig efo ti?" Mae'n rhoi pwt i fi, gan wneud i fi wingo. Pam mae'n rhaid iddo fod fel hyn o hyd?

"Calliwch!" dwi eisiau dweud, ond dwi'n meddwl 'mod i ychydig fel Dad y ffordd yna. Dwi ddim yn meddwl 'mod i'n gall o hyd chwaith.

Mae Dad yn codi un o'r cardiau llongyfarch 'Babi Newydd!' ac yn chwerthin. "Felly ti'n gwybod nad rhyw grëyr wnaeth ddod â Swla yma?"

"Dad! Ti wedi cam-ddeall." Dwi'n ochneidio, ond mewn ffordd dwi'n hapus ei fod o'n dechrau sylwi nad ydw i'n blentyn ddim mwy.

Mae Dad yn mynd ar flaenau'i draed draw i'r ystafell wely i weld sut mae Mam. "Cysgu'n dawel!" mae'n sibrwd, gan gyffwrdd ei wefusau â'i fys, a phwyntio at Swla a Mam. Wrth osod braich o amgylch fy ysgwydd, galla i glywed ei galon yn curo'n araf ac yn gryf.

Fel y dywedais i ... gwynfyd o gyfnod oedd hwn.

Y cyfan y galla i ei deimlo ydy poen hapusrwydd yn fy nghalon.
A'r holl ragfynegi –
y cyw wedi cwympo,
rhefru Dad yn y Tŵr,
adenydd anghytbwys –
wedi hedfan ymhell, bell i ffwrdd ac mae popeth yn euraidd.

Byth ers i Orla fy nghusanu i, dwi wedi bod yn pendroni a ddylwn ofyn iddi hi fynd allan efo fi, ac a ydy hi wedi bod yn aros i fi wneud hynny. Mae rŵan yn ymddangos fel yr amser iawn wrth i ni gerdded i lawr i'r Bwth gyda'n gilydd am y tro cyntaf ers geni Swla. Dwi'n cymryd anadl ddofn a dwi ar fin gofyn, ac yn sydyn mae hi'n gafael yn fy mraich i.

Rydyn ni'n sefyll yn y bwa, y cyfan sydd ar ôl o'n hen ffau ni. Mae hi'n iawn: mae hwn yn lle da ...

Mae mor chwithig. Sut mae estyn ar draws y bwlch rhyngon ni? Dwi'n petruso.

"Kai, allwn ni gadw'r gusan honno'n gyfrinach?" mae Orla yn sibrwd.

"Pam?" Dwi'n camu'n ôl i edrych arni.

"Dwi ddim yn gwybod. Mae'n debyg i'r teimlad roeddet ti'n ei deimlo am olion cyfrinachol ein dwylo haul ni. Efallai y bydd yn difetha pethau rhwng y tri ohonon ni. Dwi ddim yn meddwl 'mod i'n barod am ddim o hyn. Ro'n i mor hapus drosot ti. Dylen ni i gyd jyst bod yn ffrindiau."

"Iawn." Dwi'n tawelu ac yn trio gwneud fy llais i'n ysgafn.

Sut ro'n i'n teimlo, er na ddywedais i ddim byd o gwbwl? Ro'n i'n teimlo fel petai fy nghalon i'n torri. Dim ond am eiliad, yn ein nyth ni adre, yn dal Swla, yn breuddwydio am gusanu Orla eto, roedd popeth wedi bod yn berffaith.

Mae Zak yn dod â thedi bêr i Swla yn anrheg gan ei rieni. Mae Dad wedi dweud wrth bawb mai hi ydy ein 'harth fach' ni, a rŵan mae pawb yn prynu un iddi hi! Wrth iddo ei roi o i fi mae'n dweud ei fod o wedi clywed ei fam a'i dad yn sôn am drio am fabi arall.

"Byddai hynny'n grêt, yn byddai? Gallen nhw fod yn ffrindiau fel ni!" Mae Orla yn rhoi cwtsh iddo ac yn dechrau dweud y gallai hi fod yn chwaer i'w fabi o hefyd. A dwi'n gwneud y synau cywir o fod yn hapus efo'r syniad hwnnw, ond yr hyn dwi'n ei feddwl wrth i fi bwyso yn erbyn olion dwylo cyfrinachol yr heulwen ydy, *gobeithio na fydd o'n digwydd. Pam mae'n rhaid i'ch teulu chi gael popeth sydd ganddon ni, a mwy? Pam na elli di jyst ddim gadael i ni fwynhau'r eiliad yma?* Yr hyn yr hoffwn ei wneud ydy cusanu Orla rŵan o flaen Zak, dim ond i ddangos iddo fo fod gen i ac Orla rywbeth mwy, ond dwi'n aros yn dawel, yn berwi y tu mewn, yn gwylio'r cyfan yn digwydd.

Dwi ddim yn falch ohonof i fy hun. Dwi byth yn sibrwd gair am y drwgdeimlad yma tuag at Zak sydd wedi bod yn tyfu tu mewn i fi. A waeth faint bynnag dwi'n cael fy nhemtio, dwi byth yn torri fy addewid i, byth yn siarad â Zak am gusanu Orla.

Ond weithiau, does dim rhaid i chi ddweud pethau er mwyn i bobl deimlo'r hyn sydd yn y tawelwch. Dwi wedi dysgu cymaint â hynny. Y dyddiau yma, mae ein cyfrinachau ni'n hongian o amgylch waliau'r Bwth, dim ond haen o hen baent i ffwrdd o gael eu darganfod.

Felly, er na fydda i ac Orla byth yn cusanu eto, does dim byd yr un peth.

Fel y rhan fwyaf o ddyddiau ar ôl ysgol, dwi a Zak yn mynd i'r Bwth. Mae Orla yn gwneud rhyw esgus bod yn rhaid iddi fynd adref yn syth. Waeth beth mae hi'n ei ddweud am gael gormod ar ei phlât neu fod ar ei hôl hi efo'i gwaith cartref, dwi'n gwybod ei bod hi'n fy osgoi i.

I lenwi'r distawrwydd mae Zak wedi dod â hen fwrdd dartiau ei dad. Roedd yn mynd i'w daflu allan achos iechyd a diogelwch felly cafodd Zak y syniad o ddod â fo yma i ni. "Does dim angen i Dad wybod!" mae'n dweud. Dyma'r math o ddartiau sydd mewn gwirionedd yn gwneud tyllau yn lle'r rhai magnet sy'n tasgu'n ôl allan. Dwi'n hoffi'r ffordd maen nhw'n claddu'n ddwfn i mewn i'r bwrdd. Mae pob gêm rydych chi'n ei chael rywsut yn cael ei chofnodi yno am byth.

Dwi'n barod, yn anelu at y canol llonydd. Dwi'n methu dair gwaith ac yn mynd i nôl y dartiau, yn gorfod eu troi a'u troelli i'w tynnu nhw allan o'r bwrdd eto.

"Does dim rhaid i ti daflu mor galed!" mae Zak yn dweud.

"Dwi'n anelu'n ddifrifol, beth bynnag," dwi'n dweud. "Methu canolbwyntio! Dydyn ni ddim yn cael llawer o gwsg efo'r babi."

"Galla i glywed Swla yn crio o fan hyn!" Mae Zak yn gwrando am eiliad wrth iddo anelu a methu o drwch blewyn ...

"Mae Dad yn dweud bod ganddi ysgyfaint fel canwr opera," dwi'n dweud wrtho, ac yntau'n taro ei farc y tro yma.

"Bwlsai!" mae'n gweiddi, gan ddyrnu'r awyr.

Ac yn sydyn dwi eisiau codi dart a'i blannu yn ei gefn o. Fy ffrind ers diwrnod cyntaf yr ysgol gynradd. Fy ffrind yr oeddwn i'n sefyll efo fo yn noethlymun gorn, yng nghanol gaeaf. Plant bach yn chwythu swigen ddymuniad anferth dros y Gwyrdd-diroedd. Pam dwi'n teimlo'r casineb yma y tu mewn bob tro dwi'n meddwl amdano fo neu'n ei weld? Efallai achos ei fod o'n tyfu i fod yn fachgen mor boblogaidd, ei wisg ysgol wedi'i gorchuddio â bathodynnau llwyddiant, ond does neb i'w weld yn sylwi arna i, neu os ydyn nhw, dim ond Salter sydd â'i lygad arna i, yn cario clecs amdana i ymhlith yr athrawon eraill ... Mae hyd yn oed mam Zak yn fy ngalw i mewn i gael ychydig o 'sgwrs gall' efo hi. Efallai achos bod gan Zak ffordd hawdd o siarad efo athrawon neu unrhyw un. Neu efallai achos, ym mêr fy esgyrn, dwi'n meddwl mai Zak ydy'r rheswm pam nad ydy Orla eisiau fy nghusanu i eto.

"Ti'n cofio pan ddest ti yn ôl i fy nhŷ i, y tro cyntaf hwnnw, ac fe chwython ni'r swigen anferth honno dros y Gwyrdd-diroedd? Mi wnes i ddymuno am Swla. Beth oedd dy ddymuniad di?" dwi'n gofyn wrth iddo fo anelu at y bwrdd.

Mae Zak yn chwerthin. "Beth yn y byd sy'n gwneud i ti feddwl am hynny rŵan?" mae'n gofyn, gan dynnu ei ddartiau allan o'r bwrdd a'u cynnig i fi. Dwi'n ysgwyd fy mhen. Mae'n rhoi'i benelin yn fy ochr ... Yr hen arwydd i ddechrau ffugio ymladd.

Mae'n gollwng y dartiau ac yn gafael ynof i o amgylch yr ysgwyddau. Rydyn ni'n reslo â'n gilydd i'r llawr, gan wthio a thynnu fel yr oedden ni'n arfer gwneud i'n gilydd pan oedden ni'n blant. Ond ar ganol y ffeit, ar amrantiad, dwi'n llwyddo i'w gael mewn clo, yn troelli ei fraich, yn gwthio'i benelin i fyny.

"Amser, Kai!" mae'n gweiddi a dwi'n gwthio'i fraich ychydig yn uwch cyn i fi gallio a llacio fy ngafael. "Be sy'n bod arnat ti?" Mae'n fy ngwthio i i ffwrdd ac yn sefyll i fyny gan rwbio'i fraich. Dwi'n dweud dim byd.

"Efallai fod gennyt ti broblemau fel dy dad."

Dwi am anelu dart i'w lygad. "Pam rwyt ti'n dweud hynny?" Dwi'n cilio'n ôl wrth ofyn, yn ofni be wna i os bydda i'n rhy agos ato fo.

"Sori. Rhywbeth ddwedodd Orla. Dwi'n hoffi dy dad ... "

"Ond roeddet ti'n siarad amdano y tu ôl i 'nghefn i, on'd oeddet ti?" dwi'n brathu'n ôl.

Mae Zak yn gwgu ac yn ysgwyd ei ben. Mae'n codi ei fag ac yn edrych o amgylch y Bwth, yn cydio yn y dartiau fel petai o ddim yn ymddiried ynof i efo nhw. "Ti eisiau gwybod beth o'n i'n ei ddymuno bryd hynny ...?" Mae'n gwthio heibio i fi wrth iddo agor drws y

Bwth, gan droi i boeri'r geiriau allan. "Y byddet ti a fi yn ffrindiau am byth … Brodyr." Gyda hynny, mae'n cicio'r pren pwdr yn erbyn y colfachau gan greu sŵn byddarol.

Fe wnes i grio fel babi ar ôl hynny ac ro'n i eisiau ffonio Zak yn fwy na dim a dweud wrtho ei bod yn ddrwg gen i. Ond bob tro ro'n i'n codi'r ffôn i siarad efo fo, roedd tân yn fy ngwddf, achos bod yr hyn a glywais Dad yn ei ddweud, un diwrnod, yn dal yn sownd yn fy mhen. "Mae bywyd Zak yn llawn. Bydd o'n mynd yn bell." Fel petai'n gweld rhywbeth yn Zak nad oedd gen i … Roedd pawb arall bob amser yn dweud 'mod i a Zak mor debyg, gallen ni fod yn frodyr, ond roedd Dad fel petai'n gwybod yn wahanol. Dwi'n meddwl mai dyna pam ro'n i eisiau brifo Zak achos do'n i ddim yn gallu taflu'r teimlad – beth bynnag a phwy bynnag oeddwn i – y byddai Zak bob amser yn rhagori … Roedd hyd yn oed Dad yn gwybod hynny.

A rŵan?

Wedi cael fy ngadael ar ôl, yn eistedd ar y Gwyrddlas Fryn yma, o'r tu allan byddai'n ymddangos fel bod hynny'n wir, ond mae'r dicter wedi llosgi'i hun yn ddim. Yn lle'r boen a deimlais i'r diwrnod hwnnw, y cyfan y galla i ei glywed ydy dymuniad melys Zak i ni pan oedden ni'n blant bach, a gweddill ein bywydau ni eto i ddod. Yr hyn alla i ddim ei gredu ydy sut y mae wedi aros efo fi drwy bopeth; ar ôl y cyfan wnes i ei daflu ato, wnaeth o ddim gadael i fi ei wthio fo i ffwrdd.

Dwi'n aros am hydoedd cyn mynd adref ar ôl y ffrae efo Zak, ond mae Mam yn gweld bod fy llygaid wedi chwyddo ar ôl crio a dydy hi ddim yn mynd i adael iddo fod, felly dwi'n dweud wrthi am y ffeit. Ond dwi ddim yn dweud beth oedd achos y ffrae. Dwi eisiau gofyn iddi beth dylwn i ei wneud. Sut i wneud pethau'n iawn efo Zak, ond, tra dwi'n siarad, mae hi'n syrthio i gysgu wrth fwydo Swla.

Y diwrnod wedyn dwi'n gwneud yn siŵr 'mod i'n hwyr yn codi fel nad ydy Orla yn aros amdana i ar y ffordd i'r ysgol.

"Well i ti fynd!" medd Dad wrth Orla pan mae'n agor y drws iddi. "Dwyt ti ddim eisiau i'r cysgadur dy wneud di'n hwyr!"

Amser cinio dwi'n trio aros allan o'r ffordd fel 'mod i ddim yn taro ar Zak yn y cwad. Ond dydy hynny ddim yn gweithio. Dyna fo, yn eistedd wrth fwrdd gyda chriw o rai eraill dwi ddim yn eu nabod. Mae'n trio dal fy llygad, ond dwi'n troi i ffwrdd. Gwell cadw'n glir o'n gilydd.

Yn anlwcus i fi, dwi'n pasio mam Zak yn y coridor wrthi iddi frysio i'w dosbarth. Mae hi'n stopio ac yn holi am Mam a'r babi newydd. "Dydy hi ond fel ddoe ers i ti a Zak fod yn fabis bach!" Mae hi'n symud o gwmpas ychydig, fel petawn i'n ei gwneud hi'n anghyfforddus, a dwi'n sylweddoli 'mod i'n edrych ar ei bol am arwyddion.

Beth dwi i fod i'w ddweud?! "Ydy, mae Mam yn iawn a Swla hefyd," dwi'n dweud wrthi. Byddai'n well gen i petai hi ddim yn siarad efo fi o flaen pawb.

"Gwych, a Kai, sytha dy dei!" Mae hi'n pwyntio at fy nghwlwm llac. Dwi'n gwneud. O leiaf dydy Zak ddim wedi dweud wrthi am ein ffeit ni.

Ddydd Gwener, pan mae Orla yn dod lawr i'n ni fflat i weld Swla, mae hi'n gofyn i fi dro ar ôl tro pam dwi mor dawel. Dwi'n dweud "dim rheswm", ond yr hyn dwi eisiau ei ddweud ydy, "achos rwyt ti wedi bod yn siarad am fy nhad efo Zak a does gennyt ti ddim busnes i wneud hynny. Felly pam dylwn i ymddiried ynot ti?"

Dydy Zak ddim wedi bod yn ôl i'r Bwth drwy'r wythnos a dwi ddim yn gofyn iddo wneud chwaith. Mae Orla hefyd yn dod yn llai a llai aml. Mae'n rhy chwithig rhwng pob un ohonon ni.

Pan fydd Dad yn gofyn pam nad ydy'r tri ohonon ni gyda'n gilydd mwyach, dwi'n mwmian rhywbeth fel, "Mae ganddon ni ffrindiau gwahanol rŵan."

Mae Dad yn rhoi'i fraich amdana i. "Wel, wyt ti eisiau siarad am y peth?"

Dwi'n ysgwyd fy mhen, ond mae o'n benderfynol. "Mi ges i amser caled iawn dy oedran di. Tri theulu maeth a thair ysgol wahanol yn ystod ychydig flynyddoedd cyntaf yr ysgol uwchradd. Rwyt ti'n cael aros yn yr un lle efo dy ffrindiau, yn lle mynd o gartre i gartre. Sticia efo dy ffrindiau, Kai ... edrychan nhw ar dy ôl di. Paid â mynd i'r criw anghywir, fel gwnes i." Gyda phob gair mae'r rhychau ar dalcen Dad yn dyfnhau fesul un, fel petai'n cofio, rhwng pob gair, cymaint mwy nag y mae'n ei ddweud. "Beth bynnag sydd wedi digwydd rhyngoch chi, mae'n rhaid i chi sortio pethau. Ro'n i bob amser yn meddwl y byddai'r tri *musketeer* yn ffrindiau am byth!"

"Rhag ofn nad wyt ti wedi sylwi, dydyn ni ddim yn blant rŵan, Dad!" Dwi'n ochneidio wrth iddo afael yn fy ysgwyddau a 'nghofleidio i'n galed.

"Ti ydy fy mabi cyntaf i o hyd!" Dwi'n ei wthio i ffwrdd ac yn pellhau achos bod gen i gywilydd o'r hyn dwi'n ei feddwl y diwrnod hwnnw.

Hoffwn i petawn i'n gallu dweud wrthyt ti mai ti oedd y rheswm y buon ni'n dadlau. Ti oedd y rheswm i fi ymladd gyda Zak. Dy fai di ydy o. Dwi ddim am i ti byth fynd yn rhyfedd fel y gwnaethost ti'r diwrnod hwnnw yn y Tŵr eto. Arhosa fel hyn, o hyn ymlaen – dal yn gadarn er ein mwyn ni i gyd.

Mae wythnosau'n llithro heibio yn amser Swla, y bwydo, y newid clytiau a gwylio'i chwsg. Mae Dad mor gadarn â'r graig ar hyn o bryd, ond ddim fi. Dwi ddim hyd yn oed yn poeni am y cigfrain sydd wedi dechrau fy nilyn i ddrws fy malconi. Dwi wedi dod i arfer â'r wyrth fod Swla yma, ac alla i ddim aros nes y bydd hi'n cropian ac yn siarad. Dwi jyst eisiau gwybod pwy mae hi'n mynd i fod. Mae Mam yn dweud bod gan fy chwaer bersonoliaeth fach danllyd ond dwi ddim yn gweld sut mae hi'n gallu dweud hynny mor gynnar!

Gan fod Zak ddim o gwmpas mwyach, a bod pethau'n chwithig rhyngof i ac Orla, mae Dad wedi penderfynu dod lawr i'r Bwth efo fi achos dwi'n meddwl ei fod yntau'n teimlo 'mod i ei angen o yma. Er mor od ydy bod yno gyda'n gilydd, dwi'n hoffi hynny. Petawn i'n gallu, byddwn i'n hedfan yn ôl mewn amser pan oedd dim ond Dad a fi yn y Gwyrdd-diroedd, rhyfelwyr y gwylltir yn torri trwodd.

Rydyn ni'n 'creu caneuon' gyda'n gilydd. Mae Dad yn rhoi cynnig ar ddysgu'r sacs i fi eto ac, yn lle cwyno am ymarfer fel ro'n i'n arfer gwneud, mi adawais iddo fy nysgu a dod o hyd i rai o'r hen alawon yn fy ffordd fy hun.

"Ro'n i bob amser yn dweud bod gennyt ti fy nghlust gerddorol i, Kai. Dwi wrth fy modd yn dy ddysgu di ... os wyt ti eisiau i fi wneud."

"Efallai," dwi'n dweud.

Ond dwi'n gwybod pam mae Dad yn treulio amser i lawr yma, mae'n trio fy nenu rywfaint i ddweud rhywbeth am fy ffrindiau. Dwi ddim wir yn dweud unrhyw beth wrtho, ond mae o'n hapus eto, fel petai'n ymddiried bod popeth yn mynd i fod yn iawn. Dwi'n caru fy nhad gymaint am wybod 'mod i ei angen o rŵan yn y lle rydyn ni wedi bod agosaf erioed, ein llecyn bach ni yn y Gwyrdd-diroedd.

Rydyn ni'n aros yn y Bwth am hydoedd a phrin yn sylwi ar yr amser yn llithro heibio nes i ni glywed llais Mam yn galw. Mae Dad yn chwilio'i boced. "Dylwn i fod wedi dod â fy ffôn. Fe wnes i addo i Mam y byddwn i'n coginio."

Y fath eiriau dibwys arferol.

Mae Dad yn cychwyn loncian allan o'r Bwth ac i fyny'r bryn, y cigfrain yn sgrechian uwch ein pennau. Dwi'n ei droi'n ras ac er mai fo gychwynnodd gyntaf dwi'n dal i fyny ag o erbyn y diwedd.

Mae Mam yn sefyll ar y balconi, yn gwenu ac yn chwifio arnon ni … dwi'n meddwl. Gwenu'n galed, chwifio'n galed, yn magu Swla'n dynn amdani.

Mae Dad yn cyflymu, yn taranu drwy'r drws metel. "Be ydy'r brys?" Dwi'n rhuthro ar ei ôl, ac adenydd y gigfran yn gysgod dros y llwybrau brith. Mae Mam yn gwenu, on'd ydy hi?

Na, dim gwên. Mae ceg Mam yn llydan agored, a'r croen yn tynnu'n dynn mewn poen. Dwi'n ei gwylio hi'n troi, yn cymryd llaw rhywun wrth fynd 'nôl i mewn.

Mae amser yn arafu.

Mae Dad yn sgrechian, "Jan, Jan, beth sy'n digwydd?" Mae ei draed yn pwnio'r llwybr rŵan, felly dwi ar ei hôl hi braidd.

Pe na bai ond grisiau i ddringo ati fel y rhai a ddymunwn erioed.
Clywaf sŵn y drws metel, y glec.
Aroglaf ddrewdod chwerw chwys wrth i fi ddilyn Dad y tu mewn, a dod o hyd i
Holly, mam Orla,
yn pwyso dros Swla
yn gorwedd yn ei blanced felen ar y soffa.
Dwylo ar ei brest fach.
Ceg dros ei cheg.
Dwi wedi rhewi.
Dwi'n ddim, dim ond calon yn curo,
yn gwylio coesau a breichiau'n hedfan.
Breichiau Mam yn curo ar frest Dad,
y gweld bai yn gynddeiriog drwyddi.
"Ble oeddet ti, Dexter?"
Mae Orla'n gwrcwd yn y gornel, yn crio ac yn crio.
Cigfrain yn plymio, yn sgrechian.
"Kai, cau ffenest y balconi,"
gorchmynna Dad,
adenydd ffyrnig, yn mynnu dod mewn.
Dwi'n sleidio'r drysau ar gau.
Cwympo ar fy ngwely,
Tynnu'r blanced dros fy mhen a chuddio.

Dyma'r foment pan mae fy myd yn dechrau llithro.

O hyn allan dwi
y tu allan neu y tu mewn i fi fy hun. Alla i ddim dweud.
Mae golau glas yn fflachio;
y tu mewn mae Mam yn udo.
Mae dwylo Orla dros ei cheg.
Mae fy nghalon fel drwm, yn dyrnu, pwnio, curo.
Dwi'n cau fy llygaid yn erbyn ei rythm
ond y cyfan dwi'n ei glywed ydy sgrech y gigfran a'r cyfan y galla i ei weld
ydy'r cyw bach, difywyd
a lliw glas gwelw'r awyr yn hollti'n agored.

Mae Holly ac Orla allan ar y balconi.
Wedi fy lapio yn fy mlanced dwi'n baglu allan.
Rydyn ni'n sefyll gyda'n gilydd
i weld Mam a Dad yn dringo i'r ambiwlans.
Y seiren yn swnio'n sydyn yn awyr oer y nos.
Cysgodion adenydd cigfrain yn plymio trwy'r coed.

Pam nad ydy mam Orla'n dweud dim?
Mae rhimyn llygaid Holly'n goch gyda dagrau,
a'i dwylo wedi'u clymu'n dynn dros ei cheg.
Ymhen ychydig mae geiriau'n peswch allan.
"Ceisiais, Kai, ei chael hi i anadlu eto. Dro ar ôl tro."

Seiniau wedi troi'n fud.
Mae Holly yn symud ei cheg, yn siarad â fi.
Mae Orla yn symud ei cheg, yn siarad â fi.
Dim disgleirdeb yn ein llygaid
dim ond dagrau a dagrau
a dagrau.

Gan grynu, mae Orla'n codi fy mraich
fel y gall hi gamu i mewn hefyd dan y flanced.
Ni ddaw â chynhesrwydd
wrth gladdu ei phen yn fy mrest.
Dwi wedi rhewi.
Calon yn curo drwy groen
a dwi'n casáu fy hun.
O na bai 'nghalon i'n peidio er mwyn i un Swla allu curo eto
a byddwn i mor oer ag angau.
Nid hi.

Yn hofran uwch y trothwy,
mae'r cigfrain yn neidio oddi ar y reilins at lawr y balconi,
gan fynnu gwybod mwy.

Fy syniad i ydy plannu coeden i Swla ar fy mhen-blwydd, chwe mis ar ôl i ni ei cholli. Mae'n teimlo fel yr amser iawn i fi, ond mae Mam yn dweud y dylen ni ei gael ar ddiwrnod arall. "Mae dy ben-blwydd yn eiddo i ti, Kai, ac yn rhywbeth y byddwn ni bob amser yn ei ddathlu." Ond allwn ni ddim. Pwy sydd eisiau dathlu fy mhen-blwydd i rŵan a Swla wedi marw? Ddim fi. Dwi'n meddwl y gallai plannu coeden goffa yng nghoed y Gwyrdd-diroedd fod yn dda i bob un ohonon ni ac ro'n i'n meddwl y gallai gwneud rhywbeth gyda'n gilydd, cloddio yn y ddaear, helpu.

Rydyn ni fod i fynd i'r ganolfan arddio i'w dewis ond yn y diwedd, ar ôl hydoedd yn aros am Dad, dydy o ddim hyd yn oed yn dod allan o'r ystafell wely. Mae Mam yn dweud, "Awn ni. Does dim hwyl ar dy dad heddiw. Mae'n hapus i ni ddewis."

Ond dydy Mam ddim yn hapus a dwi ddim chwaith. Dwi eisiau torri drws ei lofft i lawr, llusgo Dad allan a sgrechian arno. *Jyst gwna hyn i fi a Mam!*

Mae gwefusau Mam wedi'u tynnu'n dynn ond dydy hi ddim yn dweud dim byd. Dwi'n teimlo mor flin mai hi sy'n gorfod dal popeth at ei gilydd achos bod Dad yn methu.

Yn y ganolfan arddio rydyn ni'n sefyll ymhlith y rhesi o goed, breichiau yn hongian wrth ein hochrau, ddim ond yn rhythu arnyn nhw. Sut gallwn ni benderfynu pa un ddylai fod ar gyfer Swla? Mae dyn tal gyda gwallt gwyn a chrychau gwên o amgylch ei lygaid yn dod draw ac yn gofyn a oes angen unrhyw help. Dwi eisiau chwerthin achos dwi'n teimlo fel sgrechian i'r awyr, OES OS GWELWCH YN DDA. ANGEN POB MATH O HELP.

Ond mae Mam yn gwenu'n ôl yn gwrtais, gan ddal ei hun yn ddewr, wrth iddi egluro wrth y dyn mai'r hyn rydyn ni'n chwilio amdano ydy coeden goffa. Mae'n gofyn llawer o gwestiynau technegol ynglŷn â ble rydyn ni'n bwriadu ei phlannu ac, ar ôl meddwl am ychydig, mae'n dweud, "Byddai bytholwyrdd yn reit neis achos gallwch ymweld â hi drwy'r flwyddyn. Dwi'n ffafrio'r ewcalyptws achos ei ddail arian. Mae rhai pobl yn meddwl eu bod nhw'n edrych ychydig fel dagrau, ond dwi'n meddwl eu bod nhw'n fwy o siâp calon."

Rydyn ni eisiau un mawr ond pan edrychwn ni ar y pris allwn ni ddim credu pa mor ddrud ydyn nhw felly rydyn ni'n mynd am yr un mae Mam yn meddwl y gallwn ni ei fforddio, sef y lleiaf. Mae dyn y goeden yn rhoi tocyn i ni ac yn dweud wrthyn ni am dalu wrth y ddesg flaen a bydd yn mynd â hi rownd y cefn i ni ei chasglu.

Ar ôl i ni dalu rydyn ni'n cwrdd â dyn y goeden yn y maes parcio ac yn rhoi ein derbynneb iddo fo.

"Ble mae eich car chi?" mae'n gofyn. "Fe wna i roi'r goeden ynddo i chi."

"Does ganddon ni ddim car. Mi gerddon ni," eglura Mam.

Mae'r dyn yn nodio ac yn codi'r ewcalyptws, coeden fwy o lawer na'r un fain a ddewison ni. Mae'n wincio arna i. "Rwyt ti'n edrych fel bachgen cryf – ti'n meddwl medri di gario hwn?"

Nodiais, yn dymuno bod Dad yma gyda ni.

"Rho hi dros dy gefn, fachgen ... Gwasgara'r pwysau'n gyfartal. Ia, fel'na."

Dwi'n ei phwyso dros fy ysgwydd fel adain wedi torri. Gyda phob cam mae'n mynd yn drymach. Rŵan mae angladd Swla yn ymddangos fel ddoe a dwi'n teimlo 'mod i'n cario arch fy chwaer adref. Dwi'n gwybod bod Mam yn crio. Dwi'n dal fy nghefn yn falch ac yn syth er mwyn iddi beidio gweld y dagrau'n llifo i lawr fy wyneb i hefyd.

Erbyn i ni gyrraedd y Gwyrdd-diroedd, mae fy ngwddf a fy nghefn i'n boenus iawn fel petaen nhw'n llosgi, ond ddim cymaint â'r boen yn fy mrest sy'n teimlo fel ei fod ar fin hollti.

Wrth gerdded i lawr yr allt, dwi ac Orla yn cario'r goeden rhyngon ni a dwi'n meddwl sut wnaeth Mam ddim hyd yn oed trio mor galed â hynny i berswadio Dad i ddod. Tybed a ydy hi'n meddwl 'run peth â fi – os ydy o'n llwyddo i ganu'i sacs mi fydd fel rhyw wyrth fach?

"Beth fyddi di'n chwarae i'r Arth Fach, Dex?" gofynnodd Mam cyn i ni adael, gan lyfnhau ei grys crychlyd. Y dyddiau yma mae hi'n ei drin o fel mai *fo* ydy'r babi.

"*Rhywle Draw Dros yr Enfys*. Cân Swla."

Daliodd Mam Dad am amser hir ac ro'n i eisiau gwasgu rhyngddyn nhw fel ro'n i'n arfer gwneud, ond dwi bron mor dal â Mam rŵan, a beth bynnag, ers i Swla farw, dydyn ni ddim yn ffitio gyda'n gilydd fel roedden ni'n arfer gwneud.

Mae Orla yn sefyll wrth fy ochr i, a Holly wrth ochr Mam. Dim ond cysgod Dad dwi'n teimlo y tu ôl i ni, prin yno o gwbwl. Dyma sy'n mynd trwy fy meddwl i wrth i fi gymryd y rhaw a chloddio'r ddaear yn yr union fan lle claddais y cyw bach. Dim sôn am ddarnau o awyr las rŵan. Mae Mam yn dweud nad oes angen areithiau, felly y cyfan sydd ar ôl i'w wneud ydy gosod coeden Swla yn y twll rydyn ni wedi'i gloddio.

Efallai fyddai Dad ddim yn dod i lawr yma achos dydy o ddim am ddifetha ein holl atgofion ni. Efallai 'mod i'n meddwl hynny hefyd wrth i fi droi rownd i weld a fydd yn chwarae'r sacs fel y dywedodd o y byddai. Mae drws ein balconi ni ar agor ond dydy o ddim yno.

Wrth i Orla dollti'r dŵr i'r twll a phwyso'r ddaear i lawr o amgylch y gwreiddiau, mae Holly yn gwneud sŵn rhyfedd. Mae hi'n dweud mai sŵn galaru ydy o, dim crio. Mae'n swnio'n ddyfnach na chrio. Mae hi'n siarad llawer gyda Mam am alar. Mae pawb yn meddwl mai bod yn fydwraig ydy'r swydd orau yn y byd, ac mae hynny'n wir, nes iddi fod y swydd waethaf. Mae hi'n dweud hyn wrthon ni rŵan trwy ei dagrau. Mae hi'n dweud mai dagrau i Swla ydyn nhw, ond hefyd i'r rhai eraill y mae hi'n eu cario yn ei chalon. Dwi'n gwybod bod peidio â bod ar ei phen ei hun yn gwneud i Mam deimlo'n well. Mae'n ei helpu i fynd i'r grŵp y dywedodd Holly wrthi amdano, ond hoffwn i petai pawb yn rhoi'r gorau i siarad rŵan. Dyma fyddai wedi fy helpu i – peidio â siarad, a sefyll yma, pob un ohonon ni gyda'n gilydd, yn plannu coeden Swla.

Mae Holly yn dal i siarad rŵan, yn ofni tawelwch yn setlo, yn dweud wrth Mam bod galarwyr proffesiynol mewn rhai mannau yn y byd sy'n dechrau'r crio, fel petaen nhw'n gallu tynnu ar ffynnon o ddagrau a helpu pobl eraill i grio hefyd. Mae Mam yn gwenu, ond tu ôl i'w llygaid alla i ddim dweud beth mae hi'n ei feddwl. Efallai fod straeon Holly yn helpu Mam. Petawn i'n gallu dod o hyd i ffordd i helpu Dad alaru, neu hyd yn oed ddim ond crio, mi fyddwn i.

Wrth i ni osod y goeden yn y ddaear dwi'n clywed sŵn gwichian ysgafn o'r tu ôl. Mae pawb yn edrych i fyny at ein balconi lle mae Dad yn sefyll, yn dal ei sacs, yn barod i chwarae. Mae ei ffigwr tenau, tal, yn taflu cysgodion dros ein coedwig ni, ac ar y diwrnod cyntaf hwn o Fedi mae'r dail eisoes yn cyrlio tuag at yr hydref.

Yn fy meddwl i dwi'n chwythu swigen ddymuniad anferth a'i hanfon ar yr awel i fyny at Dad, yn ysu i'w glywed yn canu ei sacs eto. *Cer ymlaen, Dad … cana. Plis cana i Swla, i fi a Mam hefyd.*

Clywaf nodau *Rhywle Draw dros yr Enfys*, y gân gyntaf iddo geisio ei dysgu i fi. Mae'n dweud mai cân Swla ydy hi achos ei fod o'n arfer ei chwarae iddi. Efallai ei fod wedi anghofio mai ein cân ni oedd hi hefyd. Rhywle tu mewn galla i deimlo – petai Dad yn gallu chwarae heddiw, yna byddai popeth yn newid. Petaen ni ond yn gallu cael ein cerddoriaeth ni'n ôl. Dwi'n cau fy llygaid. Mae Orla yn estyn am fy llaw a dwi'n aros ac yn aros ac yn dymuno mor galed am hyn, mor galed ag y dymunais unwaith am Swla.

Ond dim ond un nodyn arteithiol sy'n rhwygo allan ohono.

Un cri toredig hir, hyll.

Mae'n trio dro ar ôl tro
a dwi'n gwybod
yn y foment honno
bod anadl Dad, yn ogystal â'i galon, wedi torri.

Dyna pryd dwi'n sylwi ar symudiad yn y fflat uwchben un Orla. Mae dynes a bachgen yn plygu eu pennau fel petaen nhw'n gwrando ar Dad hefyd. Dwi eisiau gweiddi arnyn nhw, "Ar be rydych chi'n edrych? Meindiwch eich busnes!"

Mae'r wraig yn ysgwyd ei phen ac yn trio perswadio'r bachgen i symud i mewn, fel petai'n synhwyro mai ein seremoni breifat ni ydy hon. Ddim seremoni iddyn nhw ei gweld. Hoffwn i petai pawb yn ein gadael i udo tua'r awyr, i wynebu hyn ein hunain. Dim ond fi a Mam a Dad. Ar hyn o bryd hoffwn petai hyd yn oed Orla a Holly yn mynd i ffwrdd ac yn gadael llonydd i ni … Dim ond ni'n tri. Dwi'n plygu i lawr i ddod o hyd i ddarn bach o wy yn procio trwy'r pridd a'i godi. Dwi ddim wedi clywed y fronfraith ers tro byd. Efallai eu bod nhw wedi mynd o'r fan hyn, gan fynd â'u hawyr las gyda nhw. Dwi'n malu'r darn bach o gragen yn bowdr yn fy nwylo. Dyna beth rydyn ni – ein plisgyn ni'n hunain wedi malu. A does dim ots faint mae Mam yn trio ymddangos yn ddewr, os nad oedd unrhyw un yn gwybod pa mor drist rydyn ni, maen nhw'n gwybod rŵan bod Dad wedi cyhoeddi ei nodyn o anobaith i bawb ei glywed.

Wnes i erioed ddeall yn iawn sut beth ydy trasiedi, ond dwi'n deall yn iawn rŵan. Dydy trasiedi ddim yn dy wneud di'n fawr ond yn dy grebachu di, a dy chwalu di ac yn dy wneud di'n fach. Trasiedi ydy pan mai'r unig beth rwyt ti'n ei garu ydy cerddoriaeth a does dim byd ar ôl ynot ti i'w chwarae. Trasiedi ydy pan mae gobaith yn marw. Trasiedi ydy ein bod ni'n sefyll ar y Gwyrddlas Fryn yma, yn plannu ein poen yn y Gwyrdd-diroedd.

Heb Dad wrth fy ochr, mae Mam yn dod i'r adwy i afael ynof i. "Mae'n iawn, tria siarad, gad i'r teimladau fynd yn rhydd," mae'n dweud, ond y cyfan galla i ei weld wrth edrych i mewn i'w llygaid hi ydy'r tristwch nad ydy Swla yn ei breichiau. Alla i ddim bod yn Swla, fydda i byth yn Swla. Dwi'n gwybod bob tro y bydd hi'n fy nal, y bydd hi'n brifo'n llawn tristwch nad fi ydy ei babi hi.

"Does dim bai ar neb, Kai. Doedden ni ddim yn gwybod bod ganddi galon wan." Mae Mam yn dweud yr un peth wrtha i drosodd a throsodd ond dydy hi ddim yn deall am nefoedd isel nac awyr doredig. Dwi ddim wedi dweud wrth neb mai fan hyn, lle plannon ni goeden Swla, y gwnes i hefyd gladdu'r fronfraith grin. Dylwn i fod wedi'u rhybuddio nhw.

Dwi'n dechrau teimlo'n ddwfn yn fy mêr mai fy mai i ydy hyn, achos *petawn i* wedi'u rhybuddio nhw, efallai y bydden nhw wedi mynd â Swla i weld meddyg. Petaen nhw wedi, gallai hi fod yn fyw rŵan ...

Dydy Mam ddim yn gwybod, a fydd hyd yn oed Orla ddim yn dod i wybod achos mae hi'n siarad efo Zak a dwi ddim eisiau ei gael o a'i deulu yn ymyrryd yn ein busnes ni. Does neb yn gwybod heblaw am y cigfrain a fi. Efallai mai dyna pam wnaethon nhw hedfan i fyny i'n fflat ni ar y diwrnod y cafodd hi ei geni ... I fy rhybuddio. A wnes i ddim gwrando, naddo?

Bob dydd sy'n mynd heibio dwi'n ei deimlo fo'n fwy. Fy mai i ydy hyn i gyd. Dylwn i fod wedi clywed galwad y cigfrain ... Dydy Mam ddim yn deall bod y cigfrain yma sy'n sefyll wrth ymyl coeden Swla heddiw eisiau bod yn ffrindiau i ni, eu bod wedi trio ein rhybuddio ni. Ddylai hi a Holly ddim eu gwthio i ffwrdd, na chwyno byth a hefyd am eu llanast. Mae'n rhaid iddyn nhw roi'r gorau i drio gwneud eu hadenydd yn anghytbwys. Dim ond fi a Dad sy'n deall hyn.

Ond Mam, ddim Dad, sy'n cerdded efo fi i goeden Swla bob dydd cyn i fi fynd i'r ysgol. Mae Dad yn gwylio o'r balconi yn ei byjamas a phrin yn llwyddo i godi llaw.

"Ydy'r cit ar gyfer y gêm gennyt ti?" mae Mam yn gofyn.

"Dwi ddim yn teimlo fel chwarae pêl-droed heddiw."

Mae Mam yn trio llais siriol. Mae jyst yn swnio'n anghywir ac mae hi'n cnoi ei gwefus, ddim yn siŵr a ddylai hi ddweud beth sydd ar flaen ei thafod. "Hei! Galwodd tad Zak ar hap. All o ddim dod i'r gêm heddiw ... gofynnodd a oedd gan Dad awydd camu i'r adwy fel hyfforddwr! Mae'n dweud bod y cyfan yn dechrau mynd yn ormod iddo fo gan fod ganddo lawer o waith ar y gweill. Felly gawn ni weld be fydd o'n ei ddweud. Efallai y bydd Dad yn dod draw i'r Rec nes ymlaen."

Mae rhan ohonof i'n goleuo, y rhan sy'n dal i allu gadael i swigod dymuniadau hedfan trwy fy meddwl. Efallai y bydd hyn yn helpu Dad. Ond wedyn dwi'n clywed Dad yn crio ystod y nos yn fy mhen, sy'n dechrau chwalu fy ngobaith i.

Fydd o'n gallu? Ydy hyn yn syniad da? Dwi ddim yn cwestiynu achos dwi'n gweld y dagrau'n cronni yn llygaid Mam. Mae hi'n trio ymladd y dagrau ond dwi'n gwybod pa mor anodd mae'n rhaid iddi geisio cael Dad i wneud unrhyw beth y dyddiau yma. Felly dwi'n troi cefn ar y pryderon, yn gwisgo wyneb dewr fel mae hi'n ei wneud, ac yn dweud, "Iawn! Wel, os ydy o'n hyfforddwr, dwi'n gêm."

Digwyddodd rhywbeth i amser ar ôl i ni blannu coeden Swla. Dechreuodd pethau lithro'n gyflymach ac yn gyflymach. Roedd y bobl yng ngwaith Dad wedi dangos tosturi am ychydig, ond mi ddaeth hynny i ben a chollodd ei waith yn y shifft nos. "Cael ei adael yn rhydd." Roedd Mam bob amser yn siarad felly. Wedi'i ddiswyddo roedd hi'n ei olygu. Does dim byd tosturiol am hynny.

Roedden ni wedi bod yn gwneud yr hyn a alwodd Holly yn ddiweddarach yn 'mynd drwy'r mosiwns'. Deffro, ysgol, bwyta, cysgu … Wel, llai a llai o'r cwsg. Mae'r amseroedd hyn wedi llifo mewn i'w gilydd yn fy meddwl i, ond rywsut, y gêm olaf honno wnes i chwarae ar y Rec wnaeth i fi weld na fyddai trasiedi marwolaeth Swla yn diflannu. A dwi'n meddwl, i amddiffyn fy hun ar ôl y diwrnod hwnnw, mi ddilynais ôl traed Dad o'r diwedd a rhoi'r gorau i obeithio am hapusrwydd.

Byth ers y diwrnod y bu farw Swla ro'n i'n gallu ei deimlo fo mewn ffordd haniaethol, y cysgodion yn cwympo, yn barod i amsugno'r awyr a'n llyncu ni i gyd, ond welais i ddim tan ddiwrnod y gêm mor anghytbwys oedd adenydd Dad. Chafodd hyn ddim ei gerfio'n iawn yn fy nghalon i nes i'r ddau ohonon ni gael ein gorchuddio â mwd a gwaed y Gwyrdd-diroedd, a dim ond wedyn y deallais i'n iawn pa mor ddwfn yr oedden ni wedi cropian i'r tyfiant a mynd i mewn i'r cysgodion.

Am gyfnod ar ôl i Swla farw triodd Salter hyd yn oed gracio gwên o gydymdeimlad, ond wrth i amser fynd heibio, mae'r tennyn hir oedd yn fy nal i'n gaeth yn mynd yn fyrrach. Yn y dosbarth heddiw, mae Salter yn ôl i'w hen ffyrdd, yn hyrddio cwestiynau ata i pan mae'n gwybod 'mod i'n synfyfyrio. Does gen i mo'r help achos yr unig beth sydd ar fy meddwl i ydy sut y galla i atal Dad rhag ein hyfforddi yn ddiweddarach. Po fwyaf y bydda i'n meddwl amdano, y mwyaf dwi'n dod i wybod ei fod o'n syniad ofnadwy. Dylwn i fod wedi dweud wrth Mam am beidio â'i berswadio i wneud. Dylwn i wybod erbyn hyn i fynd gyda fy ngreddf i.

Amser cinio dwi'n dal i drio anfon neges at Mam ond ddim yn cael ateb felly'n hytrach dwi'n ffonio Dad, ddim yn disgwyl iddo ateb, ond dyma fo.

"Dexter yn siarad!" Mae ei lais yn swnio'n fwy disglair nag y mae wedi bod ers hydoedd.

Dwi'n llawn gobaith. "Helô, Dad. Ti'n effro!"

"Wedi deffro ac yn barod i waith! Wela i di ar ôl ysgol ar y Rec. Ti'n gwybod be', fachgen, mae wedi bod yn rhy hir! Dwi wir yn edrych ymlaen. Dim dadlau efo Mr Hyfforddwr!" mae'n cellwair. "Bydd hi fel yr hen ddyddiau."

Plis paid â mynd dros ben llestri, Dad, meddyliaf, ond dwi'n trio swnio mor frwd ag y mae o.

"Wela i di nes 'mlaen."

Dwi'n sychu dagrau hapusrwydd o fy llygaid wrth i'r seiren ganu ar ddiwedd amser cinio. "Dydyn nhw heb newid y gloch arteithiol honno eto?" medd Dad a galla i glywed y tensiwn yn ei lais. "Dos i'r dosbarth, felly, a chadwa draw oddi wrth Salter!" Mae'n rhoi'r ffôn i lawr arna i cyn i fi gael y cyfle i holi eto a ydy o wir yn teimlo'n iawn.

O leia mae gwers Gelf yn y pnawn. Fel arfer galla i adael i fy meddwl i grwydro, ond dim gobaith o hynny achos rŵan dwi'n gweld y twmpath bach siâp babi ym mol cynyddol mam Zak, y twmpath nad oes neb hyd yn oed wedi dweud wrtha i amdano. Dim Zak nac Orla. Felly dyna pam maen nhw wedi bod yn cadw draw oddi wrtha i. Mae hi'n fy ngweld i'n edrych a dwi'n gwybod ei bod hi ddim ond yn bod yn garedig pan mae'n dweud wrtha i bod fy ngwaith i wedi "gwella y tu hwnt i reswm", bod "dyfnder gwirioneddol" iddo, ond alla i ddim diodde'i chael hi'n agos ata i, gan wybod be sy'n fyw ac yn gwneud tin-dros-ben yn ei bol hi. Brawd bach Zak neu … chwaer.

A dwi'n dechrau casáu Zak mwyfwy. Byddai'n dda gen i na fyddai ei fam o'n dod mor agos ata i efo'i llygaid caredig a'i bol babi, ei chwestiynau a'i sgwrs – fel petai hi'n poeni taten a fydd Dad yn hyfforddi'r gêm yn nes ymlaen. Yna mae'n gwawrio arna i. Tybed ai cael Dad i gamu mewn i hyfforddi ydy eu ffordd nhw o fusnesa a gweld sut rydyn ni'n ymdopi, ysbïo arnon ni neu efallai … gymryd piti. Os ydy Orla yn siarad efo Zak amdanon ni yna pam na fyddai Zak yn siarad â'i fam a'i dad hefyd? Mae'n biti nad oes dim un ohonyn nhw'n gallu magu'r dewrder i ddweud wrtha i am y babi. Alla i ddim ymddiried yn neb.

Wrth newid i fy nghit, dwi'n teimlo fel dweud 'mod i'n sâl. Byddai'n dda gen i petaen nhw i gyd yn gadael llonydd i ni ac yn cadw eu trwynau allan o'n busnes ni. Sut gall unrhyw un ohonyn nhw ddeall?

Pan ydyn ni allan ar y cae, yn chwarae o gwmpas, mae fy nerfau dros Dad yn troi at ddicter. Mae'r tîm arall wedi cyrraedd yn barod yn eu bws newydd sbon. *Ble mae Dad?* Mae pobl yn edrych draw ata i fel petai mai arna i mae'r bai ei fod o'n hwyr. Mae'r tîm arall eisoes yn cynhesu efo'u hyfforddwr ond does dal ddim unrhyw arwydd o Dad – efallai y byddai'n well i bawb nad ydy o'n dod o gwbwl rŵan.

"Ydy'ch hyfforddwr chi'n dod felly?" mae'r hyfforddwr arall yn gofyn wrth i fi nôl ein pêl o'r llinell ochr. Dwi wedi'i weld o o'r blaen – mae o'n waeddwr cras. Yn pigo arnon ni o hyd. Mae'n debyg ei fod o'n gobeithio na fydd Dad yn ymddangos hefyd.

"Ydy!" dwi'n dweud, gan esgus canolbwyntio ar gyfri ciciau i'r pridd, pan dwi'n clywed Mam yn galw draw. O! na fyddwn i'n gallu claddu fy hun o dan goeden Swla.

Ro'n i'n dymuno hynny. Fwy nag unwaith. Dyna sut ro'n i'n teimlo bryd hynny, eisiau cyrlio i fyny i blisgyn a gorwedd gyda hi yn y ddaear. Ond doedd neb yn gwybod ...

Mae Mam yn cerdded o flaen Dad, yn ei annog fel petai'n blentyn sydd ddim eisiau chwarae, ac wedyn dwi'n ei weld. Mae o wedi gwneud peth ymdrech ond dwi'n gallu dweud yn barod yn y ffordd mae o'n dal ei ysgwyddau ei fod o wedi newid ei feddwl, a dyma'r peth olaf mae o eisiau.

"Ro'n i bron troi am adre! A ninnau wedi gorfod brwydro drwy'r traffig, yn cyrraedd yma'n brydlon ... ro'n i'n meddwl dy fod di'n lleol," cwyna'r hyfforddwr arall, gan lygadu Dad yn amheus. Ond beth bynnag, mae'n cynnig ei law i Dad i'w hysgwyd ac yn dweud mai Rory ydy ei enw o.

"Ydw. Fi ydy'r hyfforddwr heddiw." Mae Dad yn edrych draw ar y bws ysgol crand y cyrhaeddon nhw ynddo, coets foethus o'i chymharu â'n hen fan rhacs ni.

Dydy o ddim yn ysgwyd llaw Rory nac yn ei gyflwyno'i hun. Yn hytrach mae'n ei lygadu'n ôl fel petai eisiau plannu ei ddwrn yn ei wyneb. Yn enwedig pan mae Rory yn dweud, "Dwi'n meddwl bod angen i ni osod esiampl. Os ydyn ni am ofyn i'r timau fod yn brydlon ..."

Dwi'n driblo'r bêl i ffwrdd i ble mae Mam yn gwylio fel bod dim rhaid i fi glywed ateb Dad, ond wrth i Rory gerdded i ffwrdd dwi'n dal Dad yn codi bys arno. Dwi'n gwybod bod Mam wedi'i weld hefyd ond mae hi wedi pastio'r wên fwgwd sefydlog honno ar ei hwyneb. "Ddylet ti ddim wedi dod â fo. Mae'n amlwg bod o ddim yn iawn," dwi'n dweud dan fy nannedd ac yn cicio'r bêl.

Mae Dad yn benisel ac yn melltithio o dan ei wynt wrth iddo ein galw ni i mewn i gylch ar gyfer ein sgwrs tîm, ond yn hytrach na'n hannog ni, mae'n dweud, "Reit, fechgyn, gadwch i ni ddangos i'r cachwr yna pwy ydy'r bòs!"

Mae rhai o'r hogiau'n chwerthin, chwerthin yn chwithig, yn cynhyrfu eu hunain, ond dwi wedi gweld awgrym o bwyllo yn llygaid Zak. Mae'n fy nal i'n yn edrych draw. Rydyn ni'n nabod ein gilydd yn rhy dda i guddio. Heddiw, wedi ein gwasgu'n agos at ein gilydd, mae'n fy nharo i pa mor debyg yr ydyn ni, heblaw ei fod o'n dal i wisgo lliw iach ar ôl ymweld â'i deulu yn St Lucia eto. Mae fel bod yr haul o dan ei groen hyd yn oed ar y diwrnod llwyd yma.

"Mor debyg," roedd ein teuluoedd yn arfer dweud, achos roedd rhieni genedigol Dad yn dod o'r Caribî hefyd, er na wyddon ni pa ynys. Mae Dad yn mwydro am ei 'wreiddiau' yn canu yn fy nghlustiau rŵan wrth i fi wynebu Zak. Dydyn ni erioed wedi bod i'r lle y daeth ein teulu ni ohono. Mae'n anodd meddwl am fynd.

Mae Zak yn taflu ei fraich o 'nghwmpas i'n gyfeillgar. Dwi'n ei daro â 'mhenelin i'w yrru i ffwrdd. "Pryd o't ti'n mynd i ddweud wrtha i am dy fam di?" dwi'n mwmian, ond mae o'n clywed yn iawn.

"Kai, dwi …"

Mae'n estyn ata i eto, ond dwi'n troi i ffwrdd. Efallai 'mod i a Zak wedi bod yn frodyr unwaith ond does ganddon ni ddim byd yn gyffredin bellach.

"Be am ddechrau cynhesu?" dwi'n gofyn i Dad.

Mae'n dylyfu gên ac yn ysgwyd ei ben. "Beth am i ti a Zak arwain?"

Dwi'n tywys Dad i ffwrdd o'r tîm ac yn trio'i atgoffa mai fo ydy'n hyfforddwr ni i fod, ond dwi ddim yn meddwl ei fod yn fy nghlywed i. Dydy o ddim hyd yn oed yn cyfarch y rhieni eraill o'n tîm ni sydd wedi dod i gefnogi. Bron neb o'r Gwyrdd-diroedd, y rhan fwyaf o ochr Zak i'r Rec. Mae un ddynes yn gwneud pwynt o ddod draw a dwi'n ei chlywed hi'n dweud, "Dexter, mae'n dda eich gweld chi o gwmpas y lle. Mae'n ddrwg gen i glywed am eich colled chi." Mae o'n plygu ei ben yn isel ac yn camu i ffwrdd heb ddweud yr un gair. Dydy o ddim hyd yn oed yn sefyll wrth ymyl Mam.

Mae'r rhieni yn closio'n nes at ei gilydd. Dwi'n teimlo dwrn o embaras yn troi yn fy stumog i, a dwi jyst eisiau amddiffyn Dad rhag hyn. Ydyn nhw'n siarad amdano fo? Yn meddwl tybed beth sy'n digwydd? Dwi'n gallu'i weld o yn eu llygaid nhw – maen nhw hefyd yn amau nad ydy o'n ddigon da fel hyfforddwr.

Yna, pan dwi'n meddwl na all pethau fynd yn waeth, dwi'n gweld mam Zak yn cerdded allan o'r ysgol tuag aton ni. "Helô, Faith!" mae Mam yn galw wrth iddi wenu a gwneud arwydd iddi ddod draw. Wrth glywed ei henw hi, mae'n rhyfedd sut mae fy nghof i'n neidio'n ôl i'r amser pan oedden ni'n blant; cyn gynted ag y bydd hi allan o

Ravenscroft alla i byth feddwl amdani fel athrawes. Mae'n debyg gan mai mam Zak oedd hi cyn hynny.

Mae hi'n gwisgo'i chôt felly efallai na fydd Mam yn sylwi ... ond wrth iddi ddod yn nes dwi'n gwylio Mam yn petruso wrth iddi weld y lwmp, ac er hynny, yn gorfodi gwên 'nôl i'w hwyneb. Mae hi'n sythu, y wên fwgwd yn lledu, yn lled godi ei llaw. Sut gall hi ddiodde hyn? Dwi'n cicio'r bêl i ben arall y cae ac yn gwibio ar ei hôl. Mae'r cigfrain yn hedfan ac yn sgrechian uwch fy mhen. Dwi ddim yn eu hanwybyddu nhw mwyach. Maen nhw'n deall sut dwi'n teimlo'n well na neb.

"Braf dy weld di, Faith!" Mae Mam yn ei chyfarch yn gyntaf – yn dal i wisgo'r wyneb dewr.

Wrth i fi gloddio fy hun allan o fy meddyliau dwi'n eu gweld nhw'n sefyll efo'i gilydd. Faith efo'i bol yn llawn bywyd tra bod Mam mor denau â'r goeden a blannwyd ganddon ni ar gyfer Swla.

Jyst paid â gadael i Dad sylwi, paid â gadael iddo fo weld. Mae'n loncian draw ac mae geiriau o rybudd yn llithro allan ohonof i. "Mae'n rhaid i ti wneud hyn yn iawn, Dad! I fi a Mam a Swla." Dwi'n gwybod 'mod i wedi mynd rhy bell cyn gynted â dwi'n dweud ei henw hi achos mae Dad yn rhewi, ei lygaid yn pefrio'n wyllt.

Mae'r cigfrain yn crawcian wrth gylchu o'n cwmpas ni. Mae sibrydion y cefnogwyr yn tyfu'n fwy diamynedd.

Mae fy mhengliniau wedi rhewi ac mae ein hanadl ni'n hongian yn yr awyr fel anadl draig, ond dwi mor llawn o ragfynegi dwi'n meddwl efallai y bydd fy anadl i'n troi'n dân.

Mae Zak yn rhedeg draw, yn annog, yn galonogol. "Fe allwn ni ddod drwy'r gêm hon gyda'n gilydd, er mwyn dy dad."

Dwi'n gafael ynddo wrth ei grys. "Does dim angen dy biti di arnon ni. Ti gafodd y syniad i dad fod yn hyfforddwr?"

Dwi'n ei weld yn ei lygaid ... ie.

Dydy Zak ddim yn ateb y naill ffordd na'r llall gan fod rhywun yn chwythu'r chwiban ac mae'r gêm yn dechrau.

Gwaed yn rhuthro trwof fi,
gan ffrwydro'r meddwl i ffwrdd.
Dim ond traed a breichiau a choesau ac ysgyfaint ydw i.
Rydyn ni i gyd ar garlam.
Mae Zak yn paratoi ei hun,
osgoi ei amddiffynnwr cysgodol,
yn rhydd ohono'n awr.
Mae'n codi ei law
ond ddim yn deall
pam nad ydw i'n pasio iddo.
"Pasia, Kai, pasia!"
mae'n gweiddi,

chwilio am Hyfforddwr
ar y llinell ochr
i gefnogi ei alwad.

Mae Dad yn sefyll yno mewn distawrwydd.
Yn gragen wedi torri
tra bod yr un Craslais yn rhuo,
yn cymryd drosodd,
cyfarth gorchmynion.
"Marcia fo!"
"Tacla fo!"
"Lawr â fo!"
Dwi'n ei gasáu o.
Efallai y galla i roi'r un peth yma i Dad …
Newid.
Efallai y galla i wneud iddo anghofio am eiliad …
Newid.
Newid.

    Fi bia hon,
    Yr eiliad hon.

        Gwibio i fyny'r cae,
        bod yn arwr y gêm.

Anelu'r bêl,
cydbwyso.
    Golau yn fy
    llygad,
        fflach adain
        yn hedfan,

aros,
　　　meddwl,
　　　　　anelu i sgorio.

　　　　　　　Dwi'n ei weld yn
　　　　　rhy hwyr
　　　o gornel fy llygad,
　　esgid yn taclo'n rhy uchel.
"*Ffowl!*" *dwi'n gweiddi cyn yr ergyd,*
　esgid yn cwrdd â chroen.
　　Gwaed yn llifo allan,
　　　dwi'n plygu,
　　cwpanu'r gwaed o fy nhalcen,
　　traed yn rhedeg,
　　　　criw yn ffurfio.

　Mae Craslais yn gweiddi, a phwyntio ata i.
"*Roedd y dacl yn dda. Be oedd o'n ei wneud allan o'i safle beth bynnag?*"

　　Dwi'n gweld wyneb Dad
　　yn wyllt gan ddicter,
　　gwyllt gan alar.

Mae Zak yn sychu fy wyneb, yn fy helpu i godi. "Tyrd, gad i ni dy lanhau di." Mae o'n gafael yn fy llaw i, yn fy nhynnu i ffwrdd o'r cae lle mae Mam a Faith yn barod efo'r pecyn cymorth cyntaf.

"Cic gosb!" dwi'n clywed Dad yn gweiddi.

"Dy fab *di* ydy o! Dim rhyfedd!"

Mae gwaed yn fy llygad, yn llifo i lawr fy nhalcen.

Gad i fi gropian oddi tanodd at Swla.

Dwi ar y llawr eto gyda Mam yn glanhau'r clwyf yn ysgafn.

Ac yn shwian y cigfrain i ffwrdd.

"A ddylwn i alw am help?" mae mam Zak yn gofyn.

"Bydd o'n iawn, Faith," medd Mam. "Mae'n gwaedu dipyn, ond ddim ond yn arwynebol. Bydd o'n iawn, dwi'n meddwl. Wna i ddim gadael iddo gysgu'n syth pan fyddwn ni adref."

"Dwi byth yn cysgu beth bynnag," dwi'n griddfan.

Arwynebol. Mae'r gair hwnnw'n ymddangos yn anghywir.

Pam na allen nhw weld gymaint ro'n i wedi brifo? Does dim byd arwynebol am beth sy'n digwydd o hyn ymlaen lle dwi wedi byw gyda cyfergyd mor hir, yn ddryslyd, yn benysgafn, yn arnofio, yn pylu i gysgod o groen ...

Mae bloedd Craslais yn fy nghyrraedd i. "Ti ddim hyd yn oed yn mynd i weld ydy dy fab dy hun yn iawn? Glywais i dy fod di'n arfer bod yn chwaraewr proffesiynol. Ti'n galw dy hun yn hyfforddwr?"

Mae yna gwffas o 'nghwmpas i,
cysgod adenydd
yn curo fy meddwl.
"Gad hi, Dad! Dwi'n iawn!" dwi'n galw,
ond mae fy mhen yn dolurio wrth siarad.
Dwi'n ei wylio fel ar sgrin yn araf.
Braich Dad yn tynnu'n ôl,
fel bwa drwy'r awyr,
anelu
o flaen pawb.
Croen yn erbyn croen,
dwrn yn erbyn wyneb,
efo'i holl rym.

Mae eraill yn neidio arno fo, yn ei ddal o'n ôl. Mae Faith yn defnyddio'i llais athrawes i ohirio'r gêm, ac yn arwain ein tîm oddi ar y cae.

Dwi'n gwthio Zak i ffwrdd rhag fy helpu i fyny. "Dy fai di ydy hyn!" dwi'n poeri ato. "Jyst meindia dy fusnes dy hun o hyn allan."

Trwy fy llygaid gwaedlyd i, dwi'n gweld y loes yn ei rai o. "Dos i uffern felly, Kai! Y cwbwl dwi wastad yn ei wneud ydy trio dy helpu di!" Mae'n poeri gwenwyn ata i ac yn camu i ffwrdd.

Mae Faith yn dweud wrth bawb am dawelu a mynd adre ond mae Craslais yn dal i rygnu ymlaen ynglŷn â galw'r heddlu, a bygwth cyhuddiadau o ymosod.

Ond rŵan ei fod o'n ddiogel yn ei fws sgleiniog, mae Faith yn llwyddo i'w dawelu. Dwi'n gwylio'i llaw dyner, fel petai'n lleddfu ei holl eiriau cras, a'r llaw arall yn gorffwys ar ei bol.

Dwi'n siŵr ei bod hi'n chwarae ei chardiau'n dda ac yn dweud wrtho fo am ein teulu trasig ni.

Dwi'n ei weld yn gostwng ei ben ac yn nodio i'n cyfeiriad ni fel petai'n ddrwg ganddo fo am yr olygfa. Mae'n cychwyn yr injan ac yn gyrru i ffwrdd.

"Diolch, Faith. Fy mai i ydy hyn. Ddylwn i ddim bod wedi'i berswadio fo …" dechreua Mam, ond dydy hi ddim yn gorffen beth bynnag roedd hi'n mynd i'w ddweud achos mae Dad yn llewygu yn y mŵd o flaen pawb, yn beichio crio fel petai ei galon wedi'i rhwygo allan ohono. Rŵan mae pawb yn gwybod pa fath o deulu rydyn ni.

Dwi'n anghofio'r boen yn fy mhen a fy llygad chwyddedig ac yn gwrthod pob cynnig am help. Mae'n teimlo fel bod pob cam a gymerwn ni ar draws y Rec yn bygwth agor y ddaear a'n llyncu ni. O'r tu allan dwi'n llawn gwaed a chleisiau; y tu mewn dwi'n dân ac yn fflamau. Mae Mam yn trio codi calon, yn mwmian rhywbeth am "ei milwyr clwyfedig".

Mae ei holl sôn am anadlu'n ddwfn a dyddiau gwell i ddod yn fy ngwneud i'n sâl – ei smalio cyson y gallwn ni fyw mewn rhyw stori dylwyth teg eto. Dwi'n gafael ym mraich Dad ac yn ei arwain o'n ôl ar draws y Rec i'r Gwyrdd-diroedd. Mae'r cigfrain yn hedfan o'n blaenau ni, yn sgrechian. Tân yn eu hadenydd. Tân yn eu llygaid.

Mae Dad yn gwbwl dawel ond mae ei lais yn atseinio trwy fy meddwl i.

"*Edrycha i'r disgleirdeb yn eu llygad nhw, Kai.*" Y geiriau hynny drosodd a throsodd, yn canu trwydda i.

Dwi'n edrych. Dwi'n ei weld o rwan, Dad. Dwi'n ei deimlo fo.

Yr un diwrnod, mae Mam yn mynd â Dad i weld y doctor. Wedyn mae hi'n egluro ei fod o'n isel ei ysbryd a bod angen help meddygol arno. "Mae gen i Holly ac mae gennyt ti Orla a Zak i siarad â nhw, ond mae Dad wedi cadw popeth yn gaeth tu mewn iddo fo," mae hi'n egluro.

Dwi ddim yn dweud wrthi, "Dwi ddim yn siarad efo neb, ddim hyd yn oed ti, a does neb yn dweud dim byd wrtha i." Y peth olaf mae hi angen ydy i fi ddechrau cracio.

Yna mae hi'n ychwanegu, yn ddidaro, "Mae Faith yn cymryd ychydig o amser i ffwrdd ond mae hi'n trefnu rhywfaint o gwnsela i ti yn yr ysgol, ac os wyt ti eisiau gall Orla a Zak fynd hefyd. Rydyn ni i gyd angen ychydig o help ychwanegol trwy hyn."

Dwi'n dweud 'na' wrthi, yn gwybod na fyddai siarad â dieithryn yn helpu o gwbwl.

Beth bynnag mae Faith wedi'i ddweud wrth Mam, dwi ddim yn meddwl bod gan absenoldeb mamolaeth cynnar Faith unrhyw beth i'w wneud efo "angen mwy o orffwys". Dwi'n meddwl ei bod hi'n teimlo'n euog bob tro mae hi'n fy ngweld i, a dyna pam mae hi mor benderfynol o 'nghyflwyno i i'r cwnselydd galar yn yr ysgol a fydd "yno i fi" bob dydd Gwener. I be mae hynny'n dda? Be am yr holl ddyddiau eraill? Mae'n teimlo fel petawn i'n cael fy nhrosglwyddo. Pan dwi'n cwrdd â hi o'r diwedd mae'r cwnselydd yn gwenu arna i ac yn dweud os nad ydw i am ddod ar fy mhen fy hun, neu gyda ffrindiau sy'n gwybod beth dwi wedi bod drwyddo, efallai y gallai ein teulu cyfan ni ddod at ei gilydd. Dyna mae hi'n ei awgrymu, "ein teulu cyfan ni", ac efo'r pedwar gair yna dwi'n penderfynu na fydda i byth yn siarad â hi eto.

Beth bynnag, ysgol ydy'r unig le does dim rhaid i fi feddwl am Swla.

Ond dydy hynny ddim yn fy atal i rhag gwylltio y tu mewn drwy'r amser.

Mae pobl fwy neu lai yn gadael llonydd i fi rŵan, yn enwedig Zak ac Orla. Mae'n fy siwtio i – dwi ddim eisiau dim byd i'w wneud gyda nhw chwaith.

Ond pan wela i nhw efo'i gilydd, eu breichiau wedi'u lapio o amgylch ei gilydd, mae'n anodd wedyn.

Zak, mor-debyg-gallen-ni-fod-yn-frodyr, heblaw bod gennyt ti bopeth, a fi – dim byd. Teimlad felly roedd o pan welais i chi'ch dau efo'ch gilydd yn y cwad y diwrnod hwnnw.

Zak ac Orla
yn agos
agosach
wyneb yn wyneb
gwefusau'n symud
llygaid yn cloi
gwenu
pwyso'n agosach fyth
dim llawer o heulwen rhyngoch chi
yn nes ac yn nes.

Calon a thraed yn curo concrit
gwthio'ch gilydd.
Tynnu i ffwrdd pan welwch chi fi'n dod.
"Iawn, Kai?" ti'n dweud, yn ddiniwed i gyd.
Gwaed yn llifo trwof fi,
fflamau tân y tu mewn,
breichiau'n chwifio,
dyrnau'n dynn,
ergyd i'r corff,
cwympo.

Llais Orla
yn gwichian
yn crio

yn sgrechian
gan bledio i fi roi'r gorau
i bwmpio dyrnau.

"Gad iddo fod, Kai. Gad iddo fod."
Ergyd ar ôl ergyd
mae'n ymladd yn ôl.
Dau'n gyfartal,
yn ergydio,
gwaed ar wasgar
croen wedi chwalu
braich wedi torri.

"Dos i ffwrdd, Kai, dos i ffwrdd."

Cael fy nhynnu. Cydio, tynnu, gafael.
"Tynna dy ddwylo oddi arna i!"

Golau yn pylu yn llygaid Orla.
Ei chri yn fy nghlust.
Ei hwyneb fel niwl trwy fy nagrau.
"Pam, Kai, pam?"

"Om, was. Dyma ble mae cyfergyd yn gwneud ei waith. Dyma ble dwi ddim yn siŵr o'r manylion bellach. Alla i ddim manylu am y tro. Dyna pam mae angen i fi ddechrau ei drosglwyddo fo ... Ti'n gwybod gymaint o'r hyn oedd yn digwydd."

"Dyna sut y mae hi pan wyt ti'n newydd, ar y tu allan ... rwyt ti'n gweld popeth!" Mae llais Om yn crynu mewn emosiwn.

Nodiaf, gan osod celf Om ar y llawr. Darlun ar ôl darlun o danau'n llosgi o dan y llwybrau rhwng y Gwyrdd-diroedd a'r ysgol ...

Omid

Fy mrawd, gofynnaist i mi ddweud sut roeddwn i'n gweld pethau o'r adeg y dechreuodd ein stori ni gyda'n gilydd. Rydw i wedi trio'i grisialu mewn geiriau ond mae ysgrifennu yn dal yn dasg go fawr i fi, yn anoddach hyd yn oed nag astudio Safon Uwch. Rydw i'n meddwl mai'r ffordd orau ydy eistedd wrth dy ochr di a thrio dweud y gwir am yr hyn a welais i.

Rhaid i fi ddechrau gyda'r diwrnod cyntaf i ni symud yma.

Gwelais i ti, Kai – dyn ifanc tal, ysgwyddau llydan gyda gwallt cyrliog fel fy mrawd coll Ishy. Roedd y ffordd roeddet ti'n dal dy ben yn isel yn fy atgoffa gymaint ohono, roedd yn brifo.

Gwelais fod y gwragedd yn teimlo galar, y ferch hefyd, ond y bachgen oedd yn cerdded â chysgodion, tân a chigfrain wrth ei draed, arno fo roeddwn i'n edrych.

"Mae hwn yn lle perffaith i ni," meddai fy modryb, wrth i ni sefyll gyda'n gilydd ar y balconi.

Roeddwn i'n methu meddwl am leoedd perffaith ond deallais ei bod hi'n dymuno mor daer am hynny. Caeodd ei llygaid, gan ddiolch, *Alhamdulillah*, ein bod ni o'r diwedd yn ddiogel. Wrth iddi weddïo, edrychais dros y coetir bach i'r ysgol ar draws y cae glas lle byddwn i yn mynd ymhen ychydig ddyddiau.

Gallwn weld ar wyneb fy modryb ei bod hi mewn lle hapus, er gwaethaf y fflat bach a diffyg gardd i ni ein hunain, oherwydd nid oes dim yn y byd i gyd mae fy modryb yn ei garu yn fwy na choed a bywyd gwyllt. Ond nid oeddet ti'n gwybod bryd hynny ei bod hi'n Ddoethur mewn Cadwraeth – yn amgylcheddwraig – y cyfan a welsoch chi ynom ni oedd dieithriaid, ffoaduriaid.

Roeddwn i'n gwybod hyn oherwydd yr olwg arnat ti ar ein diwrnod cyntaf yma, fel petaet ti ddim yn ein croesawu ni.

"*Na, Om. Ddim felly oedd hi,*" *dwi'n torri ar ei draws.*

Mae Om yn dal ei law i fyny fel petai i ddweud, "*Fy nhro i ydy hi i siarad.*"

Rhaid i fi ddweud yr hyn a welais i. Yr hyn yr oeddwn yn ei deimlo. Roedd pobl yn ein barnu ni ar yr olwg gyntaf. Nid oedden nhw'n gweld ein potensial ni yn y wlad hon, ac roedd dicter yn fy nghalon pan edrychaist ti arna i, ond gwnaeth hyn fi'n gryfach. Meddyliais, *gad iddyn nhw ddysgu pwy yw fy Modryb Gisou pan fydd ei chysgodion hi'n codi ac iddi ddangos iddyn nhw ei bod hi'n medru'r iaith. Byddaf innau hefyd yn dangos iddyn nhw.* Dyna oedd fy meddyliau ar y diwrnod y gwnes i dy wylio di ac Orla a'ch mamau yn plannu un goeden fach. Roedd eich gweld chi wedi dod â chysgod atgofion o fy mrawd hŷn, Ishy, a fy mam a fy nhad i hefyd.

Gofynnais i Modryb Gisou am y goeden ac edrychodd yn agosach, gan ddweud wrthyf mai ewcalyptws ydy hi. Eglurodd, "Mae rhai yn credu os wyt ti'n llosgi ychydig o ddail, y bydd yn gwneud popeth yn bur eto. Mae'r arogl yn ffres hefyd, fel bywyd newydd.

"Gadawn ni nhw i'w galar, Omid," dywedodd Modryb Gisou wrthyf ac felly aeth hi i mewn, ond arhosais i, oherwydd, fel gwyfyn yn hedfan i fflam yn y tywyllwch, gwelais dy fod di'n debyg i fi ac ni allwn droi i ffwrdd.

Ond yna sgrechiodd sŵn sydyn drwy'r tir. Ar y dechrau roeddwn i'n ofni mai fy nhrawma i oedd yno, yn sgrechian o rywle y tu mewn i fi, ac yna dwi'n dechrau deall beth oedd o, rhyw fath o gerddoriaeth o'r tu mewn i'r cartref newydd hwn yn y Gwyrdd-diroedd.

"Dad, yn trio chwarae ei sacs?"

"Ie, deallais i pan glywais i'r peth eto. Roedd nodau wylofain yn cael eu chwarae o ryw offeryn anadl, offeryn nad oedd gan y cerddor galon i'w chwarae."

Gorchmynnodd Modryb Gisou i fi fynd i mewn. "Pa gerddoriaeth ryfedd ydy hyn?" gofynnodd hi. "Does dim llawenydd ynddo. Hoffwn petai'n peidio."

Roedd y ddau ohonon ni'n dymuno cymaint â'n gilydd i'r boen ddod i ben, on'd oedden ni? Ond nid oeddem yn nabod ein gilydd bryd hynny. Roedd y sŵn fel bwystfil clwyfedig wedi rhyddhau gormod o ysbrydion i ni, ond hefyd, roedd gwybod bod y boen yn y fan hon wedi magu cysur rhyfedd y tu mewn i fi. Efallai, ymhen amser, gallai'r bobl yma ddeall y sŵn rhwygo hwnnw hefyd ynof i, a byddaf i a Modryb Gisou un diwrnod yn plannu ein hunain yn y tir yma.

Weithiau dwi'n meddwl ein bod ni wedi teithio mor hir gyda'n gilydd nes bod fy Modryb Gisou yn gallu teimlo beth sydd yn fy meddwl i. "Fy nai Omid … Pan fyddwn ni wedi ymgartrefu yma, gad i ni blannu rhywbeth hefyd, ffigysbren fel yn ein perllan ni, os cawn ni ganiatâd."

Pan oedd hi'n gorffwys, dychwelais i'r balconi a dy wylio di'n cwympo i'r ddaear fel y cwympodd fy mrawd Ishy ar ei liniau gan rym y ffrwydrad. Roedd fy nghoesau'n ysgwyd, eisiau rhedeg atat ti. Meddyliais i, *Nid wyf yn gwybod ym mhle mae Ishy, hyd yn oed os yw'n fyw, ond efallai y gallaf i achub y bachgen yma sy'n byw yn y tŵr hwn gyda fi.* Rwyt ti'n gweld, Kai, yn fy nghalon i, roeddet ti bob amser yn agos at fy mrawd.

Yn yr ysgol fe wisgwn fy nhawelwch i fel tarian, ac ni ddaeth neb ata i. Bob dydd roeddwn i'n chwilio amdanat ti ond roedd y tŵr yn dawel, a'r drysau ar gau.

Ar y penwythnosau roeddwn i'n edrych allan dros y Gwyrdd-diroedd eto ar gae y drws nesaf i'r ysgol. Clywais fyfyrwyr eraill yn ei alw'n 'Rec', lle maen nhw'n chwarae pêl-droed. Bryd hynny roeddwn i'n meddwl tybed a fyddai gen i ffrind byth eto. Yn y misoedd cyntaf hynny yn yr ysgol ymdrechais yn galed i beidio â meddwl am bawb oedd wedi'n gadael ni ... Coedwig y bobl golledig y bydd angen i fi eu plannu.

Yna un diwrnod, trwy fy straen agorodd fy nghlustiau a chlywais chwiban gêm, ac roedd fy nhraed yn cofio pêl-droed. Y lle i redeg, gadael fy meddwl ar ôl. Roeddwn i'n meddwl y gallwn i wneud hyn a phenderfynais chwilio am ffordd i ymuno â'r tîm.

Ond newidiodd sŵn y chwarae. Yn y pellter gallwn glywed gweiddi fel dynion mewn rhyfel.

Wrth ddod yn nes, rydw i'n gweld oddi wrth ysgwyddau dy dad, a'i frest glwyfedig, mae'n rhaid mai hwn sy'n torri brics â'i galon er mwyn gwneud i'r tŵr yn y Gwyrdd-diroedd grio efo'i gerddoriaeth gwynfanus.

Roedd dy deulu di'n debyg i bobl a welais o'r blaen yn trio dianc rhag anobaith. Meddyliais, *Os galla i, os bydd o'n gadael i fi, byddaf yn dangos i'r bachgen hwn fy mod yn deall. Byddaf yn ceisio ei helpu.*

"Om, weithiau dwi'n meddwl tybed a fyddwn i yma o gwbwl petaet ti heb weld beth oedd yn digwydd."

Mae'n ysgwyd ei ben. *"Fe wnaethon ni helpu ein gilydd, fel mae brodyr yn ei wneud, dyna'r cwbwl."*

Roeddwn i eisiau helpu. Edrychais am gyfleoedd gyda phêl-droed ond aeth amser heibio ac roedd dy ddrws di ar gau i fi. Weithiau roeddwn i'n teimlo ein bod ni i gyd dan glo y tu mewn i'r tŵr hwn.

Aeth rhai misoedd heibio ac roeddwn i'n sefyll yn y maes chwarae ar ôl cael cinio gydag Orla, oherwydd gofynnodd mam Zak iddi fod yn fentor i fi. Sut dywedodd hi …? "I 'ngwneud i'n gyfforddus yn fy nghroen fy hun." Roeddwn i'n meddwl, *Miss, petaech chi wedi gweld yr hyn dwi wedi'i weld, ni fyddech chi chwaith yn dod o hyd i gysur yn eich croen eich hun.*

Orla a fyrhaodd fy enw i Om gyntaf. Roeddwn i'n methu siarad yr iaith yn ddigon da i ddadlau am y pethau hyn, ond ni chefais i fy mhechu gan fy mod i'n gallu gweld bod ganddi garedigrwydd yn ei llygaid. Roedd hi'n gyfeillgar ac os oedd hi yn fy ngweld i ar fy mhen fy hun byddai'n gofyn a hoffwn i gerdded a siarad â hi. Roedd ei mam hi hefyd yn gyfeillgar â Modryb Gisou.

"Sori, Om. Dwi ddim hyd yn oed yn gwybod ble ro'n i … wnes i ddim sylwi ar braidd dim."

"Dwi'n gwybod, dwi'n gwybod. Roedd yn amser anodd i'r ddau ohonom."

Cyn pen dim, Om oeddwn i i bawb heblaw Modryb Gisou. Yn fy unigrwydd astudiais yn galed a dechreuodd y geiriau ddod yn haws. Ac, fel y dysgais, deallais lawer mwy nag yr oedd neb yn ei feddwl. Weithiau siaradwn ag Orla a Zak. Roedden nhw'n gyfeillgar ond atat ti roeddwn i'n edrych o hyd. Efallai oherwydd fy mod i'n chwilio am fy ngwir frawd.

Am y misoedd cyntaf, roeddwn i'n eistedd ar wahân mewn llawer o ddosbarthiadau. Dysgu'n gyflym gyda chymorth cyfieithwyr. Drwy'r amser gartref, ar-lein, dal i fyny gyda'r iaith. Roedd Modryb Gisou yn dysgu gwyddoniaeth i fi, ymhell ar y blaen i unrhyw beth roeddem yn ei ddysgu yn yr ysgol. Roedd fy ymennydd yn miniogi bob dydd.

Yn y noson rieni i ddangos cynnydd, gwenodd fy Modryb Gisou yn gwrtais pan ddywedodd yr athrawes gelf wrthi fy mod yn ddawnus, ond â'r athro gwyddoniaeth yn unig roedd hi eisiau siarad. Er bod iaith Modryb Gisou yn gwella, roedd hi'n dod yn ei blaen yn arafach nag yr oeddwn i. Dywedodd fy athro gwyddoniaeth, "Mae gan Om ymennydd miniog; mae ei raddau yn uchel iawn." Cyfieithais i hyn i fy modryb.

"Omid, dwed wrth dy athrawon am dy alw wrth dy enw iawn ac eglura fod angen i'n hymennydd ni fod yn finiog i wrthsefyll yr hyn rydyn ni wedi'i oroesi." Doeddwn i ddim am achosi unrhyw anhawster felly wnes i ddim hawlio fy enw'n ôl. Yn lle hynny, esboniais fod fy Modryb Gisou yn wyddonydd a'i bod hi'n fy nysgu i'n dda. Eisteddodd fy athro cemeg ymlaen yn ei sedd. Dyma'r peth rhyfeddaf. Pan maen nhw'n clywed y gair 'ffoadur' dwi ddim yn gwybod beth maen nhw'n ei ddychmygu. Nad oedd gan ddynes fel

Modryb Gisou fywyd cyn dod yma? Dim gyrfa, fel ein bod ni i gyd wedi ein geni ar y ffordd o anobaith? Gwnaeth hynny i fi losgi gyda dicter y tu mewn ond dim ond eistedd wrth ymyl Modryb Gisou a gwenu wnes i, fel yr wyf wedi dysgu gwneud.

Y tu allan i'r dosbarthiadau penderfynais y byddwn fel y cigfrain sy'n hedfan dros y coed ac yn dod i eistedd ar reilins ein tŵr. Gallwn i fod wedi dy ddysgu di, petaet ti wedi caniatáu i fi fod yn ffrind i ti bryd hynny ... Mae pŵer mewn gwylio yn gyntaf. Mae pŵer mewn distawrwydd. Gwelais hyn yn llygaid yr adar, y rhai sydd â golwg goroesi arnyn nhw. Gwelais yn eu llygaid eu bod nhw, fel fi, yn deall mwy nag yr wyt ti'n ei feddwl. Dywedais wrthyf fy hun, bydd yn amyneddgar. Byddaf yn gwylio ac yn aros, nes bod fy iaith lafar yn ddigon da fel y bydd pawb yn gweld pwy ydw i go iawn. Yn y cyfamser, nes bod fy nealltwriaeth a fy siarad yn llifo fel un, penderfynais y byddwn yn peintio'r hyn a welwn. Oherwydd mewn paent nid oes angen cyfieithiad arna i.

"Dyna fy atgof cyntaf go iawn ohonot ti, yn yr ystafell gelf," dywedaf wrth Om, gan godi ei bortffolio.

Mae Om yn nodio. *"Rwyt ti'n dweud na fyddet ti wedi goroesi heb fy adnabod i, ond dwi'n meddwl na fyddet ti na minnau'n goroesi heb gelf."*

"Hoffwn petaen ni wedi cwrdd yn gynharach. Efallai byddai pethau ..."

Mae Om yn rhoi ei law ar fy mraich. *"Does dim pwynt meddwl mewn ffordd sy'n edrych tua'r gorffennol. Cred fi, dwi'n gwybod."*

Roedd tân yn yr awyr y diwrnod hwnnw. Nid oeddwn i yn deall pam, ond roeddwn i'n ei deimlo.

Rhedodd Orla ar draws y cwad, yn ymestyn ei breichiau, ei gwallt yn chwifio y tu ôl iddi fel tonnau. Dechreuodd neidio i fyny ac i lawr mewn llawenydd. Roedd hi'n hapus iawn, yn taflu ei breichiau a'i choesau o amgylch Zak. Edrychais i ffwrdd mewn embaras. Nid oeddwn yn meddwl o'r blaen eu bod nhw y math yma o ffrindiau. Yna mewn un eiliad, yn fflachio ar draws fy llygaid, gwelais i ti, Kai. Camais i ffwrdd, gan wneud fy hun yn fach fel yr ydw i wedi dysgu gwneud mewn brwydr, ond gwelais y cyfan: y trais, y tân, y dicter, y dymuniad i ddileu hapusrwydd rhywun arall.

Y diwrnod canlynol sylwais nad oeddet ti yn yr ysgol – nac am wythnos gyfan ar ôl hynny. Dywedodd Orla wrthyf mai dy ymddygiad di oedd y rheswm. Roedd hi'n drist bob dydd pan fyddem yn mynd heibio dy ddrws, ac wedyn roedd hi bob amser yn edrych ar y goeden fach wrth i ni fynd heibio coed y Gwyrdd-diroedd. Un diwrnod penderfynais ofyn i Orla am ychydig o hanes yr hyn a ddigwyddodd i dy deulu. Agorais y sgwrs trwy ailadrodd yr hyn a ddywedodd fy modryb – bod plannu ewcalyptws yn arwydd o buro, os wyt ti'n llosgi'r dail. Ond torrodd Orla ar fy nhraws gyda llygaid main a dywedodd wrthyf na ddylai neb byth niweidio'r goeden hon. Dywedais ei bod yn fy nghamddeall a cheisiais holi'n dyner am y goeden. Ond ches i ddim ateb, fel petai siarad amdanat ti yn dy fradychu di. Roeddwn i'n deall y teyrngarwch hwn, ond roedd yn fy atgoffa mai fi oedd y person o'r tu allan, yr un i beidio ag ymddiried ynddo. Ar ôl hynny ni ofynnais i eto.

Tua diwedd Blwyddyn 8, o'r diwedd magais yr hyder i geisio am le yn y tîm pêl-droed ond ni chefais i le. Yn hytrach llenwais fy mhen a fy nghalon â chelf, a daeth mynegiant allan ohonof i, fel afon. Yn yr ysgol cefais gartref newydd – yr ystafell gelf. Gwyliais Zak ac Orla yn tyfu'n agos, yn bondio. Dod yn gariadon.

"Alla i ddim credu 'mod i prin hyd yn oed wedi sylwi arnat ti ac mi welaist ti hyn i gyd."

Mae Om yn gwenu'n drist a jyst yn dal ati.

Yn fy narluniau inc roeddwn i'n meddwl amdanoch chi gartref. Y teulu dan glo y tu mewn. Ar ôl ysgol ac yn y nos o fy malconi clywais i ti'n chwarae dy gerddoriaeth, lawer yn rhy uchel. Weithiau, yn y coed, roedd dy ddawnsio gyda chigfrain yn dy wneud di'n wyllt. Dwylo, pen, breichiau'n tasgu bob ffordd, dros ben llestri gyda'r traed, cyn cwympo. Trio'r un symudiad eto. Roedd y gerddoriaeth a'r ddawns yn flin – curiadau chwilboeth a chyson, yn dda ar gyfer ymladd, yn dda ar gyfer ffrwydro pob meddwl yn ddarnau mân. Roeddwn i'n deall.

Dechreuodd Modryb Gisou anesmwytho. Roedd hi'n dweud y byddai hi'n cwyno am y sŵn. "Y tad yn gyntaf efo'i gerddoriaeth torri-calon, rŵan mae'r mab yn gwneud y twrw yma." Rhybuddiodd hi fi, "Omid, cadwa draw oddi wrth y teulu yma a'r bachgen cigfran." Ond roedd hi'n teimlo piti drostyn nhw hefyd. Dyna pryd dywedodd hi wrthyf i yr hyn roedd hi wedi'i ddysgu gan fam Orla, am y drasiedi roedd y teulu yma wedi'i hwynebu.

Roedd deall hyn, i fi, wedi newid popeth. Dyma'r tro cyntaf i fi weddïo yn y wlad hon. Gweddïais drosot ti, drosof fi a thros Ishy hefyd. O'r diwrnod cyntaf y gwelais i ti roeddwn i'n teimlo fel petaen ni'n frodyr, ond rŵan roeddwn i'n deall. Penderfynais na allwn i sefyll o'r neilltu a gwylio'r tanau a'r cysgodion yn dy gymryd di.

Yn ddiweddarach y diwrnod hwnnw, pan oedd Modryb Gisou yn gorffwys, es i allan i'r coetir. Cerddais heibio'r goeden ifanc â dail arian yn dawnsio a chlywais sŵn o dan fy nhraed.

Ar y dechrau roeddwn i'n meddwl ei fod yn dod o dan y ddaear. Meddyliais efallai fod Ishy yn galw arna i i'w achub, fel y mae'n gwneud yn fy hunllefau ... yn gaeth dan ddaear ac yn aros i fi ei dynnu allan yn fyw, ond yn rhy hwyr, atgoffais fy hun. Roeddwn i'n methu anadlu, ond o'r cwmwl llwyd uwchben syrthiodd glaw fel bendith. Fe'i blasais ar fy nhafod a daeth â fi'n ôl i ble roeddwn i'n sefyll. Disgynnodd mwy o law yn sydyn a daeth y llwybr yn glai llawn llaid. Roeddwn i'n llithro i lawr ac yn cwympo i gyfeiriad y sŵn. Roedd cigfrain yn plymio uwch fy mhen, adenydd yn disgleirio, lliwiau'r enfys yn fflachio. Yna'r sŵn torri-calon na allwn ei anwybyddu.

Des i'r cwt, a dy weld di, wedi cyrlio mewn cornel, yn gwneud sŵn griddfan fel ci wedi'i glwyfo.

"Zak? Orla?" galwaist ti. Gwthiais y drws ac roeddet ti'n cysgodi oddi wrthyf. Dy wyneb wedi'i orchuddio â llaid, fy un i hefyd ar ôl i mi syrthio. Roedden ni fel bechgyn o glai wedi'u gwneud o'r un ddaear, hyd yn oed os ydw i o dir ymhell i ffwrdd. Anghofiais fy holl eiriau newydd ac yn fy mhanig siaradais â ti mewn Arabeg, ti'n cofio?

Codais fy nwylo i ddweud nad oedd angen ymladd – doedd gennyt ti ddim i'w ofni oddi wrthyf fi. O'r diwedd daeth fy llais yn ôl i fi. "Fy enw i ydy Omid, ond mae pobl yma yn fy ngalw i'n Om." Gwelais dy fod mewn lle y tu hwnt i eiriau felly pwyntiais at y balconi uwchben, gan ddweud, "Dwi'n byw yma hefyd."

Nodiaist ti ataf wedyn fel petaet ti'n gwybod, ond roedd dy feddwl yn gwmwl i gyd. Gwaed a thân oedd dy lygaid. Roeddwn i'n teimlo ym mêr fy esgyrn dy fod di a fi wedi'n dal y tu mewn i dristwch y ddaear hon. Roeddwn i'n teimlo'n ddolurus yn fy nghalon drosot ti. "Frawd."

Dyna'r cyfan a ddywedais i ac, er dy fod yn fwy na fi, yn dalach, yn gryfach, yn llydan dy ysgwyddau, cerddais i mewn i'r ystafell felen â'r paent haenog a gafael ynot ti yn fy mreichiau a dy siglo fel babi, fel roedd fy Modryb Gisou yn cydio yn rhai eraill ar ein taith oddi wrth anobaith. Gadawaist ti i fi wneud. Gwelais fod fy argraff gyntaf ohonot ti yn wir. Roedd dy angen yn fawr, a fy un innau hefyd.

Weithiau rwyt ti'n gallu teimlo ym mêr dy esgyrn yr hyn mae rhywun arall yn ei deimlo, yng nghuriad y galon ac yn eich breichiau agored. Roeddwn i'n gwybod hefyd, yn y gofal hwn amdanat ti, bod gen i un ffrind, o'r diwedd. I fi, roedd yn gwlwm heb fod angen geiriau.

Pan dawelaist ti fe ddywedaist ambell air, ac yn yr olwg yn dy lygaid a'r ddawns yn dy freichiau, dwi'n meddwl fy mod i'n deall. "Paid â dweud wrth neb am hyn … Lle cyfrinachol … Bwth." Rhoddaist dy fysedd dros dy geg ac ysgwyd dy ben.

"Beth ydy'r *Bwth* hwn?" Doeddwn i ddim yn deall y gair na'r man hwn roeddem ni ynddo. Ni chefais ateb. Felly dywedais, "Iawn, gall fod yn gyfrinach." Wrth bwy bydden i'n dweud?

Ar ôl hynny cerdded gyda'n gilydd heibio'r goeden y gwelais dy deulu di'n ei phlannu ar ein diwrnod cyntaf, a dywedaist wrthyf i yn syml, "Wnaethon ni blannu'r goeden hon ar gyfer fy chwaer fach – Swla oedd ei henw hi."

Roedd fy nagrau'n disgyn, ac yn y foment honno roeddwn i'n gwybod dy fod yn ymddiried ynof â dyfnder dy galon, fel brodyr.

Ddydd Llun gwelais Orla yn gadael yn gynnar yn ei gwisg ysgol. Roedd yn well i fi ei bod hi o'r diwedd wedi rhoi'r gorau i ofyn a oeddwn i eisiau cerdded gyda hi. Ar waelod y grisiau clywais y drws yn agor ac roeddet ti yno o'm blaen i. Sythaist dy dei a nodio, gan edrych yn llawn cywilydd, fel petaet ti eisiau anghofio ein bod ni wedi cwrdd. Felly gwnes i'r hyn roeddwn i'n bwriadu ei wneud – dangos llun Ishy fy mrawd i ti.

O'r diwrnod hwnnw ymlaen, trwy weddill Blwyddyn 8, yna Blynyddoedd 9 a 10, Om a Kai oedd hi bob amser. Roedd calon Modryb Gisou wedi meddalu ar ôl iddi ddysgu bod y goeden wedi'i phlannu ar gyfer babi. Roedden ni'n cerdded gyda'n gilydd bob dydd ac roedd y cigfrain yn cerdded gyda ni. Weithiau roeddet ti'n siarad mwy â'r cigfrain nag â fi, ond nid oedd ots. Roedd gen i frawd. Nid oeddwn i ar fy mhen fy hun bellach.

Ar gyfer ein portffolio celf arholiadau TGAU gofynnodd yr athro i ni bortreadu ein gilydd, y person nesaf atom ni. Mewn un wers eisteddais a pheintio portread ohonot ti. Y wers nesaf, gwnest ti beintio portread ohonof i. Roeddet ti'n edrych yn syth i fyw fy llygad, fel petaet ti'n estyn draw i wybod pwy ydw i.

Roedd fy llun cyntaf mewn siarcol, yn byseddu ac yn dileu'r llinellau nes i fi ddod o hyd i'r mynegiant cywir yn dy lygaid. Wrth syllu, sylwais dy fod yn llenwi â dicter pan ddeuai unrhyw athro yn agos. Deallais yr olwg yma ... y methu ymddiried.

Roeddwn i'n hoffi teimlad y siarcol du oherwydd ei fod yn dod o bren a thân ... Roedd yn teimlo'n ddeunydd addas i ni ei ddefnyddio. Sut i ddisgrifio yr hyn wnes i ei beintio? Rhywun oedd yn edrych yn ddewr ac yn gryf ond ar fin torri.

Ar ôl i ni orffen, dywedodd yr athro ein bod yn cael ychwanegu un peth arall i'r portread. Heb betruso tynnais lun coeden dy chwaer. Wedyn, peintiaist di dy law a'i stampio dros yr wyneb a beintiais i. Yr oedd yn ddelwedd annifyr ac roedd yr athro'n flin, yn dweud nad oedd hawl gennyt ti i i wneud llanast ar fy ngwaith i, a dweud wrthyt ti mai dyma'r union fath o ymddygiad byrbwyll sy'n mynd â ti i helynt.

Ond amddiffynais yr hyn a wnest ti. "Rydyn ni'n peintio portreadau gyda'n gilydd ac mae'r llaw dros y wyneb yn gwneud y portread yn un gwir."

Wedi hynny gafaelaist ti ynof i a sibrwd, "Diolch, Om. Ti ydy'r unig un sy'n fy nallt i." Yna fe chwarddaist ti, yn drist heb unrhyw lawenydd, adlais o dristwch dy dad yn nhŵr y Gwyrdd-diroedd.

Daliais ati i gwblhau'r llun. Uwch dy ben di, gyda siarcol, tynnais lun y ddau aderyn du a arhosodd wrth dy ymyl di. "Fy nghigfrain i!" Estynnaist dy freichiau fel adenydd. Meddyliais am dy ddawnsio.

Drwy'r tymor dalion ni ati i wneud portreadau o'n gilydd. Wrth i ni weithio gyda'n gilydd gwelais pa mor flinedig roeddet ti, sut roedd y diffyg cwsg yn dechrau dweud arnat ti, gan droi dy ddyddiau'n nos, yn araf, araf bach.

Dechreuaist ti ddefnyddio siarcol hefyd ond yn gyntaf fe beintiaist ti'r dudalen yn felyn, fel anialwch yng ngolau'r haul. Dwi ddim yn hoffi'r lliw hwn: mae fel ffrwydrad o olau yn fy llygaid. Tyfodd fy ngheg yn sych wrth edrych arno, llosgodd fy ngwddf wrth i haul yr anialwch adlewyrchu ar y tywod. Y melyn diddiwedd y buon ni'n cerdded, cerdded a cherdded a cherdded ar ei draws i chwilio am wyrdd.

Mewn celf daethon ni o hyd i'r ffordd i weld ein hunain a'n gilydd y tu hwnt i ffin iaith. Nid yw pobl yn gweld digon o'r gwir yn iaith y llygaid.

Roedd o'n deimlad da i gael fy ngweld. Eisteddwn yn llonydd fel carreg pan oeddet ti'n tynnu fy llun i. Roeddwn i wedi arfer eistedd yn llonydd. Cuddio mewn coetir, yn crio y tu mewn yn ddigon caled i greu'r teimlad ynof o gyrraedd y sêr.

Gwelais y ffordd yr oedd yr athrawon yn edrych yn amheus ar ein cyfeillgarwch ni. Efallai eu bod nhw'n meddwl dy fod yn fy mwlio, neu efallai ein bod yn ddau fachgen cythryblus yr oedd yn well eu cadw ar wahân.

Tapiodd athro ifanc fi ar fy ysgwydd wrth i fi eistedd i gael tynnu fy llun a dweud, "Om, paid ag anghofio anadlu!" Roeddwn i'n meddwl bod hyn yn rhywbeth nad oes angen i neb ddweud wrthyf fi.

Dwi'n sylweddoli 'mod i wedi anghofio anadlu wrth i Om adrodd ein stori. "Dwi'n cofio ... Mi wnest ti ofyn i fi pam ro'n i'n peintio mewn melyn."

"A dyma ti'n dweud wrtha i mai dyna ble dechreuodd ein cyfeillgarwch ni pan ddes i o hyd i ti ... wedi torri yn erbyn wal felen y Bwth. Fyddi di byth yn gwybod sut deimlad oedd hi i fi, Kai, fod wedi dod o hyd i wir ffrind."

Dim ond mewn celf yr oeddet ti wir yn fodlon. Roedd rhywbeth rhyfedd yn y ffordd y gwnest ti roi'r gorau iddi ar yr union adeg pan oeddet ti i fod yn gweithio'n galed ar gyfer yr arholiadau. Symudais i yn fy mlaen. Roeddwn i eisiau mynd â ti efo fi, i ddangos cynnydd, ond roedd yn ymddangos mai'r cyfan y gallwn ei wneud oedd dangos i ti sut i beintio dy ffordd allan o dristwch. Gwnaethom hynny yn y Bwth – tithau'n gadael i fi orchuddio'r wal felen. Hyd yn oed yno, yn lleoliad ein celf ddirgel, dim ond mewn eiliadau bach y gallet ti ddod o hyd i heddwch.

Safai Modryb Gisou ar y balconi efo'r llythyr oddi wrth y Groes Goch, yr un yr ydym yn aros amdano bob blwyddyn ers y pedair blynedd yr ydym ni wedi byw yma. Dywedais wrthi am ei agor, oherwydd roeddwn i'n methu. Gall gobaith losgi mor greulon â chasineb. Llosgai mor llachar ynof i'r diwrnod hwnnw, ond y gair cyntaf a welais pan agorodd hi'r llythyr oedd 'anffodus'. Cwympais i'r llawr, ond dywedodd Modryb Gisou, "Na, fy nai. Anffodus nad oes unrhyw newyddion, dyna i gyd. Does dim byd wedi newid."

Ond newidiodd rhywbeth ynof i'r diwrnod hwnnw, oherwydd roeddwn i'n gwybod na allwn barhau i edrych yn ôl. Roeddwn i wedi cael fy llosgi gan obaith yn rhy aml. Felly rhoddais fy holl obaith ynot ti ... Ti oedd y brawd y gallwn i ei helpu.

Ym Mlwyddyn 11 es i'r treialon i ymuno â'r tîm pêl-droed eto ac o'r diwedd es i mewn. Roeddwn i'n meddwl efallai fod Zak wedi dweud wrth ei dad, sy'n hyfforddwr, y dylai adael i fi ymuno gan mai dim ond wedi rhydu roedd fy sgiliau pêl-droed. Yna deallais fod Zak hefyd eisiau siarad â ti trwydda i, Kai – fy nefnyddio i fel baner heddwch.

Ar ôl y pêl-droed gofynnodd Zak i fi ddweud wrth Kai bod ei angen yntau hefyd ar y tîm. "Rydyn ni'n gweld ei eisiau. Dwi'n gweld ei eisiau." Mae'n anodd weithiau i fechgyn siarad, on'd dydy? Hyd yn oed pan fyddan nhw'n rhannu'r un iaith, mae'n anodd.

Mae'n wahanol os ydy'r iaith honno yn eich traed a'ch llygaid, yn nhro ysgwydd neu fraich wedi'i chodi ar y cae. Roeddwn i hefyd yn dymuno petai'r brawd, Kai, yn ymuno â ni ar y tir rhydd, gwerthfawr hwn maen nhw'n ei alw'n Rec – ond waeth beth roeddwn i'n ei ddweud, gwrthod wnest ti. Roedd yn well gennyt ti ddawnsio, ond nid oeddwn i'n hoffi'r gerddoriaeth drwm y gwnest ti droi ati. Weithiau byddai dy gorff yn dechrau symud mewn rhythm rhyfedd, yn fwy fel cigfran nag fel dyn. Dechreuais ofni ar dy ran.

Dysgais i fod Orla, Zak a Kai yn ffrindiau agos yn y gorffennol ond nid rŵan. Nid oeddwn yn deall yn union pam roedd y cwlwm wedi dechrau datod. Mae bywyd wedi dysgu hyn i fi hefyd. Gall poen ddod â chi'n agos neu gall eich torri. Nawr ti a fi oedd yn cerdded gyda'n gilydd, yn peintio gyda'n gilydd, ac, oherwydd bod fy iaith yn dod yn fwy rhugl, yn siarad â'n gilydd. Roeddwn i'n methu deall pam na fyddet ti'n chwarae pêl-droed mwyach. Roeddwn i'n methu deall chwaith pam gwrthodaist ti weld dy hen ffrindiau eto yn y Bwth, yn y coed hyn y gwnaethoch chi eu darganfod efo'ch gilydd. Roedd fy myd yn tyfu a dyma'r cyfan roeddwn i'n ei ddymuno – sef yr hyn a oedd gennyt ti … Dal i adnabod y bobl roeddwn i wedi cael fy magu gyda nhw.

Roedd fy nghwestiynau a fy anogaeth i weld hen ffrindiau wedi dy wneud di'n flin a hefyd, dwi'n meddwl, yn amheus ohonof i. Roeddet ti'n meddwl bod pobl yn sôn amdanat ti a'r teulu, yn enwedig am dy dad. Mae'n ddrwg gen i, Kai, ond soniodd fy Modryb Gisou amdano fel Dyn y Cysgodion yn nhŵr y Gwyrdd-diroedd. Dywedais wrthi na ddylai hi ddweud pethau llym oherwydd bod gennym ninnau hefyd ein hysbrydion. Ni soniais i wrthyt ti am y sgyrsiau hyn oherwydd weithiau mae taith bywyd Modryb Gisou wedi gwneud iddi siarad geiriau caled, geiriau llym nad ydyn nhw'n datgelu ei thynerwch hi, y caredigrwydd sydd y tu mewn iddi. Ond yr adeg honno aeth hi'n bryderus ac roedd yn anoddach i fi dy weld.

Yn yr ysgol datblygodd dy baranoia. Roeddet ti'n dweud wrthyf bod llygaid pawb ar dy deulu di, na ddylwn i fusnesu, y bydden nhw'n siŵr o ymyrryd. Ni fyddet ti'n gwrando pan oeddwn i'n dweud wrthyt ti eu bod nhw'n poeni amdanat ti.

Gwelais yn llygaid Zak ei fod eisiau cyfeillgarwch. Dywedais wrthyt am anghofio bod y rhannu hwn erioed wedi digwydd ond mynnaist nad oedd hi'n mynd i fod yn hawdd anghofio'r frwydr yn erbyn Zak. "Cofia, Om, mae Zak o un ochr i'r Rec a ni o'r ochr arall," dywedaist ti wrthyf. Ac roedd hyn yn swnio'n ffôl, oherwydd rydw i wedi cerdded dros y byd, nid cae pêl-droed bach, ond roeddwn i'n gallu gweld bod y frwydr yn fwy nag yr oeddwn i yn ei deall.

"Mae'n rhaid dy fod di'n meddwl 'mod i'n gymaint o ffŵl. Wnes i erioed ddychmygu y byddai mor anodd gweld fy hun trwy dy lygaid di."

Ceisiais yn galed i ddeall ond doeddwn i ddim yn gwybod pam yr oeddet yn dweud rhywbeth mor amlwg wrthyf i. Dyna pam yr ydw i'n dal i holi. "Pam mae hyn o bwys? Pam na all Zak ac Orla ddod yma? Dywedaist ti wrthyf i fod Bwth yn golygu lloches i unrhyw un."

Chwarddaist ti'n chwerw arna i a dweud, "Mae gennyt ti lawer i'w ddysgu am y wlad yma, Om!" a theimlais fy nhân fy hun y tu mewn i mi wrth feddwl nad wyt ti hyd yn oed yn gwybod fy enw, Omid, sy'n golygu gobaith. Y gobaith hwn a gariais gyda fi fel fflam. Roeddwn i'n cwestiynu sut y byddet ti'n goroesi petaet ti wedi gweld yr hyn rydw i wedi'i weld.

Gwyddwn fod dy glustiau ar gau i fi, ac na ddylwn i wthio ymhellach ond os oeddwn am dy helpu roedd angen i fi drio, felly gofynnais, "Ai achos Orla mae hyn? Achos cenfigen efo Zak? Dwi'n meddwl dy fod di'n ei charu hi."

Camais yn ôl oddi wrthyt ti, yn barod i adael y Bwth achos yn ôl yr olwg yn dy lygaid byddet ti'n ymladd â fi hefyd, ond ni wnes i dy ddarllen di'n dda y diwrnod hwnnw. Wnest ti ddim ymladd. O achos hynny, roedd gennyf fwy o dy ofn di. Pan adawais, ysgydwaist ti dy ben a dim ond dweud, "Om, dwyt ti ddim yn deall. Mae'n ymwneud â phopeth."

Doedd Modryb Gisou ddim yn fodlon ein bod hi'n dau mor agos, Kai, yn enwedig yn ystod adeg adolygu. Bob dydd roedd hi'n synhwyro mwy o dân yn y berthynas, ynot ti a dy deulu. Bob tro y gwelai hi nad oeddet ti yn yr ysgol, dywedai am ei hofn y byddet ti'n dod â pherygl i'w drws hi.

Ar ôl yr holl brofiadau rydw i wedi'u cael, roedd hi'n dal i fod yn anfodlon i fi fynd i'r coetir bach hwn hebddi. Ceisiodd hi fy ngwahardd rhag mynd i'r Bwth. Bob dydd tyfai ei hofn nes nad oedd hi hyd yn oed yn dymuno i fi chwarae pêl-droed ar y Rec. Mae hyn yn rhywbeth y buom yn dadlau yn ei gylch. Dywedais, "Dydw i ddim yn blentyn mwyach." Gofynnais iddi, "Pam ddaethon ni yma i'r wlad hon ddim ond i chi gymryd fy rhyddid oddi arna i?"

Roeddwn yn difaru ar unwaith i mi godi fy llais, ac i ymddiheuro fe wnes i de sinamon iddi. Yna dywedodd hi wrthyf, "Mae'n iawn, Omid. Dwi'n falch ohonot ti. Mae'n rhaid i ti dyfu yn y wlad hon. Mae hi'n anoddach i mi. Nid yw tymor y gaeaf yn dda i fy iechyd meddwl. Dyna pam yr ydw i'n llawn ofn." Cefais fy nhynnu i ddau gyfeiriad oherwydd roeddwn i'n gwybod ei bod yn rhaid i fi ofalu amdani, ond yn dymuno hefyd y gallwn fynd i dy helpu di, Kai. A hefyd, oeddwn, roeddwn i eisiau chwarae pêl-droed a chwrdd â fy ffrindiau newydd, Zak ac Orla. Roedd fy myd yn ehangu.

Roedd rhywbeth a welais i lawer noswaith yn gwneud i fi feddwl efallai fod Modryb Gisou yn iawn i beidio ag ymddiried ynot ti. Grwpiau bach o fechgyn hŷn yn gyrru eu beiciau i lawr y llwybr i'r Bwth, ac nid oeddwn yn hoffi eu golwg. Bechgyn ag wynebau llawn cysgod. Croen llwyd fel ysbryd. Bechgyn yn byw yn y cysgodion, a'u dillad yn arogli'n gryf o gyffuriau.

Yna daeth y dydd pan aroglais i gyffuriau arnat ti hefyd a'u gweld yn amrannau trwm a diobaith dy lygaid, fel cloriau'n cau.

Yn yr ysgol roedd dy ymddygiad gwyllt a dy geg gynddeiriog bob amser yn achosi helynt i ti. Gwnaeth hyn i fi boeni amdanat ti, fy mrawd.

Roedd yn teimlo fel argyfwng. Meddyliais wrthyf fy hun, os oes un brawd ar goll, ni allaf adael i un arall lithro i ffwrdd. Dyma pam y gwnes i gynllun i ofyn i Orla a Zak gyfarfod â fi yn y Bwth er mwyn iddyn nhw weld drostyn nhw eu hunain. Roeddwn i'n teimlo fy mod i'n dy fradychu di, fy mrawd, ond eto'n gwybod ei bod yn rhaid i fi wneud. Dyma oedd fy nod, dod â chi i gyd yn ôl i'ch hen ffyrdd, dod â ni at ein gilydd. Oherwydd roeddwn i'n gwybod yn awr, pan ymddangosai bechgyn y cysgodion, eu bod am gael rhan ohonot ti. ... ac roeddwn i'n methu dy helpu di ar fy mhen fy hun. Er mwyn dy atgoffa di pwy wyt ti, roedd angen help dy hen ffrindiau arna i.

Ar ôl i fi osod fy nghynllun, ni fu'n rhaid i fi aros llawer o ddyddiau cyn i ti fod mewn helynt a chael dy gadw ar ôl ysgol am regi yn wyneb yr athrawes gelf dros dro. Dywedais wrthyt ti nad ydy hyn yn dangos parch, ond dwi ddim yn meddwl y gallet ti fy nghlywed i oherwydd bod bechgyn y cysgodion wedi cyrraedd, gan ddod â'u mwg gyda nhw. Efallai nad oedd ots gennyt ti.

Dyma oedd fy syniad olaf o sut i dy helpu di, felly pan ganodd y gloch ar ddiwedd y dydd gwnes i'n siŵr mai fi oedd y cyntaf allan drwy giatiau Ysgol Ravenscroft ac ar y Rec. Yno arhosais am Zak ac Orla. Gwelais eu bod yn dal dwylo ac yn edrych i fyw llygaid ei gilydd. Roedden nhw wedi synnu pan alwais i arnyn nhw a gofyn iddyn nhw ddod gyda fi i'r Bwth.

"Ofynnodd Kai amdanon ni?" Roeddwn i'n clywed gobaith yn llais Zak mai dy syniad di oedd hyn.

Ysgydwais fy mhen a phwyntio at yr ysgol. Eisteddai dy gigfrain ar giatiau'r ysgol, yn disgwyl i ti ddod allan. "Mae'n cael ei gadw ar ôl eto, ond rhaid i chi ddod gyda fi i weld," eglurais.

Gollyngodd y ddau ddwylo'i gilydd a pheidio â gofyn rhagor o gwestiynau wrth i ni gerdded at goed y Gwyrdd-diroedd, fel petai pawb yn eu meddyliau eu hunain, efallai yn cofio'r gorffennol nad oeddwn i'n rhan ohono.

Triodd Zak fynd i mewn yn gyntaf drwy'r tyfiant trwchus. Dywedodd fod y llwybr i'r Bwth yn arfer bod yn "llwybr byr cyfrinachol pan oedden ni'n blant", ond roedd y llwyni'n rhy bigog ac felly cerdded ar hyd y llwybr concrit i'r ffordd oedd yr unig ddewis, heibio ein fflatiau ac i lawr yr allt.

Triodd Zak ddal llaw Orla wrth i ni gymryd y llwybr i'r Bwth ond fe wthiodd hi ei law i ffwrdd ac arogli'r awyr. "Mae'r lle hwn yn drewi o *skunk*." Edrychodd yn amheus arna i, am y tro cyntaf. "Ydych chi'ch dau yn smocio yma?"

Ysgydwais fy mhen. "Dydw i ddim. Dyma pam y gofynnais i chi ddod yma. Mae bechgyn eraill wedi dechrau dod … Bechgyn hŷn. Dydw i ddim yn eu hadnabod nhw. Maen nhw'n dod yma ar eu beiciau. Rydw i'n eu gweld nhw'n mynd heibio, yn taflu cysgodion nos dros y Gwyrdd-diroedd."

Mae'n rhaid bod y cigfrain wedi blino aros amdanat ti ger yr ysgol oherwydd maen nhw wedi ein dilyn ni yma, fel petaen nhw'n cyfarch hen ffrindiau. Sylwais ar yr olwg yn llygaid Zak ac Orla, golwg teithio'n ôl mewn amser i le cysegredig a oedd bellach yn adfail.

"Roedd yn arfer bod mor heulog yma," sibrydodd Orla.

"Mae'n aeaf," dywedais ond gwelais nad y tymor roedd hi'n ei olygu.

Yn gyflym caeais y drws fel nad oedd y cigfrain yn dilyn fel y maen nhw bob amser eisiau gwneud. Heddiw roedd y llawr yn frith o sigaréts wedi'u rholio ac roedd staeniau ar y soffa. Gwelais hefyd dystiolaeth fod y cigfrain bellach yn dod i mewn.

Yn y gwyll roedd Kai ac Orla yn syllu ar y waliau. "Dy waith celf di ydy hwn?" Roedd Orla eisiau gwybod.

"Ein gwaith celf ni ydy o," dywedais wrthi. "Fe beintiais i fy ninas ac mi beintiodd Kai gigfrain."

"Dwi ddim yn gweld dinas," meddai Zak, gan godi darn o baent melyn.

"Rho hwnna i fi!" dywedodd Orla. Pwdodd Zak a'i roi iddi. Roedd ôl straen rhyngddyn nhw.

Yn eu llygaid, gwelais edmygedd a sioc yn un, a rŵan sylweddolais eu bod nhw'n iawn. Roedd yn waeth nag yr oeddwn i'n meddwl. Fy llun bach, bach o awyr Aleppo i'w gofio, llun y cymerodd flwyddyn gyfan i fi ei beintio, wedi cael ei ddinistrio â phaent o liw gwaed. Mae'n rhaid i fi ddweud wrthyt ti fy mod wedi teimlo poen sydyn yn fy nghalon y diwrnod hwnnw, Kai.

Dwi'n brifo y tu mewn, gan feddwl, *sut all Kai ganiatáu hyn?* Dydw i ddim yn credu y byddai fy mrawd yn gwneud hyn i fi. "Dwi erioed wedi gweld y paent coch hwn o'r blaen," dywedais wrthyn nhw. "Paent newydd ydy o. Dwi'n meddwl mai bechgyn y cysgodion sydd wedi gwneud hyn."

Dwi'n gweld tristwch dwfn yn eu llygaid. Ond nid oedden nhw yn fy neall i mewn gwirionedd. Roedd yn gas gen i'r disgleirdeb melyn oedd yno o'r blaen, ond nid fy syniad i oedd peintio drosto. Roeddwn i eisiau dweud hynny wrthyn nhw oherwydd roedd yr olwg a roddodd Orla i fi y diwrnod hwnnw wedi gwneud i fi feddwl ei bod hi'n rhoi'r bai arna i – am orchuddio'r melyn ac am y newid ynot ti. Fel petawn i'n ddylanwad drwg. Gosododd ei llaw ar y wal, fel petai'n chwilio am hen guriad calon.

"Doedd gen i ddim syniad," meddai Zak. "Ddylen ni byth fod wedi gadael iddo ein gwthio ni i ffwrdd."

Ceisiais egluro. "Buon ni wrthi'n peintio am oriau lawer gyda'n gilydd yma. Celf er mwyn goroesi oedd hyn, ond rŵan mae angen rhywbeth gwahanol ar Kai ... Rhywfaint o gyswllt ag eraill." A dweud y gwir, roedd angen hynny arnaf i hefyd.

Cyffyrddais â'r paent chwistrell coch fel petai am fy llosgi. "Dydy'r ymwelwyr newydd hyn ddim yn syniad da."

Pwysodd Orla yn erbyn y wal a dweud wrthym am y bachgen y gwnaeth hi ei gyfarfod mewn ffau chwarae i fyny'r allt pan symudodd i'r Gwyrdd-diroedd, bachgen oedd yn llawn bywyd a hapusrwydd nes ei fod fel yr haul. Soniodd Zak am fagu cyfeillgarwch ar ddiwrnod cyntaf yr ysgol, am ymolchi a chwythu swigod dymuniad o'r balconi. Daeth y straeon melys hyn â dagrau i lygaid y tri ohonon ni.

Criais i hefyd am atgofion dinas fy mhlentyndod, fy ffrindiau coll a fydd bob amser yn ddieithr iddyn nhw ... a chrio am fy mrawd coll. Dywedais wrthyn nhw na fyddai'r Kai rydw i'n ei adnabod byth yn peintio dros fy ninas i. Dyma sut roeddwn i'n gwybod gymaint ar goll roeddet ti bryd hynny – dy fod di wedi gadael i hynny ddigwydd. Gwelais eu bod nhw'n teimlo drosof fi er nad oedden nhw'n gwybod am fy holl dristwch. Dywedais wrthyn nhw fy mod i wedi goroesi gwaeth, ond mynnais eu bod nhw'n gweld beth welais i bryd hynny – pelydryn o obaith yn marw. Alla i ddim ei anwybyddu – rydw i wedi'i weld yn difetha gormod o bobl i fi wneud hynny.

"Fe wnest ti'r peth iawn i ofyn i ni ddod yma," sibrydodd Orla.

"Rhaid iddo fo beidio â gwybod 'mod i wedi dweud wrthych chi. Rhaid i chi beidio â'i fradychu o i eraill. Dwi ddim eisiau creu mwy o drafferth iddo fo. Des i â chi yma i ofyn i chi chwilio am ffordd i ddod yn ffrindiau eto. Fel ein bod ni'n gallu cynnig nerth gyda'n gilydd iddo fo." Ar y pryd, dymunwn i mi gael y cyfle i ddangos sut yr oeddwn yn dringo coed yn ein perllannau gartref pan oeddwn yn blentyn bach. "Er nad ydych chi yn blant mwyach, rydych chi'n cofio'ch gilydd fel yr oeddech chi. Mae hynny'n rhywbeth gwerthfawr."

Dim ond am amser byr yr oedden ni y tu mewn i'r Bwth. Eisteddai'r cigfrain y tu allan fel gwarchodlu. Roeddwn i'n meddwl eu bod nhw'n aros amdanat ti, Kai. Dywedais wrth Orla a Zak y byddai'n well petaet ti ddim yn dod o hyd iddyn nhw yma, ond rydw i'n hapus eu bod wedi dod, achos rŵan ... fe'i gwelais yn eu llygaid, y dyhead a'r penderfyniad bod rhaid i bopeth newid.

Pan gerddais i fyny'r allt heibio coeden Swla roedd deilen arian wedi cyffwrdd â fy nghroen ac roedd fy meddwl yn glir. Roeddwn i'n gwybod fy mod wedi gwneud peth da – mae rhai cyfrinachau'n rhy wenwynig i'w cadw.

Roedd y tywydd yn troi. Dechreuodd y gaeaf afael. Daeth Zak o hyd i fi ac Orla un amser egwyl. Dywedodd wrthym fod Kai mewn mwy o helynt. Cafodd orchymyn i aros ar ôl ysgol, ond wnaeth o ddim. Rydw i'n meddwl mai dyma'r pumed tro iddo gael ei anfon o'r gwersi – un tro wedi'i wahardd am ymladd, ei atal deirgwaith, a sawl tro yn cael ei gadw i mewn amser egwyl neu ar ôl ysgol. Triodd Zak ddarganfod faint o helynt. "Dwedodd Mam fod y prifathro yn amyneddgar efo fo achos sefyllfa'i deulu ond os bydd o'n parhau fel hyn bydd yn cael ei ddiarddel. Ydych chi wedi gweld hwn?"

Dangosodd Zak erthygl i ni wedi'i thorri o'r papur newydd. Darllenais yr erthygl dros ysgwydd Orla a sylweddolais fy mod i'n deall bron bob gair erbyn hyn. Roedd yr erthygl yn dweud bod y cyngor yn bwriadu adeiladu stad newydd ar y Rec oherwydd prinder tai.

Ysgydwodd Zak ei ben. "Allan nhw ddim gwneud hyn. Mae'n rhaid bod yr ysgol yn mynd i'w herio nhw. Beth am y cae pêl-droed? Go brin fod ganddon ni unrhyw le yn yr ysgol fel mae hi."

Ond gwelais yr olwg yn llygaid Orla, nid oedd hi na fi ddim yn meddwl am bêl-droed. Y cyfan oedd yn fy meddwl i oedd coed y

Gwyrdd-diroedd a ti, Kai. Deallais y sefyllfa'n syth o'r map cyfrifiadurol ar waelod yr erthygl yn dangos y ffin ar gynllun newydd yr adeiladau. Roedd y ffordd yn mynd i dorri trwy ein coed ni.

Pwyntiais at y bloc llwyd, sef ein fflat ni, a'r 'ffordd fynediad' fyddai'n croesi'r goedwig, drwy'r union fan lle mae coeden Swla wedi cael ei phlannu, drwy'r Bwth i le newydd o'r enw 'Ystad Bytholwyrdd' gyda thri bloc newydd o dai.

Unwaith eto gwelais gydymdeimlad yn llygaid Orla. Roedd ei cheg yn dynn, ei llygaid gwyrdd yn finiog gan ddicter. Roeddwn i'n meddwl yr un peth. *Bydd hyn yn ormod i Kai.*

Meddyliais hefyd cymaint roedd Modryb Gisou yn caru'r lle gwyllt hwn. Meddyliais am fy awyr Aleppo wedi'i beintio drosto a daeth teimlad cryf drosof. Dywedais wrthyn nhw, "Er y cawlach, mae hwn yn gyfle hefyd. Rhaid i ni fynd â'r newydd yma at Kai, at fy modryb, at eich teuluoedd, a rhaid i ni ymladd er ein mwyn ni i gyd."

Ar ôl ysgol es i i'r Bwth ar unwaith. Roedd yn drewi ac roedd cerddoriaeth yn dod o'r tu mewn, ond ni chlywais leisiau bechgyn y cysgodion felly es i mewn. Fe wnest ti ymdrech i sefyll yn erbyn y wal i guddio'r graffiti.

Estynnais yr erthygl i ti. Roedd dy lygaid yn un cwmwl o

gyffuriau. Roedd yn ymddangos fel pe na bai dim o'r newyddion hwn yn dy gyffwrdd nes i fi wneud i ti ddeall y byddet ti'n colli coeden Swla. Dim ond wedyn y deffraist ti. "Dim ffiars o beryg. Mae'r gwylltir yma'n eiddo i fi a Dad. Y ni wnaeth ei ddarganfod o. Allan nhw ddim ei gymryd o oddi arnon ni."

Dywedais wrthyt ti fod Orla a Zak eisiau cwrdd â ti i gynllunio sut i achub y tir hwn. "Ddim fan yma!" Dy lygaid yn llawn panig. Gwelais mewn fflach dy fod di'n gweld dy hun fel y bydden nhw'n dy weld di ... ac roeddwn i'n gwybod dy fod yn malio. Balchder yn dal i fod ynot ti. *Mae hyn yn dda*, meddyliais.

"Dweda wrthyn nhw am gwrdd â fi fory ar ôl ysgol, wrth goeden Swla," meddet ti, ac roeddwn i'n hapus nad oeddet ti wedi llithro'n rhy bell i wella pethau.

Yna, cymeraist ti un cam oddi wrth y wal â'r graffiti arni ac ysgwyd dy ben. "Sori, Om. Ddim fi oedd hyn. Dylwn i fod wedi'u taflu nhw allan."

Cymerais dy law. "Nid dyma'r ffordd o ad-dalu'r caredigrwydd rydw i wedi'i roi i ti. Gallaf beintio eto ond fydd hynny byth yn mynd â fi adref. Mae fy ngwlad i ar goll i fi ond rhaid ymladd hyn, dros dy chwaer, dros dy deulu hefyd, i fi, Modryb Gisou ac Orla. Oherwydd dyma'r ddaear lle mae dy chwaer wedi'i phlannu. A nawr lle rydyn ni hefyd wedi'n plannu. Dyma ein Gwyrdd-diroedd ni."

Yna, gan siarad yn dawel fel petaet ti'n chwilio yn rhywle am

Kai y cof pell, dywedaist ti, "Mae'n rhaid i ni fod yn Warcheidwaid y Gwyrdd-diroedd, gan dorri drwy'r tywyllwch. Fel pan o'n ni'n blant." Nid oeddwn yn deall yn llwyr yr hyn a ddywedaist ti, ond y noson honno cysgais yn dawel drwy'r nos.

Deffrais yn llawn gobaith, i fore oer o awyr las. Gwnaeth hyn i'r fflam yno f losgi'n gryfach. Wrth gerdded heibio i dy ddrws, dymunais i ti beidio â chael dy wahardd dros dro o'r ysgol eto. Fe ewyllysiais trwy'r dydd y byddet ti'n cadw dy air i gyfarfod ar ein Gwyrddlas Fryn.

Cwrddais i â Zak ac Orla y tu allan i giatiau'r ysgol. Roedd fy nghalon yn llawn hapusrwydd wrth dy weld di'n aros amdanom ni, yn eistedd wrth ymyl coeden Swla. Roeddwn i'n falch nad oeddet ti'n arogli o'r perlysiau chwerw y diwrnod hwnnw. Roedd dy lygaid yn disgleirio'n glir ond gwelais dy fod yn nerfus, yn camu yn dy unfan o'r naill droed i'r llall.

Sylwais yn fanwl ar y cyfarfod hwn, fel eiliad mewn hanes, cadoediad rhwng ffrindiau. Roeddwn i'n hapus yn teimlo mai fi oedd yr un a ddaeth â chi yn ôl at gyfeillgarwch plentyndod.

"Clywais i fod gennyt ti chwaer," meddet ti, ac edrychodd Zak ar ei draed. "Beth ydy ei henw?"

"Hope." Daeth allan rhwng sibrwd a thagu ac fe afaelaist ti'n dynn yn llaw Zak.

"Kai, mae dy ddwylo di fel blociau iâ!" meddai Zak, gan dynnu'i law i ffwrdd. "Ers faint rwyt ti wedi bod yn aros yma?"

"Rhy hir," meddet ti. "Dwi a'r cigfrain wedi bod yn cael cynhadledd fach! Yn gweithio allan beth rydyn ni'n mynd i'w wneud."

Chwarddodd Zak ac Orla ychydig. Nid oeddwn yn barod am jôcs ond teimlais y grym yn yr aduniad hwn ac roeddwn i'n teimlo'n sicr yn y foment hon, petaen ni i gyd yn sefyll gyda'n gilydd, na fyddai'r cysgodion eraill hynny'n gallu dod lawr atom ni mor hawdd.

Dywedwyd llawer o bethau, a finnau'n deall y cyfan, efallai, yn well na neb ohonoch. Gwrandawais. Sylwais a chofnodais yn fy meddwl luniau o'r amser cyn i fi gyrraedd yma.

Dyma'r geiriau ddywedodd Orla, rhai y byddaf yn eu cofio am byth: "Y tir hwn ydy'n gorffennol ni, ein dyfodol ni."

Dim ond un peth roedd yn rhaid i fi ei ychwanegu …

Dwi'n torri ar draws Om – roedd ei eiriau wedi'u cerfio ar fy meddwl. "Dwi'n cofio'r hyn a ddwedaist ti … hwn yw ein presennol ni."

Cofleidion ni ein gilydd – fel brodyr. A meddyliais i mai yma, wrth wreiddiau'r goeden bur hon, y gall ein holl straeon gyfarfod â'i gilydd. Cerddodd Zak i ochr arall y Rec a dilynais i ti ac Orla yn ôl i'n Gwyrdd-diroedd. Am y tro cyntaf ers i fi gyrraedd y wlad hon roeddwn i'n teimlo fy mod i'n perthyn.

Sefais ar y balconi y noson honno, yn chwilio am y lleuad, gan feddwl am fy hen fywyd. Hedfanodd y cigfrain at dy falconi di ac un ohonyn nhw'n syllu arnaf i â'i llygad disglair. Deallais hyn yn glir amdanom ni – roedden ni fel tŵr cyfeillgarwch bregus, roedd ymddiriedaeth rhyngom ni newydd ddechrau ffurfio.

Gydag un balconi wedi'i bentyrru ar un arall.
Fi ar y brig,
Orla yn y canol
a thithau, Kai, oddi tanodd, oedd y sylfaen.

A theimlais don o hapusrwydd ein bod ni'n gryf gyda'n gilydd.
Oherwydd dwi'n gwybod bod hyn yn wir:
os yw seiliau'n syrthio
bydd
cwymp
aruthrol.

Kai

Wrth i fi orffen cofnodi'r darn mae Omid wedi'i ysgrifennu, mae'n rhoi amlen drwchus i fi â fy enw i arni. "Dwedodd Orla wrtha i am roi hwn i ti, ddim ond pan oeddwn i wedi cwblhau fy rhan i. Mae'n dweud wrthyt ti am wrando ar y cyfan sy'n cael ei ddweud rhwng y llinellau ac yna byddi di'n cyrraedd y gwir. Dwedodd hi wrtha i y byddi di'n deall be mae hi'n feddwl."

Dwi yn deall.

Mae hi wedi ysgrifennu fy enw ar yr amlen ac mae jyst ei weld wedi'i ysgrifennu yn ei llawysgrifen hi'n gwneud i fi droelli.

Orla

Does dim angen unrhyw *gyflwyniad*! Mi ofynnaist ti am hyn!

Ers i ni fod yn blant, ein lle ni oedd y Gwyrdd-diroedd erioed, cytuno? Dy eiddo di, a fi, a Zak, dy fam a dy dad … Om hefyd rŵan. Pa lwybrau pigog bynnag y bu'n rhaid i ni eu clirio, rydyn wedi'i wneud o gyda'n gilydd. Ein gardd ni, wedi'i phlannu â dymuniadau plentyndod, glas gusanau! Ein paradwys o Wyrdd-diroedd. Beth wnest ti ei alw unwaith? "Ein nefoedd fechan isel ein hunain." Mae'n wir mai dyna be roedd hi i ni pan oedden ni'n blant – creu siglen, adeiladu cuddfan, darganfod y Bwth. Dyma ble gwnaethon ni wireddu ein holl freuddwydion heulog, hyd yn oed pan oedd hi'n bwrw glaw. Ac yna daeth y poenau cynyddol a darganfod yr hyn yr oedden ni i'n gilydd … Fel y gusan yna wnes i ei rhoi i ti achos ein bod ni mor hapus y diwrnod y ganwyd Swla, er dy fod di erioed wedi bod yn fwy o frawd i fi na dim arall. Yna roedd tor calon marwolaeth Swla yn ergyd mor sydyn. Ddim i ti yn unig chwaith, Kai. Tan hynny, roedden ni ddim ond wedi bod yn chwarae byw. Efallai nad ti yn unig sydd angen ysgrifennu hwn.

Beth bynnag, wedyn daeth plannu coeden Swla a phoen amrwd dy dad yn trio chwarae ei gerddoriaeth ond byth yn cynhyrchu mwy na'r gri boenus honno. Anghofia i fyth yr olwg ar dy wyneb y diwrnod coffa hwnnw, cuddio dy glustiau fel petai hynny'n gallu dy gysgodi di rhag y boen. Ro'n i'n teimlo 'mod i wedi fy nhynnu i bob cyfeiriad achos bod Zak gymaint o eisiau dod i dy weld di, i blannu'r goeden gyda'n gilydd, ond roeddet ti yn barod yn ei wthio i ffwrdd. Wyt ti'n gwybod beth ddywedodd o wrtha i unwaith? Roedd o'n teimlo'n euog, ond weithiau, os oedd yn golygu ei fod yn mynd i dy golli di, byddai'n well ganddo petai ei fam o ddim yn feichiog. Dywedodd ei fod yn poeni mwy amdanat ti na brawd neu chwaer fach nad oedd o wedi cwrdd â nhw eto.

Mae hyn yn anodd ei ddweud, Kai, ond os oes gwir angen ei weld o fy safbwynt i, dydy hwn ddim yn mynd i fod yn hawdd ei ddarllen. Doedd dim llwybr tarw byth yn mynd i fod yn ôl at gyrraedd yr heulwen eto. Roedd dy gigfrain (ac erbyn hynny ro'n i'n meddwl amdanyn nhw fel dy rai di) yn glanio ar reilins y Gwyrdd-diroedd yn amlach nag erioed o'r blaen.

A gyda nhw, a Swla yn marw, y daeth Om. Pan ofynnodd Faith i fi fod yn fentor i Om i'w helpu i setlo, roedd pethau mor chwithig. Mi welais ei ddistawrwydd rhyfedd o, a dwi'n meddwl yn fy mhen mewn ffordd 'mod i wedi cysylltu ti a dy deulu yn colli popeth ag Om yn cyrraedd. Roedd yn teimlo i fi fel petai ei ddistawrwydd wedi setlo ar bob un ohonon ni oddi uchod ac yn llifo i lawr trwy ein bloc. Ddylwn i ddim bod wedi teimlo felly, ond ro'n i'n eithaf blin, ac efallai hyd yn oed ychydig yn genfigennus pan welais i chi'ch dau yn dod yn agos. Roeddwn i'n methu gweld sut na pham y byddet ti'n ein torri ni allan, ond yn gadael dieithryn distaw i mewn i'n cylch ni.

Dywedodd Mam ei bod yn siŵr dy fod wedi torri lawr achos na allai dy deulu di ymdopi â mam Zak yn cael y babi, Hope, mor fuan ar ôl i Swla farw. Dywedodd na allai Janice edrych yn ei llygad hi'r dyddiau hyn. Hyd yn oed petaen nhw'n taro ar ei gilydd yn y gwaith, roedd hi'n ei hosgoi. Wedyn roedd dy dad ... Dim ond ei glywed o roedden ni, prin byth yn mynd allan. Chwarae'r nodau sengl ingol hynny, gwaedu ein holl galonnau a'n cadw'n effro yn y nos. Heblaw amdano fo, roeddet ti hefyd yn ein boddi ni â dy guriadau yn taranu o'r Bwth. Ro'n ni i gyd yn deall, neu'n meddwl ein bod ni, ond doeddet ti ddim yn ei gwneud hi'n haws i neb.

Y penllanw oedd dy ffordd di o edrych arnon ni fel ein bod ni i gyd, mwyaf sydyn, yn elynion i ti.

Fe wnaethon ni drio dy helpu di, fi a Zak. Pwy wyt ti'n meddwl a berswadiodd ei fam i wneud cymaint? Pwy wyt ti'n meddwl oedd yn pledio a phledio iddyn nhw roi cyfle arall i ti, neu wedi awgrymu dy fod di'n gweld therapydd? Roedd Zak bob amser yno i ti, roedd o wrth dy ochr di bob tro y byddet ti'n mynd i drafferth, dro ar ôl tro ar ôl tro. Waeth pa mor galed y trion ni, yr unig berson y byddet ti'n treulio unrhyw amser efo fo oedd Om. Triodd Zak hyd yn oed gymryd y gosb yn dy le di ar adegau, pan oedd ei fam ar gyfnod mamolaeth, fel y byddet ti ddim yn mynd i fwy o drwbwl. Mi fetia i ei fod o'n dal heb ddweud hynny wrthyt ti! Un diwrnod efallai y byddi di'n gofyn iddo fo am ei stori. Mi ddylet ti.

"Rhowch amser i Kai," byddai Mam yn dweud, ond roedd amser yn mynd heibio a dim ond gwaethygu wnest ti. Roedd dyddiau, yna misoedd, yna blynyddoedd o amser yn yr ysgol uwchradd yn hedfan heibio, ac ar wahân i nodio ar ein gilydd petai ein llwybrau'n croesi, a gwingo mewn poen bob tro ro'n i'n mynd allan a ddim yn galw amdanat ti, mi wnaethon ni dyfu ar wahân, on'd do ... ti, fi a Zak?

Welodd yr un ohonon ni mewn gwirionedd beth oedd yn digwydd yn eich fflat chi. Wel, roedden ni'n gwybod bod dy dad ddim yn gweithio na hyd yn oed yn chwarae ei gerddoriaeth bryd hynny ac roedd dy fam yn denau ac yn llwyd efo'r holl shifftiau ychwanegol a gymerodd hi.

Ond roedd Mam yn teimlo nad oedd hi'n iawn busnesu gormod felly roedden ni'n synhwyro yn hytrach na gweld y pwysau yma'n cynyddu y tu mewn i'r Gwyrdd-diroedd. Rŵan ein bod ni'n gwybod y sefyllfa, dwi'n meddwl y dylen ni fod wedi ymyrryd. Mae'n rhaid ei bod hi'n uffern i ti wylio dy dad "yn llithro'n araf i gysgod o groen", fel y dywedaist ti. Dylen ni fod wedi'i weld yn dod. Mae'n amlwg rŵan ei fod o'n galw am help, yn udo trwy'r adeilad.

Roedd hi fel bod dy deulu di yn ei gau ei hun i ffwrdd fesul tipyn. Doedd dim croeso i ni mwyach. Er na wnest ti ddweud hynny erioed, doedden ni ddim bellach yn cael mynd i'r Bwth, a do, mi ddigiais i bryd hynny. Pryd bynnag y byddwn yn sefyll ar ein balconi, yn edrych i lawr dros y Gwyrdd-diroedd, y cyfan y gallwn i wneud oedd trio meddwl am ffordd i fynd drwodd atat ti, yn enwedig efo'r holl drafferth y gwnest ti ddechrau mynd iddo. Yn sydyn iawn, ddim ti oedd y Kai ro'n i'n ei nabod pan oedden ni'n blant.

Ro'n ni i gyd yn tynnu ar wahân pan ddylen ni fod wedi bod yn cyd-dynnu, ac ro'n i'n teimlo 'mod i yng nghanol y tynnu yma rhyngot ti a Zak ... Roedd Zak a fi wastad yn agosach achos ei fod o'n ddiogel ac ro'n i'n gallu ymddiried ynddo fo. Ro'n i eisiau byw yn wynebu'r haul. Y diwrnod y cafodd Hope ei geni ... Roedd yn ymwneud â bod yn agos at hapusrwydd ac roedd bod efo Zak bob amser yn golygu hynny. Do'n i ddim yn dewis Zak o dy flaen di. Ro'n i jyst yn dewis hapusrwydd.

Beth bynnag, roedd hi'n frawychus dy weld di'n gwylltio a Zak oedd yn ei chael hi waethaf. Y ffordd roeddet ti'n arfer edrych, Kai, y dicter yn dy lygaid ... Roedd hyd yn oed Mam yn dweud y dylwn i gadw draw oddi wrthyt ti. Roedd y peth yn ei phigo hi. Doedd hi ddim am i fi ddifetha fy nghyfle yn yr ysgol trwy roi fy holl egni i ti. Buon ni'n dadlau llawer. Dywedais i wrthi ei bod yn gas, hunanol a dienaid ... Dywedodd hi ei bod wedi gweld hyn yn digwydd gormod o weithiau o'r blaen ac nad oedd yn mynd i adael i fywyd ei merch hi gael ei ddinistrio fel hyn.

Yn y diwedd ro'n ni i gyd yn anghywir am lawer o bethau, ond yn enwedig am Om. Pan ofynnodd o am help Zak a fi, a dangos i ni beth oedd yn digwydd yn y Bwth, gwelson ni eich bod chi wedi bod yn trio helpu'ch gilydd ac roedd o'n poeni amdanat ti gymaint ag yr oedden ni, efallai mwy.

Wnes i erioed deimlo mor euog ag y gwnes i y diwrnod hwnnw pan aeth Om â ni i'r Bwth i ddangos i ni dy gyflwr di go iawn. Gosodais fy nwylo yn erbyn y wal lle peintion ni unwaith ein dwylo heulwen ni, ac ro'n i'n gwybod bod yn rhaid i ni ddod o hyd i ffordd i gofio beth roedden ni'n ei olygu i'n gilydd ac i'r lle hwn. Allen ni ddim crafu'r amser i ffwrdd a mynd yn ôl yno, ond roedd yn rhaid i ni dy gael di i ymladd drosot ti dy hun.

Rhyfedd sut mae ein holl gyfeillgarwch â'n gilydd rywsut yn gysylltiedig â'r Bwth a'n darn bach ni o goedwig y Gwyrdd-diroedd. Ro'n i'n meddwl y diwrnod o'r blaen … mae fel petai'r darn yma o dir yn dal i geisio dod â ni at ein gilydd a'n helpu ni i dyfu. Fel petai wedi bod yn gefn i ni erioed. Pan ddaeth y newyddion am y cynlluniau ar gyfer ffordd i fynd drwy'r lle, mae'n rhyfedd sut ar un llaw roedd yn rhoi problem i ni, ond ar y llaw arall, am eiliad, mi roddodd ateb i ni hefyd, sef tanio'r bywyd ynot ti eto, gan ddod â ti'n ôl aton ni. Digwyddodd, darfu …

Does gennyt ti ddim syniad o gwbwl pa mor hapus ro'n i wrth gwrdd â ti ger coeden Swla. Ti, fi, Zak ac Om, ac am y tro cyntaf ers blynyddoedd gwelais yr hen Kai. Doeddet ti ddim yn gwybod ein bod ni wedi gweld cyflwr y Bwth ond doedd dim ots. Gwelais dy fod yn dal i boeni. Beth oedd y rhigwm bach yna roeddet ti'n arfer ei ganu am y cigfrain? Wel, dyma'r tro cyntaf ers blynyddoedd i fi weld y disgleirdeb yn dy lygaid, Kai, ac mi roddodd hyn obaith i fi.

Y noson honno, cyn i fi gysgu, ro'n i'n meddwl pa mor wir ydy'r hyn mae pobl yn ei ddweud … Dim ond pan fydd rhywbeth yn cael ei gymryd oddi arnoch y sylweddolwch pa mor werthfawr y mae o.

Kai

Alla i ddim parhau i ddarllen, ddim achos 'mod i ddim eisiau gwneud hynny ond achos bod y dagrau'n gwneud fy llygaid mor niwlog. Roedd hi'n ddigon anodd ysgrifennu fy rhannau fy hun, ond doedd gen i ddim syniad pa mor drist y byddwn i wrth weld fy nghwymp trwy lygaid Om ac Orla ... Dwi'n beichio crio wrth gofio am obaith a phosibiliadau yr eiliad honno o aduniad a ddisgrifiodd Orla, a meddwl beth allai fod wedi bod pe ... pe gallwn i godi'r ysgrifbin ac ysgrifennu diweddglo gwahanol. Pe gallwn i newid fy stori. Ond wedyn rhedeg i ffwrdd eto fyddai hynny, a fyddwn i ddim pwy ydw i rŵan, yn ysgrifennu hwn.

Dwi'n datod fy hun ar ôl bod yn cyrlio fel babi mewn croth ac yn plygu gwaith Orla yn ôl yn yr amlen, achos dwi ddim yn meddwl y galla i gymryd mwy am rŵan, ond mae rhywbeth yn rhwystro'r papur rhag gorwedd yn fflat. Dwi'n edrych y tu mewn ac yn dod o hyd i ddarn bach o blastr fel haul cudd ... i'w ddal tra bydda i'n para i ysgrifennu.

Y tro nesaf maen nhw'n dod, Taz a Zig,
efo'u hoffrymau o anghofio,
cylchoedd mwg ebargofiant,
byddaf yn dangos y drws iddyn nhw.
Does dim angen hyn arnon ni mwyach. Does dim angen hyn ar Dad.
Os galla i ei gael i gofio
sut mai ni oedd Gwarcheidwaid y Gwyrdd-diroedd,
sut y clirion ni'r goedwig.
Fi a Dad.
Sut y torron ni'n ffordd trwy'r drain nes i'r haul
lifo i mewn
yna efallai y bydd yn gweld y gallen ni ei wneud eto.
Dwi'n cau fy llygaid,
lapio fy mreichiau fy hun amdanaf.
Weithiau mae fel 'mod i'n gallu teimlo cynhesrwydd Swla,
arogli ei chroen melys, fel sebon.
Wrth ddal Swla
yn fy nghalon,
Dwi'n ein siglo ni gyda'n gilydd.

Trwy'r pren brau yn nrws y Bwth,
trwy'r bwa yn ein hen ffau,
dwi'n edrych ar ei choeden.

Wrth y trothwy mae'r pâr cigfrain yn sbecian i mewn,
eu pennau ar dro, yn holi.
Y diwrnod hwn mae popeth yn newid.
Ar ôl heno
dim mwy o fwg.
Ar ôl heno.
Dwed wrth Taz a Zig
am beidio â dod yma eto.
Cliria'r Bwth yn llwyr,
gwna ymdrech yn yr ysgol,
peintia'r waliau'n lân eto.
Dechrau o'r dechrau.
Ar ôl heno.
Ar ôl—

Llithra olwynion Taz at y drws.
Mae'r pren yn cracio.
Dwi'n barod ar eu cyfer.
"Ffansi ffag? Pam wyt ti'n gadael y cigfrain i mewn?"
Chwifia Taz ei freichiau main uwch ei ben.
"Maen nhw'n drewi!"
"Ti sy'n drewi!"
Mae'n cilio ac yn dechrau rholio.
Dydyn ni byth wir yn siarad,
dim gyda'n gilydd.

Weithiau rydyn ni'n rhefru yn ein bydoedd bach ein hunain.
Dydy hyn ddim yn ymwneud â siarad.
Mae'n rhoi ffag i fi.
"Rhoi'r gorau iddi," meddaf.
Mae'n troi ac yn edrych arna i gyda llygaid pŵl.
"O ddifri, Kai?"
"O ddifri," dywedaf, gan syllu ar gyflwr y waliau.
Sut allwn i adael iddyn nhw wneud hyn i Om?
Mae'n rhewi tu mewn ac mae'r ddau ohonon ni'n crynu.
Pan mae'n deall 'mod i wir o ddifri
nid yw'n aros yn hir.
"Iawn, 'te! Wela i di!"
Roedd hynny'n haws nag yr oeddwn i'n meddwl.
Wedi cymryd gormod o'r mwg drwg i ymladd.

Dwi'n gwersylla allan yn y Bwth,
syrthio i gysgu a deffro'n gynnar
i gôr y wig
ac mae 'nghalon i'n ymchwyddo â'r ysbryd newydd ynof i.
Nefoedd fechan isel.
Nefoedd fechan isel.
Trwy fwa ein Bwth, nefoedd fechan isel.
Wrth gerdded i fyny'r allt at goeden Swla,
all neb gymryd hyn oddi arna i.

Mae dail arian Swla yn dal golau'r bore
ac yn chwifio.
Pen clir am y tro cyntaf ers hydoedd.
"Mae'n bryd bod yn Warcheidwaid y Gwyrdd-diroedd eto!" dwi'n
dweud wrth y cigfrain
wrth iddyn nhw fy nilyn adref.
Ac yna clywaf y nodyn ingol o boen.
Mae'r pâr cigfrain yn rhwygo heibio i fi,
hedfan i'r awyr,
yn sgrechian eu rhybuddion
wrth i belydrau arian sacs Dad lithro i lawr.

Omid

Am un noson yn unig y parhaodd y teimlad gobeithiol ar ôl ein cyfarfod. Rydw i'n sâl wrth ei gofio fo.

Deffrais, ac agor drws y balconi i'r bore llachar. Roedd Orla yn dychwelyd o'i loncian ond yn sydyn arafodd. Roedd ei hwyneb fel lludw. Syrthiodd ei cheg yn llydan agored. Tasgodd ofn ohoni. Cododd ei braich. Pwysais dros y balconi, gan droi fy nghefn yn erbyn y reilins. Roeddwn i'n meddwl fy mod i'n breuddwydio bod cigfran wedi tyfu'n gawr ac yn hedfan dros y Gwyrdd-diroedd, ond wedyn gwelais mai dwylo oedd yr adenydd. Nid adlewyrchiad cigfran ar y to uwch ein pennau, ond dyn ar fin syrthio.

Daeth Orla tuag at y Gwyrdd-diroedd, a'i dwy fraich yn ymestyn i fyny. Galwodd hi dy enw. Ar frys. Kai, Kai, Kai, Kai. Daeth ei chri yn un â sgrechiadau'r cigfrain.

Daethost allan gan redeg o'r coed a rŵan roeddet ti ar y llwybr islaw. Cefais fy synnu o dy weld di allan mor gynnar. Teimlais ryddhad nad ti oedd ar y to uwchben ein fflat. Gwelais y cyfan drwy'r arswyd yn dy lygaid. Roeddwn i eisiau dod atat ti, fy ffrind, ond nid oeddwn yn gallu symud. Cydiodd fy nwylo yn reilins y balconi.

Sŵn rhedeg trwm uwch ein pennau ar y to. Clywais ddyn arall yn siarad, a dy dad, ei lais dwfn ... Roedd y dyn arall yn siarad yn dawel, dawel.

Oddi tanaf gwelais i ti'n codi'r offeryn a oedd wedi syrthio, i'w warchod, dy lygaid wedi'u hoelio mewn ofn ar y to.

Dyna'r cyfan a welais ac a glywais achos wedyn caeais fy llygaid, wrth i dân losgi y tu mewn.

Na, na, na, na.

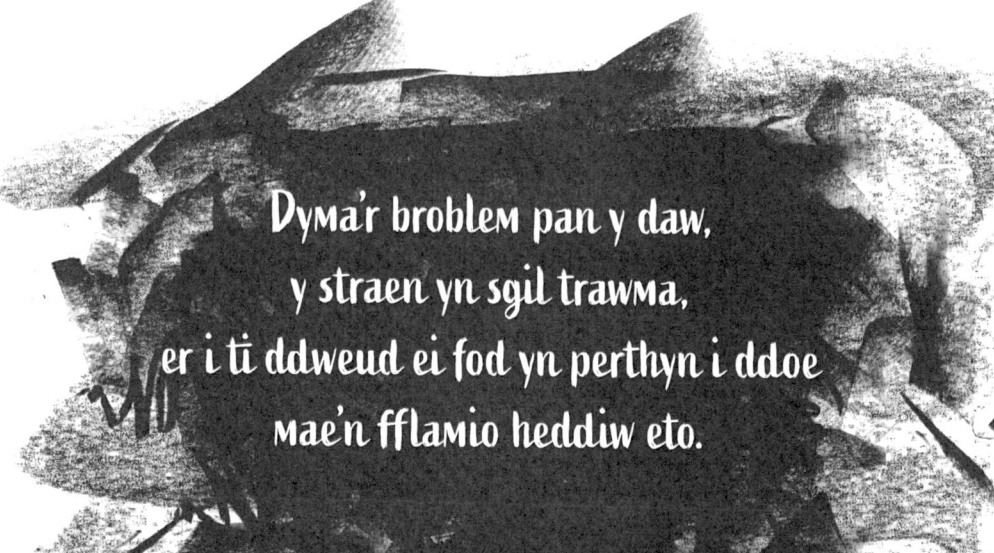

Dyma'r broblem pan y daw,
y straen yn sgil trawma,
er i ti ddweud ei fod yn perthyn i ddoe
mae'n fflamio heddiw eto.

Mae sŵn tanio yn fy mhen. Fy nghlustiau.
Na, na. Plis, na.
Dim mwy
o glywed y daran, sŵn ofn,
sŵn cwympo.

Gwyddai Modryb Gisou. "Tyrd, anadla, Omid. Anadlu gyda'n gilydd." Daliodd hi fi mor dynn a gwrthod fy ngollwng nes i'r ysgwyd ddod i ben.

Roedd yn dawel uwchben. Gafaelodd Modryb Gisou yn fy nwylo a'u tynnu oddi ar fy wyneb. "Mae ar ben," meddai wrthyf. "Nid oes neb wedi'i frifo."

Clywais seiren. Aethom at y ffenest a gweld oddi tanom fod heddlu yno, ambiwlans hefyd. Anadlais eto, gan deimlo rhyddhad wrth beidio â gweld bywyd ar chwâl, wrth weld bod dy dad yn fyw ond wedi torri, yn mynd i mewn i ambiwlans.

Roeddet ti'n sgrechian fel aderyn wedi'i glwyfo. Roeddwn i eisiau bod wrth dy ochr di, fy mrawd, i dy helpu di, ond doedd Modryb Gisou ddim yn caniatáu hynny. "Omid, rydym wedi cario gormod o faich yn barod. Nid ein pobl ni yw'r rhain."

Roedd hi'n anghywir.

Orla

Fydda i byth, byth yn anghofio loncian y bore hwnnw. Roedd yn un o'r boreau gaeafol hynny ag awyr las lachar; pan oedd popeth yn teimlo'n ffres ac yn lân. Roedd y Gwyrdd-diroedd wedi'u gorchuddio â rhew a choeden Swla yn disgleirio yn haul cyntaf y bore. *Mae'r pethau sydd wedi digwydd wedi digwydd*, meddyliais, ac allwn ni ddim mynd 'nôl. Ond gall heulwen ein cysuro o hyd ...

Yna troais y gornel i'r Gwyrdd-diroedd a chlywed y cigfrain yn clecian, yn crafu, yn sgrechian, eu hadenydd gwyllt yn curo wrth i dy dad sefyll ar ochr y to, ei freichiau'n ymestyn fel petai'n meddwl ei fod o ar fin hedfan hefyd.

Ac yna mi redaist ti. Codi sacs dy dad a gafael yn dynn ynddo. Dwi ddim hyd yn oed yn gwybod a oeddet ti'n gallu fy nheimlo i wrth dy ochr, yn dal ein hanadl fel petaen ni'n rhannu'r un ysgyfaint. Bob eiliad yn para blwyddyn nes o'r diwedd llwyddodd Frankie o'r bloc nesaf i berswadio dy dad i ddod i lawr cyn i'r ambiwlans ddod. Rwyt ti'n sôn am ragfynegi ... Wrth i ti lynu wrtha i roedd gen i'r teimlad ofnadwy yma bod rhywbeth wedi marw ynot ti. Ac ar ôl y trawma hwnnw tawelodd y Gwyrdd-diroedd eto. Tawelodd hyd yn oed sgrechian y cigfrain.

Drannoeth galwodd dy fam, er nad oedd hi wedi bod yn ein fflat ni ers i Swla farw, gan guro ar ein drws, yn eithaf ymosodol a dweud y gwir. Roedd Mam wedi mynd i'r gwaith yn barod felly ro'n i ar fy mhen fy hun, ond ro'n i'n gallu clywed bod dy fam yn llawn gofid. A dweud y gwir ro'n i'n ofni agor y drws, braidd.

Pan agorais y drws iddi, doedd hi ddim eisiau paned o de nac eistedd hyd yn oed. Holais i am dy dad ond doedd hi ddim eisiau siarad. Dim ond dweud wrtha i mewn llais gwastad, rhyfedd ei fod wedi cael ei gadw er mwyn ei ddiogelwch ei hun, ei fod mewn ysbyty seiciatrig a doedd hi ddim yn siŵr pa mor hir y byddai angen iddo aros yno.

Dywedais wrth Janice fod Mam yn bwriadu galw draw i'w gweld hi'n nes ymlaen ond ysgydwodd ei phen a dweud, "Dweda wrthi am beidio â thrafferthu. Dwi wedi dod yma i dy weld di. Dwi'n gofyn i ti beidio â lledaenu clecs am ein teulu ni."

Doedd gen i ddim syniad beth roedd hi'n ei olygu. Roedd ei llygaid yn waedlyd gyda blinder, dagrau a phoen, a do'n i ddim eisiau ei chynhyrfu mwyach felly ddywedais i'r un gair.

"Fydda i ddim yn eistedd wrth eich bwrdd chi eto! Dweda hynny wrth Holly!" Roedd ei llais hi'n chwerw wrth iddi roi llythyr i fi gydag arwyddair yr ysgol arno. "Fe ddaeth yr ysbyty o hyd i hwn ym mhoced Dexter. Mae'n debyg bod hyn wedi bod yn ormod iddo fo ... Drycha, darllena di o! Ei dri *musketeer* byddai o'n eich galw chi. Ti'n galw dy hun yn ffrind i Kai? Erioed wedi clywed am sticio efo'ch gilydd? Postia fo drwy fy mlwch llythyrau i pan fyddi di wedi gorffen ag o ... os nad ydy o'n llosgi dy fysedd di. Dwi ddim eisiau dim byd mwy i'w wneud gyda neb ar y stad 'ma a dwi ddim yn meddwl y bydd Kai chwaith." Yna caeodd y drws yn glep ac roedd hi wedi mynd.

Roedd fy nwylo'n crynu wrth i fi godi'r amlen.

Annwyl Mr a Mrs King,
Parthed ein negeseuon ynghylch eich mab, Kai King. Yn dilyn ein cyfarfod diweddaraf yn ei gylch ac wedi cael gwybod am ei ymddygiad anghymdeithasol y tu allan i'r ysgol, penderfyniad y bwrdd ydy mai'r ffordd orau o weithredu ydy iddo ef barhau â'i astudiaethau TGAU gartref. Mae hyn ers lles Kai, ei gyd-fyfyrwyr a'r athrawon, a bydd yn cael cymorth ac arweiniad gan gwnselwyr yr ysgol.

Bydd gweithiwr cymdeithasol hefyd yn cysylltu â chi yn ystod y dyddiau nesaf. Cysylltwch â ni am gyngor ar sut y gall Kai gofrestru ar gyfer arholiadau a'r canolfannau y gall—

Do'n i ddim yn gallu parhau i ddarllen. Rhedais i fy ystafell a wnes i ddim dod allan am weddill y diwrnod. Y cyfan y gallwn i feddwl amdano oedd pwy fyddai'n dweud wrth yr ysgol. Ddim Om na'i fodryb yn sicr. Oni bai … fod Zak wedi siarad efo'i fam am beth welson ni yn y Bwth.

Fy nhro i oedd hi i fod wedi gwylltio'n llwyr – allwn i ddim credu y byddai Zak yn gymaint o snichyn. Theimlais i ddim cymaint o boen ac ofn y tu mewn i fi ers i Swla farw, achos dim ond ychydig ddyddiau 'nôl roedd y byd yn ymddangos fel y gallai fod yn newydd eto, ein bod ni i gyd yn sefyll gyda'n gilydd, a rŵan … Achos y brad hwn byddwn ni ar wahân am byth.

Nes ymlaen y diwrnod hwnnw, rhedais heibio dy ddrws di gan weddïo na fyddwn yn dy weld di. Gwibio i dŷ Zak ar draws y Rec, a dagrau'n llifo i lawr fy wyneb. Daeth ei fam at y drws. "Orla, beth sy'n bod?"

Ro'n i gymaint allan o wynt prin y gallwn i siarad. "Ble mae Zak?" Taflais y llythyr ati. "Os ydych chi wir eisiau gwybod beth sy'n bod, mi geisiodd tad Kai neidio oddi ar do'r Gwyrdd-diroedd y bore 'ma."

Crynodd dwylo Faith wrth iddi fy arwain i mewn.

Rhedodd Zak i lawr y grisiau â gwên ar ei wyneb, yn synnu 'ngweld i, ac yna, o weld y cyflwr oedd arna i, mi rewodd.

"Pam ddiawl wnest ti ddweud wrth dy fam am y Bwth? Dwedodd hi'n syth wrth yr ysgol."

Efo'r holl weiddi dechreuodd Hope wylo. "Pam mae Orla yn gweiddi? Orla cwtsh, Orla cwtsh." Safai ar ben y grisiau, ei breichiau'n ymestyn tuag ata i.

Ymddangosodd tad Zak wrth ei hymyl a'i chipio i'w freichiau, gan edrych o'i amgylch.

"Plis, Orla, ti mewn sioc, eistedda. Dwi am i ti glywed hyn." Eisteddodd Faith wrth fwrdd y gegin. "Dwedodd Zak wrtha i'n gyfrinachol achos ei fod o'n poeni am les Kai." Estynnodd Faith allan i afael yn fy llaw ond symudais hi oddi wrthi. "Orla, bu'n rhaid i fi ddweud wrth yr ysgol fod y teulu'n mynd drwy amser anodd, yn enwedig ar ôl yr holl ddigwyddiadau efo Kai, ac fe benderfynon nhw efallai y byddai'n well iddo fo gael cymorth y tu allan i wasanaethau'r ysgol."

Roedd hi'n ysgwyd ei phen a dweud, "Druan o'r teulu," ac ro'n i'n teimlo'n sâl. Allwn i ddim hyd yn oed edrych ar Zak wrth iddo geisio rhoi'r rheswm dros beth roedd o wedi'i wneud.

Wrth i fi adael, daeth Hope fach wysg ei thin i lawr y grisiau, gan godi ei dwylo yn yr awyr i fi ei chodi. "Alla i ddim. Rhaid i fi fynd." Ceisiais wenu ar Hope ond methais.

Dilynodd Faith fi at y drws. "Fe wnaeth Zak erfyn arna i beidio â dweud wrth neb ond roedd yn rhaid i fi ddweud wrth yr ysgol … dwi'n deall yn iawn bod cael y llythyr yma'n beth ofnadwy."

"Dydy'r hyn rydych chi'n ei ddeall rŵan ddim yn gwneud unrhyw wahaniaeth! Mae'n rhy hwyr. Does dim angen eich piti chi arnon ni," gwaeddais wrth garlamu allan.

Gwibiodd Zak ar fy ôl ond adawais i ddim iddo gerdded adref gyda fi dros y Rec. Mae'n rhaid 'mod i wedi clywed dy lais di yn fy mhen achos mi wnes i sgrechian arno i gadw at ei bobl ei hun. Dwi ddim yn falch o hynny ond ro'n i'n falch o weld yr olwg o ddolur yn ei lygaid, er bod dim ohono'n fai arno fo.

Yna rwyt ti'n gwybod sut wnaethon ni drio treulio amser efo ti, galw amdanat ti, pob un ohonon ni yn ein ffyrdd ein hunain. Mi dawelais i ar ôl siarad efo Zak, a deallais pam roedd o wedi gwneud yr hyn a wnaeth o ar ôl iddo fo weld y Bwth. Gwnaeth hynny achos ei fod wedi dychryn drosot ti.

"Ewch o'ma!" roeddet ti'n arfer gweiddi arnon ni pryd bynnag y bydden ni'n dod i gnocio ar dy ddrws. Doeddet ti ddim eisiau unrhyw beth i'w wneud gyda chyfarfodydd Gwarcheidwaid y Gwyrdd-diroedd roedd Faith yn eu trefnu. Ro'n i'n teimlo piti drosti achos roedd hi wir yn poeni amdanat ti, Kai. Dwi'n meddwl iddi gymryd cymaint o ran yn yr ymgyrch er mwyn dangos i ti ei bod yn wirioneddol ddrwg ganddi am gael unrhyw ran yn dy orfodi di i adael yr ysgol.

Ac mewn gwirionedd fyddai dim byd wedi digwydd heb rieni Zak. Fyddai'r cynghorydd ddim wedi dod draw oni bai am Faith a Joel. Roedd hyd yn oed modryb Om eisiau helpu efo'r ymgyrch, gan ddod â rhestr o goed a blannwyd yno. Mae hi'n dweud bod y rhain yn werthfawr ac yn brin.

Aeth cyfarfod cyntaf Gwarcheidwaid y Gwyrdd-diroedd yn wael achos dywedodd y cynghorydd fod arolwg o'r coed eisoes wedi'i gynnal ac na fyddai'r llwybr mynediad yn gofyn am ddadwreiddio unrhyw un o'r coed hŷn. Ro'n i eisiau dweud wrthi am goeden Swla, am ein ffau a beth roedd y Bwth yn ei olygu i ni, ond ro'n i'n gwybod na fyddai'r stwff emosiynol yna'n cyfri dim. Dywedodd Faith fod yn rhaid i ni fod yn amyneddgar a pharhau i gryfhau ein dadleuon ni yn erbyn y datblygiad newydd. Ro'n i'n mwynhau bod yn y cyfarfodydd hynny, yn gweld sut mae'r pethau hyn yn gweithio. Yn wir, dyma beth wnaeth i fi fod eisiau gwneud y gyfraith yn y brifysgol. Rhyfedd iawn, pan oedd Faith yn trio dod â ti'n ôl i'r gorlan, roedd hi wedi fy ysgogi i yn lle hynny.

Roedd ganddon ni lwyth o waith o'r ysgol ac felly dyna sut roedd Zak a fi'n cyfarfod rŵan, mewn cyfarfodydd i drefnu achub y Rec.

Kai

Dwi'n codi taflen oddi ar y mat.

Gwarcheidwaid y Gwyrdd-diroedd
Ymgyrch 'Achub y Rec'

Mae'n teimlo fel blwyddyn yn ôl, nid dyddiau, ers i ni'n sefyll yno gyda'n gilydd, yn gwneud cynlluniau i redeg yr ymgyrch yma. Fi, Om, Zak ac Orla. Dwi'n chwerthin am fy mhen fy hun, byth yn dysgu peidio â gobeithio, yn meddwl y gallwn ni efallai ddechrau eto ... unioni pethau. Wedyn dwi'n cael syniad. Dwi'n pasio'r daflen i Mam. "Beth am ddangos hon i Dad?"

"Paid â chodi dy obeithion, Kai. Dydy dy dad ddim yn dda." Mae hi'n ysgwyd ei phen. "Mae o'n sâl iawn."

Mae pythefnos yn teimlo fel blwyddyn hebddo. Dyma'r hiraf rydyn ni erioed wedi bod ar wahân.

Mewn ysbyty meddwl.
Dad,
mewn ysbyty meddwl.
Ei adenydd wedi'u torri.
Anghytbwys.
Ei gymryd i ffwrdd er ei ddiogelwch ei hun.

Rydyn ni'n eistedd y tu allan i'r ystafell ac yn aros i ymweld â fo. Mae'r meddyg yn dod allan ac yn cau'r drws. Mae'n eistedd wrth ymyl Mam a fi fel petaen ni'n gleifion iddo hefyd. "Kai?" mae'n hanner gofyn a hanner gwirio ein henwau yn erbyn ei waith papur.

"Dwi'n deall y gallai hyn fod yn anodd i chi ar ôl aros am yr ymweliad hwn. Roedd Dexter yn meddwl ei fod yn barod ond mae wedi mynd yn ofidus eto yn ystod yr ychydig oriau diwethaf ac rydym wedi gorfod ei dawelu. Yn fy marn i, bydd angen llawer mwy o amser arno. Mae yna bethau sy'n peri gofid iddo …"

Ydw i'n un o'r pethau hyn?
Mae Dad y tu ôl i'r drws caeëdig yna a ddim eisiau fy ngweld i na Mam.
Mae'r meddyg yn dweud weithiau ei bod yn well i'r claf
fod ar wahân,
i ailosod
ailgychwyn.
Geiriau'n adleisio,
yn uwch, yn newydd a rhyfedd.

"Weithiau," mae'n dweud wrthym, "mae'n rhy boenus i gleifion ailgysylltu."
Mae'n dweud hyn â gwên drist sy'n aros ar ei wyneb
fel tarian,
fel petai o rŵan yn gwarchod Dad.
Dwi am gydio yn y meddyg a'i ysgwyd.
Dwi am daro fy nyrnau yn ei frest,
rhuthro heibio iddo,
taflu'r drws ar agor
cydio yn fy nhad
a dod â fo adref.

Ond mae'r drws
y mae fy nhad y tu ôl iddo
ar gau i fi.
Fel popeth arall.

Mae Mam yn mynd i mewn i swyddfa fechan i siarad ychydig eto efo'r meddyg ac yn fy ngadael i'n eistedd allan yn y coridor teils gwyn oer.

Dyma sut dwi'n teimlo – ar y tu allan i bopeth.

Wrth fynd adref, gan syllu allan o ffenest y bws, dwi'n aros i Mam siarad. Ar ôl ychydig mae hi'n rhoi llythyr i fi'n dawel. "Roeddet ti'n gwybod bod hwn yn dod, on'd oeddet ti? Rwyt ti wedi cael digon o rybuddion. Mi ddwedon nhw wrtha i dy fod di'n rhedeg allan o opsiynau ar ôl i ti gael dy wahardd dros dro y tro diwethaf…"

Does ond rhaid i fi gael cip ar bennawd llythyr swyddogol Ysgol Ravenscroft i wybod be ydy hwn.

"Mi driais i guddio manylion y drafferth rwyt ti wedi bod yn ei chael oddi wrth dy dad, ond rŵan mae'n gwybod y cyfan. Daethon nhw o hyd i'r llythyr yn ei boced o. Mae'n debyg ei fod o wedi camddeall y cyfan. Mae'n meddwl mai *fo* sy'n cael ei daflu allan. Mae'r meddyg yn meddwl bod hyn wedi ailgynnau atgofion o'i ddyddiau ysgol ei hun."

Ro'n i mewn gormod o sioc i siarad, a darllenais y cyfan. Mae'r holl 'ddigwyddiadau' dwi wedi bod 'yn rhan ohonyn nhw' wedi'u rhestru a'u rhifo. Tri deg tri, mae'n debyg.

Alla i ddim anadlu.

Mae fy ngheg mor sych â phapur tywod.

"Ti'n dweud ei fod wedi trio neidio achos fi? Mai fi ydy'r achos mewn gwirionedd?"

Mae Mam yn lapio ei dwylo o amgylch ei stumog, fel petai'n dychmygu bod Swla yn dal i fod yn ddiogel y tu mewn. "Na, Kai, ddim ti. Do'n i ddim yn dweud hynny … Dydy hynny ddim yn wir. Dylen ni siarad mwy, rhannu ein trafferthion."

Y cyfan dwi'n ei weld ydy'r cysgodion o dan lygaid Mam.

Maen nhw'n ddwfn,
fel cleisiau.
Sut all unrhyw un ohonon ni gysgu'n dawel byth eto?
Ailchwarae drosodd a throsodd
y diwrnod y cwympodd Swla i gwsg na ddeffrodd ohono fyth.

Mae Mam yn cau ei llygaid yn dynn ac mae'r dagrau'n rholio'n araf i lawr ei bochau. Dwi'n clywed sŵn yn dirgrynu yn fy mrest, fel darn o glai sych yn torri'n ddarnau, yn torri allan ohonof er mwyn i fi allu anadlu eto.

"Mam! Gelli di siarad efo *fi*," dwi'n ymbil arni, yn uwch, yn ffyrnicach nag yr o'n i'n bwriadu.

Dwi'n symud i sedd arall ac yn rhoi fy mraich o amgylch ysgwydd Mam. "Mae'n gymaint o lanast, Kai," mae hi'n sibrwd ac yn gorffwys ei phen yn erbyn fy un i.

Mae fy mrest i'n chwyddo. Dwi'n sythu fy nghefn ac yna dwi'n deall. Yn union fel mae Om yn dweud bod yn rhaid iddo ofalu am ei fodryb Gisou, dwi'n gwybod bod rhaid i fi ofalu am Mam. Mae'n rhaid i fi wneud pethau'n iawn. "Paid â chrio, plis Mam. Bydda i'n dy helpu di." Dwi'n codi'r amlen. "Mi wna i roi trefn arna i fy hun a mynd yn ôl i'r ysgol."

Dydy Mam ddim hyd yn oed yn agor ei llygaid ond mae hi'n taro fy mhen-glin i'n ysgafn fel roedd hi'n arfer ei wneud pan o'n i'n blentyn. "Dwi'n dy garu di, Kai," meddai.

"Caru ti hefyd, Mam." Dwi'n dweud y geiriau a oedd yn arfer dod yn awtomatig, ac mae'r tân y tu mewn yn lleihau digon i fy meddwl glirio, y cliriaf ers i Swla farw.

Dwi'n anadlu'r boen allan. "Dwi wir yn mynd i drio. Erbyn i Dad ddod allan o fanna mi fydda i'n ôl yn yr ysgol yn gwneud fy TGAU. Dwi'n mynd i'ch gwneud chi'n falch."

Mae Mam yn mynd â'r llythyr oddi arna i. "Pwy sydd wedi bod yn siarad amdanon ni? Dyna beth dwi eisiau ei wybod. Ysbiwyr yn ein cartref ein hunain … Naill ai Orla neu Janice, neu'r Gisou 'na. Dwi wedi gweld y ffordd mae hi'n fy marnu i bob tro mae hi'n edrych arna i. Ond rwyt ti'n iawn, Kai, mae ganddon ni'n gilydd. Gallwn ni ei gwneud hi. Dwi'n mynd i sortio'r fflat, felly pan mae Dad yn holliach eto ac yn dod adre mi allwn ni ddechrau o'r newydd. Efallai y bydda i'n cael rhywun i mewn i helpu i sortio'r lle …"

"Mi wna i, Mam. Does dim angen neb arnon ni. Dim ond ti a fi."

"Na, Kai. Canolbwyntia di ar adolygu a mynd 'nôl i'r ysgol," mae'n dweud, ac mae'r amheuaeth honno yn ei llygad eto. Dwi'n deall … Unwaith y bydd y syniad wedi'i blannu 'mod i'n ddiog, dwi'n ei weld o ym mhawb, hyd yn oed yn Om.

A'r eiliad o heddwch wedi mynd heibio, mae'r tân yn codi eto, yn fflamio drwy fy nhu mewn. Mae hedyn amheuaeth wedi'i blannu ynof i hefyd.

Mae fy meddwl yn hedfan yn ôl i'r
cae pêl-droed pan gollodd Dad ei ben.
Ar ôl Swla …
Byth yn chwarae ei sacs eto.
I'r rhefru am adenydd y cigfrain,
yn ei cholli hi gyda Meistr y Cigfrain hwnnw.
Yn ôl at ei nyddu caneuon,
clirio'r tir diffaith,
canu â'i holl galon.

Y ffordd yr oedd yn ei ynysu ei hun pryd bynnag y byddai'n rhaid iddo
ddod i'r ysgol.
Rhythu ar yr athrawon fel pe bydden nhw'n elynion iddo,
hyd yn oed y rhai ro'n i'n eu hoffi,
dweud wrthyf sut y gall arogli'r peth –
hiliaeth.
Y pethau rhyfedd y byddai'n eu dweud weithiau.
Dwi'n cofio
Mam yn ei dawelu.

Dweud wrtho am stopio llenwi fy mhen â nonsens,
i roi'r gorau i lwytho ei boenau cynyddol arna i.
Rŵan mae nodyn-ysgwyd-daear ei hen sacs yn canu
ynof i.
Paid ag ofni'r cigfrain, Kai.
Edrycha i'r disgleirdeb yn eu llygad.

Mae cordiau lleddf yn fy nghalon yn bwrw amheuaeth ar yr holl bethau ro'n i'n eu caru yn Dad.

Mae gwylltir y dryswch yn clirio … Ond mae'r daith adref yn un mor hir. Mae o mor bell i ffwrdd – bws a thrên a thiwb. Mae'n dywyll pan gyrhaeddwn ni'n ôl a dwi'n sefyll o flaen fy nrych, yn chwilio am y disgleirdeb coll claddedig yn fy llygad fy hun … "Beth os ydw i wedi'i golli hefyd?"

Dyna fo, y cwestiwn sydd heb ei ofyn.
Moel, allan yn yr agored.
Yn llym fel cri'r gigfran yn torri trwy'r nos.
"Dim ond mynd allan am dro," dywedaf ac eto dwi'n gweld yr amheuaeth
yn nwfn llygad Mam.

Yn y Bwth,
yn dychmygu eto
yr hyn yr wyf wedi ei addo,
i beidio smocio.
Mae'n llifo trwy fy meddwl.
Alla i beidio?

Dwi'n ffurfio fy ngheg yn O
a phopio'r cylchoedd mwg nad ydyn nhw'n bodoli.
Maen nhw'n arnofio ac yn toddi, yn arnofio ac yn toddi.
Does dim yn cael ei gadw'n gaeth er ei ddiogelwch ei hun yma.

Dwi'n troi fy uchelseinydd yn uwch yn lle hynny.
Gorfod dod o hyd i ffordd o ymgolli.

Dwi'n troi tin-dros-ben yn araf.
Gwaed yn rhuthro i fy mhen.
Y ddawns hon ydy'r agosaf a gaf
at nofio'n ôl i ddyfroedd diogel gyda Swla.
Yr agosaf a gaf
at hedfan gyda chigfrain.
Llithro i'r haul
neu allan ohono.
Dwi'n plygu'r cefn,
plygu'r corff,
gwthio gyda fy nhraed
a throelli'n araf, araf.
Mae garddyrnau'n ildio,
ymennydd yn siglo.

"Gwylia!" gwaedda Taz wrth i fi daro yn ei erbyn o a Zig. O ble daethon nhw? "Glywais i be ddigwyddodd i dy dad – diflas, mêt."

"Dwi ddim yn fêt i ti!"

"Ia, iawn! 'Dan ni yma i ti, fi a Zig. Dwi'm yn gweld neb arall o gwmpas oni bai dy fod di'n cyfri'r cigfrain rŵan?" chwardda Taz. "Sbia! Ni 'di dod â stash i gael ti drwodd. Mae'n edrych fel bod ti angen o."

"Dwi wedi dweud wrthych chi. Dwi ddim eisiau fo ac alla i ddim talu. Mae'n rhaid i chi roi'r gorau i ddod â'r beiciau 'na i lawr 'ma.

Dwi ddim eisiau dim ohono fo." Dwi'n rhoi'r ffag yn ôl ond dydy o ddim yn ei gymryd o.

Mae Taz yn gollwng darn olaf ei ffag ar y llawr. Mae'r gwreichion yn gloywi. "Rŵan, Kai, ydan ni erioed wedi codi tâl arnat ti am unrhyw beth?"

"Dwi wedi dweud wrthych chi 'mod i ddim eisiau'r peth eto. Stopiwch ddod yma ..."

"Dy ddewis di!" mae'n mwmian, ond yn cicio'r drws yn galed nes ei fod yn cracio. Dwi'n cilio'n ôl. "Ddudaist ti wrtha i fod y Bwth yn rhad ac am ddim i unrhyw un fynd a dod. On'd do, Zig?"

"Dyna be o'n i'n feddwl!" Mae Zig yn nodio fel pyped i Taz.

Ac ar hynny maen nhw'n cerdded allan, gan adael y stash ar y llawr a beiciau newydd yn pwyso yn erbyn y wal. "Wela i di o gwmpas, mêt!" mae Taz yn galw'n ôl.

Dwi'n gwylio'r gwreichion yn marw,
cau fy llygaid
i chwalu llun fy nhad, breichiau ar led fel adenydd cigfran,
yn barod i neidio.

Dim hawl i'w weld o.
Dim hawl cael sgwrs gydag o
er ei ddiogelwch ei hun.
Dyma sydd orau.
"Dim ond am y tro."
"Dim ond nes i bethau setlo."

Be ddiawl mae hynny fod i feddwl?
"Er mwyn ei adferiad."
Ei gadw yno a'i gaethiwo,
fel cael ei ddarnio,
ac mae'n ymddangos mai fy mai i ydy'r cyfan.
Mae fy mrest yn boenus mewn gwacter.
Dim ond un drag felly ...
Dwi'n ystwyrian fy hun,
dadrolio'r bwndel
yn ofalus,
felly pan fyddaf yn ei roi yn ôl
fyddan nhw byth yn gwybod
ei fod wedi cael ei gyffwrdd.
Dwi'n chwilota am ddarn o gerdyn
ond yn rhoi'r gorau iddi.
Gwylio fy mysedd yn rholio
briwsion hen dybaco.
Ei selio'n ddigon tynn.

Goleuo'r fflint.
Tynnu'n hir ac araf,
a selio'r stash.

Os daw Taz yn ôl
fe'i trosglwyddaf
a bydd dim syniad ganddo
fod arna i ddim iddo.

Pan dwi'n cropian allan eto,
yn hedfan i fyny'r bryn,
mae Om yn sefyll wrth ymyl yr hen ffau efo'i fodryb.
Cerdded o amgylch coeden Swla.
Dwi trwy'r bwa rŵan,
rhy hwyr i guddio hyd yn oed petai gen i'r egni.

"Mae'n ddrwg gen i, Kai, am y problemau gyda dy dad," meddai Om. "Daethom yma gan fwriadu plannu coeden, mewn gobaith am fy mrawd, Ishy."

"Dim newyddion felly?" dwi'n gofyn iddo.

"Dim newyddion. Y naill ffordd neu'r llall." Mae'n troi i siarad â'i fodryb.

Mae hi'n ysgwyd ei phen ac yn cymryd Om gerfydd ei fraich, yn arogli'r aer yn amheus ac yn ei arwain o oddi wrtha i.

Ond yn y foment honno dwi'n gwybod. Mae Om wedi gweld fy nghyflwr i.

Orla

Ers i dy dad fynd roeddet ti'n absennol hefyd, a dwi ddim yn golygu o'r ysgol yn unig. Mi welais i'r gweithiwr cymdeithasol a'r cwnselwyr yn curo ar dy ddrws felly ro'n i'n meddwl efallai dy fod di'n cael help. Wnes i hyd yn oed fentro i'r Bwth un noson, ond es i ffwrdd pan glywais i ti yno efo'r rhai roedd Om yn eu galw'n 'gyfeillion y cysgodion'. Roedd eu beiciau'n cael eu gadael y tu allan i'r drws, a mwg yn drewi'r awyr.

Gallen ni fod wedi bod yn byw bob pen i'r byd yn lle un llawr oddi wrth ein gilydd. Mae'n swnio'n druenus rŵan ond gyda chyfarfodydd Gwarcheidwaid y Gwyrdd-diroedd yn fflat Faith, arholiadau, a Mam yn rhygnu ymlaen am gadw at fy nhrywydd fy hun, roedd amser yn hedfan a'r unig beth y gallwn i ei wneud oedd trio anghofio'r cyfan. Eiliad waethaf pob dydd oedd pan o'n i'n cerdded heibio dy ddrws di. Roedd rhaid i fi galedu ac, wrth i fi wneud, mi ddaeth cymysgedd rhyfedd o ddicter ac euogrwydd. Ro'n i'n teimlo mor drist drosot ti, ond ro'n i eisiau dy ysgwyd di hefyd, achos ein bod ni'n ymladd mor galed i achub ein darn bach o dir ac roedd hi fel petaet ti'n barod i'w ddinistrio fo. Y cwbwl ro'n i'n ei wneud oedd canolbwyntio ar waith ysgol a cheisio achub ein darn bach ni o wyrddni. Mae'n siŵr doeddet ti ddim hyd yn oed yn gwybod nac yn poeni bod hyn i gyd yn digwydd.

Cawson ni gyfarfod ffurfiol yn y cyngor, ac mi alwon nhw'r peth yn Ymgynghoriad Cymunedol Cam Cyntaf. Fe ddywedon nhw fod y cais cynllunio yn broses hir ac y bydden nhw'n fodlon ystyried ein holl bwyntiau ni ond bod hefyd angen mawr am "dai fforddiadwy". Cododd un cynghorydd y ffaith mai rhan o'r broblem oedd bod y tir o dan y Gwyrdd-diroedd yn dechrau denu ymddygiad gwrthgymdeithasol. Ti a dy ffrindiau newydd yn y Bwth, amdanoch chi roedden nhw'n sôn, Kai.

Ro'n i gartref yn adolygu fwy a mwy a sylweddolais mai cynddaredd oedd yn llenwi tŵr y Gwyrdd-diroedd erbyn hyn, ddim tawelwch. Hyd y gwyddwn i, roedd Frankie o dros y ffordd, yr un achubodd fywyd dy dad, yn trio helpu dy fam. Trefnu pethau ychydig yn y fflat, ond mi glywais i sut wnest ti wylltio efo fo.

Kai

Dydy popeth ddim yn teithio ar donfeddi sain.

Dyma sut mae hi pan fydd fy nhad i ffwrdd yn 'gwella'.

Dwi'n cyfri'r dyddiau, yr wythnosau, y misoedd nes bod Dad yn dod adref.

Mae Om yn galw weithiau, Orla hefyd, yn curo'n dawel ar y drws. Ond alla i ddim gadael iddyn nhw 'ngweld i. Ddim fel hyn.

Alla i ddim gweithio achos y tân y tu mewn i fi. Dim adolygu wedi'i wneud, waeth pa mor galed dwi'n trio. Beth bynnag, i adolygu mae'n rhaid bod wedi dysgu'r gwaith yn y lle cyntaf, iawn?

Be ydy'r pwynt beth bynnag? Ond, o ran Mam, mae'r byd i gyd yn gân ... mae Frankie yma!

Frankie – Dyn Tân. Cawr cryf ond mwyn, tyner, ac mor garedig. Arwr lleol, achubwr bywyd, ffrind a chynorthwyydd ... Rhy dda i fod yn wir.

Ond yr hyn does neb yn ei weld nac yn ei glywed o unrhyw un o'u balconïau (dim hyd yn oed Mam) ydy breichiau dur Frankie a'i galon garreg. Yr hyn mae pobl yn ei weld ydy achubwr fy nhad. Roedd pawb yn dyst i hynny. A rŵan Frankie ydy achubwr Mam hefyd. Dwi'n meddwl fod achub pobl yn ei gyffroi'n fawr. Mae'n hoffi'r ffaith y bydd Mam, Dad a fi mewn dyled iddo am byth.

Efo Dad i ffwrdd, mae Frankie'r Dyn Tân yn ymddangos ychydig yn rhy awyddus i gamu i mewn. Dangos ei fod o'n well na Dad am bopeth. Po hiraf y bydd Dad i ffwrdd, y pellaf y bydd ei draed o dan y bwrdd.

Dydy Dad ddim yn cael unrhyw ymwelwyr am y tro. Mae'n haws felly, i Mam beth bynnag. Weithiau pan mae hi'n gwisgo ei mwgwd siriol o golur yn y bore, yn gwasgaru'r wên binc, tybed a ydy hi hyd yn oed yn meddwl am Dad? Mae eu 'trafodaethau' o amser maith yn ôl yn atseinio yn fy nghlust – "os yw o ryw werth, os yw o ryw werth ..." Roedd hen glwyfau y geiriau hynny'n gwaedu tu mewn i fi hefyd, gan newid ... "Os wyf o werth, beth yw fy ngwerth?" Yn y fflat yma, rŵan bod Swla wedi mynd a Dad hefyd, tybed oes yna werth i fi?

Rhoddodd Mam allweddi ein fflat ni i Frankie er mwyn iddo alw heibio tra mae hi yn y gwaith.

Dwi'n gallu gweld yn llygaid pawb eu bod nhw'n meddwl mai fo ydy'r union beth mae ei angen arna i. Yr hyn dwi wedi bod yn ei golli

– dylanwad diogel gwrywaidd cryf. Dwi'n cael fy nhynnu oddi ar y categori 'achos pryder' ar un o ffurflenni'r gweithiwr cymdeithasol. Mae o bob amser yn cael tic ganddyn nhw – "cefnogaeth ffrindiau a chymdogion ..." Ffiw! Rŵan does dim angen cymaint o sylw 'ôl-argyfwng'.

Mae Mam yn gweithio shifftiau a Frankie hefyd. Wedyn maen nhw'n cyfnewid.
Wel, Frankie.
Diolch, Frankie.
Dwi ddim yn gwybod sut bydden ni wedi ymdopi hebddot ti, Frankie.
Yn gwneud i fi fod eisiau stwffio fy mysedd i lawr fy ngwddf a chwydu, Frankie.
Yn twyllo'i ffordd i mewn,
rhy dda i fod yn wir, bydda i'n cadw fy llygaid i arnoch chi.

"Dim ond cynnig cefnogi ffrind mae o. Pam rwyt ti mor gas?" Alla i ddim credu bod Mam yn cymryd ei ochr o yn fy erbyn i.

Un diwrnod mae'n mynd yn rhy bell. Yn trio fy nghael i i lanhau fy ystafell. "Ddim chi ydy fy nhad i!" Dwi'n gweiddi arno, gan daro fy nwrn yn erbyn y wal nesaf at ei ben. "Allwch chi ddim dweud wrtha i beth i'w wneud!" Mae ei weld o'n gwingo yn deimlad mor dda.

Mae'n tasgu dro ar ôl tro, y gwylltineb, y llosgi a'r tân y tu mewn na all neb, yn enwedig Frankie, ei ddiffodd.

Pan fydd Frankie yma, dwi'n gweld y ffordd mae o'n chwarae'r gêm. Bod yn bwyllog ac yn gadarn ac yn dadol. Mae Mam yn toddi fel menyn yn ei ddwylo fo. Ond pan mae hi allan dwi'n dechrau gwylltio eto, a dwi wedi darganfod bod Frankie yn gallu gwylltio hefyd. Mae gwneud iddo fo wylltio yn rhoi boddhad i fi.

"Na, dwi ddim yn dad i ti. Dim ond safio'i fywyd o wnes i!" Mae Frankie'n hyrddio'r geiriau ata i, yn trio 'nghael i i'w roi ar bedestal. Mae'n dyrnu yn ei flaen, geiriau'n hedfan fel ergydion. "Byddwn i'n ofalus petawn i'n ti. Llathen o'r un brethyn ..."

Dwi'n dawel wedyn, eisiau cropian eto o dan y ddaear at Swla.

Wedyn mae'n dweud sori, "am ddweud pethau annoeth." Ond mae ei farn o amdana i wedi'i dweud rŵan. Mae'r grachen wedi'i phigo.

Pan mae Mam yn cyrraedd adref dwi'n penderfynu dweud yn blaen. "Dwi ddim eisiau i Frankie gael goriadau'n fflat ni, a dwi ddim yn meddwl y byddai Dad chwaith."

Mae hi'n edrych arna i fel petawn i'n bell i ffwrdd, fel petawn i'n deall dim. Mae'n biti na alla i ei herio hi hefyd, torri drwy ei mwgwd hi. "Dydy dy dad di ddim yn gwybod be mae o eisiau. Mae Frankie yn graig go iawn i fi ar hyn o bryd."

"Dwi'n siŵr ei fod o!" dwi'n brathu ac mae ei llaw hi'n fflachio ar draws y gofod rhyngon ni.

Dagrau'n pigo ei llygaid, fel mai hi ydy'r un sydd newydd gael ei tharo. Ond mae'n rhy hwyr. Dwi wedi gweld y fflach o gasineb yn ei llygaid, lle unwaith doedd dim ond cariad.

Dydy Mam erioed yn ei bywyd wedi fy nharo i o'r blaen a rŵan mae pyllau o ddagrau poenus yn ein llygaid ni'n dau.

Mae hi'n estyn allan yn syth ond dwi'n taro geiriau'n ôl ati. "Dylwn i fod wedi marw yn lle Swla! Byddet ti'n hapus wedyn!"

A dwi'n gweld yr olwg ddiflas, drist ar ei hwyneb. Dwi'n gweld ein bod ni'n deulu o awyr las sydd wedi torri, darnau o obaith ar chwâl, ein haul wedi'i beintio drosto.

Dydy hi'n dweud dim byd. Mae ei gwên wedi pylu gyda blinder ei diwrnod a dydy hi ddim hyd yn oed yn trio dadlau â fi. Dim ond yn llusgo'i hun i'r gwely. Dwi'n gwybod rŵan 'mod i'n iawn, achos roedd Swla yn gariad ac yn olau i gyd ac mae Mam yn casáu fy ngweld i. Nid 'mod i'n ei beio hi, achos dwi hyd yn oed yn casáu fy ngweld i fy hun.

Mae golau Mam yn aros ymlaen. Mae'n debyg ei bod hi wedi cymryd ei philsen ac wedi cwympo i gysgu efo'r lamp ymlaen. Heb y golau a'r bilsen dydy hi ddim yn cysgu. "Mae gennyt ti dy gyffuriau di, mae gen i fy rhai i!" dywedais wrthi unwaith, ond chafodd o mo'i werthfawrogi.

An-hun-edd.
Enw lle na ellir ymddiried ynddo,
tân, tân, o dan dy draed
bob cam o'r ffordd.
Mwg yn llifo'n dawel i'r ysgyfaint.

Os gall Swla syrthio i gysgu wedi'i lapio'n glyd yn ei chrud a pheidio byth â deffro, gallwn ninnau hefyd.

Efallai y gallwn i gau fy llygaid heb ddeffro byth.
Llithro i ffwrdd yn dawel yn fy nghwsg.
Efallai mai dyna fyddai orau i bawb.

Heddiw, fel pob diwrnod, mae symudiadau Mam mor grimp â'i gwisg nyrs, ei harfwisg hi. Dwi'n ei gwylio o'r balconi. Dwi'n ei gweld hi rŵan. Hi ydy'r rhyfelwr sy'n ymladd i oroesi, gan ymweld â choeden Swla fel y mae hi'n ei wneud bob dydd. Ymweld â'r meirw ac anghofio'r byw.

Dwi'n agor y drws i'r Bwth.
Dim mwy o Orla,
dim mwy o Zak
yn chwythu swigod sebon dros y Rec.
Dim lluniau Om i ddiflannu iddyn nhw ddim mwy hyd yn oed.
Tyrd yn ôl aton ni, Dad, tyrd yn ôl, dwi'n dymuno mewn llond enfys
                                            o swigod y cof.

                    Maen nhw'n byrstio
           fel yr oedden nhw, ac fel y maen nhw, bob tro.

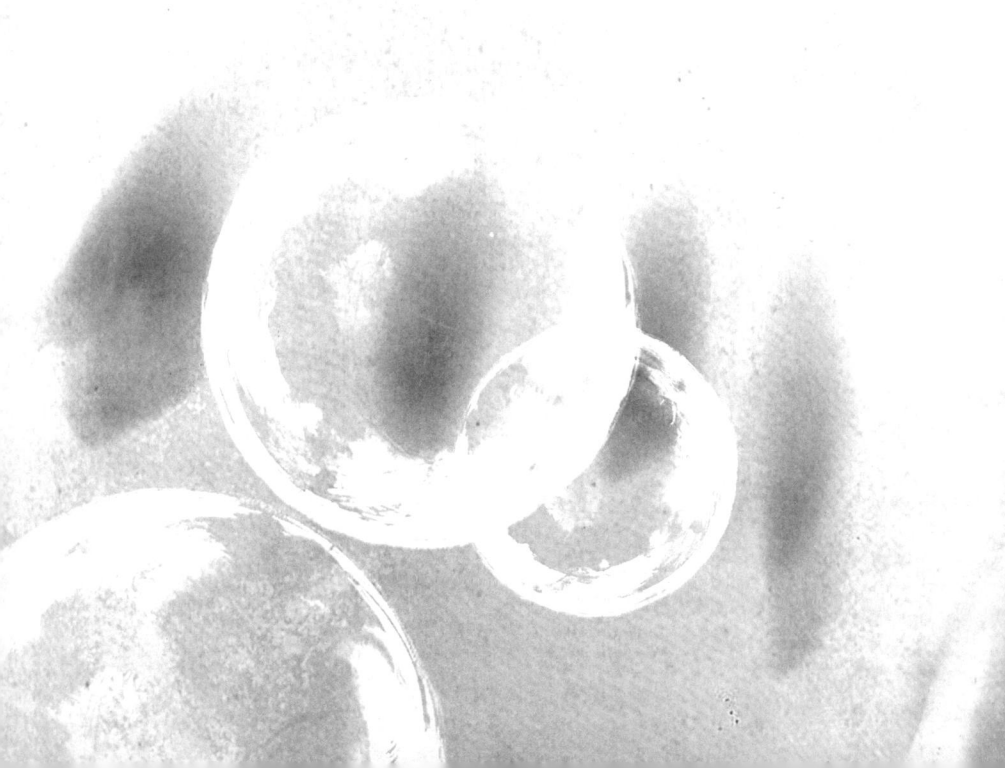

Omid

Kai. Ni wnes i roi'r gorau i ti. Roeddwn i'n methu mynd i'r Bwth. Nid oedd gen i mo'r nerth. Rydw i hefyd yn deall nad oes geiriau weithiau. Waeth faint o help sy'n cael ei gynnig a faint o bobl sy'n ceisio. Gwelais Zak yn ymweld â ti yno ryw ddiwrnod. Ond rywsut roeddwn i'n gwybod na allai'r un o'r bobl hyn dorri trwy dy arfwisg di. Deallais. Rydw i'n deall. Mae diogelwch mewn tawelwch.

    Bob dydd roeddwn i'n dy wylio di gyda dy gyfeillion, bechgyn y cysgodion, yn llithro'n ddyfnach o dan dy gysgod o groen. Weithiau ar fy ffordd i'r ysgol roeddwn i'n dy weld di'n dawnsio gyda chigfrain. Roeddwn i'n meddwl efallai dy fod di'n cysgu yn y Bwth, ar goll yn niwl y mwg. Roedd y wawr yn torri a fy nghalon i'n torri bob dydd wrth dy weld di. O fy malconi sylwais sut roeddet ti wedi dechrau symud dy ben, fel hyn ac fel arall, fel pe baet ti a nhw'n deall eich gilydd.

    Gobeithio dy fod di'n deall rŵan bod angen i fi ymladd fy nhân fy hun … Pe bawn i'n dod yn rhy agos roeddwn i'n ofni y byddwn i hefyd yn llosgi.

    Yn y gwersi celf roeddwn i'n peintio tân. Mam Zak oedd y brif athrawes rŵan ar ôl iddi ddod yn ôl. Weithiau roeddwn i'n dod o hyd iddi ar y llwybr yn mynd â'i phlentyn bach i'r ysgol. Bob gwers roedd hi'n dweud pethau da am fy ngwaith celf. Weithiau roedd hi'n gofyn i fi amdanat ti. Ddywedais i ddim. Ond roedd hi'n edrych yn fanwl ar fy lluniau, fel petai'n chwilio am gliwiau ynddyn nhw. Rydw i'n credu ei bod yn teimlo perygl yn fy llaw. Efallai perygl ynof i.

Triodd mam Zak yn rhy galed i wneud i fi siarad am yr hyn a beintiais, i ysgrifennu esboniad yn y llyfr nodiadau. Dywedodd y byddwn yn cael mwy o farciau pe bawn i'n gallu siarad am fy ngwaith, ond dywedais wrthi, "Dwi ddim yn gallu trosi'r lluniau hyn i eiriau. Dydyn nhw ddim yn byw mewn geiriau."

Un diwrnod agorodd ddrws yr ystafell gelf i ddyn roeddwn i'n ei weld weithiau wrth giatiau'r ysgol ac unwaith ym mloc y Gwyrdd-diroedd yn ymweld â Kai. Roedd o mewn gwisg debyg i un yr heddlu. Roedd fy athrawes yn ei ddisgwyl. Nodiodd hi i fy nghyfeiriad i.

Daeth i eistedd ar dy sedd wag di wrth fy ochr i. Pan ddywedodd wrthyf i ei fod am gael "sgwrs fach am Kai" roeddwn i mewn panig wrth gofio beth ddigwyddodd gyda dy dad. Hedfanodd cwestiynau o fy ngheg. "Ydy Kai yn iawn? Beth sy'n bod? Ydy o mewn trwbwl?"

Ond gosododd y swyddog law ar fy ysgwydd i fy nhawelu. "Na, na!" dywedodd. "Dim ond sgwrs gyfeillgar, anffurfiol ydy hon. Dwi'n hoff o'r bachgen ac yn poeni am ei les. Dwedodd dy athrawes wrthyf eich bod chi'n ffrindiau arbennig. Rydych chi *yn* ffrindiau, on'd ydych chi?"

Nodiais. Ond meddyliais, pam roedd o yn dod ataf fi, ac nid at Orla na Zak a oedd yn dy adnabod di erioed? Roeddwn i'n meddwl ei fod oherwydd nad ydyn nhw'n ymddiried ynof i o hyd.

Dywedais wrtho nad ydw i wedi bod yn agos atat ti ers peth amser. Rydw i'n meddwl yn dawel bach i fi fy hun – dydw i ddim yn hoffi sôn am fy mrawd Kai y tu ôl i dy gefn di, felly ni ddywedais i ddim byd arall. Dywedais wrth y dyn fod rhaid i fi gwblhau fy narlun erbyn y dyddiad cau. Arhosodd beth amser ac edrych ar fy holl waith. Roeddwn i'n casáu ei fod yn edrych arno. Roeddwn i eisiau sgrechian, *Beth rydw i wedi'i wneud? Pam nad ydych chi'n ymddiried ynof i? Oherwydd fy mod i'n ffoadur?*

Rydw i'n meddwl ei fod wedi teimlo fy nicter distaw oherwydd fe safodd, gan ddweud, "Diolch, Om. Os oes gennyt ti unrhyw beth arall yr hoffet ti'i ddweud, dwed wrth dy athrawes ac fe ddaw hi i chwilio amdanaf i."

Ar ei ffordd at y drws clywais y sgwrs â mam Zak. Clustfeiniais, i glywed mwy.

Roedd hi'n dweud wrtho, "Dwi ddim yn gwybod, Yannis. Dwi'n ofni bod Kai yn cwympo trwy'r craciau. Dylai fod 'nôl yn yr ysgol. Mae hon yn drasiedi sy'n datblygu." Roedd dagrau yn ei llygaid.

Ar ôl i fi glywed hyn roedd fy llaw a fy nghalon a fy llygad wedi rhewi. Roeddwn i'n methu canolbwyntio oherwydd roeddwn i'n meddwl wrthyf i fy hun efallai y dylwn i fod wedi dweud wrth y swyddog hwn, Yannis, am fechgyn y cysgodion yn ymweld â'r Bwth. Bob dydd roeddwn i'n eu gwylio yn mynd â ti ymhell bell i ffwrdd ond ni allwn i ddweud dim. Ni allwn i fradychu fy mrawd.

Mae un rheol a ddysgais ar y ffordd allan o anobaith. Siaradwch â'r rhai y byddech chi'n ymddiried eich bywyd chi iddyn nhw, a neb arall. Dydw i ddim yn adnabod llawer o bobl fel hynny sy'n dal i fod yn fyw. Dim ond Modryb Gisou a ti ac ... Ishy ... yn fy ngobeithion ac yn fy mreuddwydion gwan.

Roeddwn i eisiau dweud wrth fy athrawes, *Faith – Ffydd – ydy'ch enw chi a Hope – Gobaith – ydy enw'ch merch chi. Rhaid i chi gadw ffydd a gobaith er mwyn Kai. Gadewch iddo ddychwelyd, dyma'r lle mwyaf diogel iddo.*

Yn ddiweddarach y diwrnod hwnnw fe beintiais i fflam wyllt ar ôl fflam wyllt. Yn lliwiau'r tân roeddwn i'n ysu am wneud i rywun ddeall sut deimlad ydy cael eich cau allan, gorfod bod ar wahân, heb fod croeso i chi mwyach. Dim ond pan fydd pob gobaith wedi marw y byddwch chi'n gadael. Mae'r cyfan yn cael ei ddinistrio. Nid dyma ddylai fod yn digwydd i ti, fy mrawd Kai, nid yw dy dir di wedi cael ei ddinistrio.

"Dechrau araf heddiw, Om, ond rwyt ti wir wedi dal y gwres yn y fflamau yma. Galla i eu teimlo bron yn dod oddi ar y papur."

"Ydy, mae'n chwilboeth," cytunais, ond yr hyn roeddwn i eisiau ei weiddi arni oedd, "*Chi ydy ei bobl o. Ymladdwch drosto fo.*"

Roeddwn i wedi fy rhwygo'n ddau, oherwydd ers y diwrnod y ceisiodd dy dad farw, teimlais ofn trawma tân ynof i.

Roeddwn i'n meddwl pe bawn i'n dweud am yr hyn a welais yn y Bwth, am fechgyn y cysgodion ar eu beiciau, y byddet ti'n peidio ag ymddiried ynof i yn union fel roeddet ti wedi colli ffydd ym mhawb. Dy gred di ynof i oedd yr unig obaith oedd gen i ar ôl i ti.

Felly ni ddywedais i ddim byd. A sylwi arnat ti'n bît-bocsio efo'r cigfrain yng ngolau cysgodol y gwyll, a'r cwmwl cyffuriau yn codi o'r Bwth. A'r noson honno breuddwydiais am dân.

Yn wan ac yn ysgwyd
pan ddeffrais,
fe wnes i benderfyniad wrth gerdded i mewn i'r ysgol.
Byddaf yn peintio dy adlewyrchiad.
Byddaf yn dy ddangos di drwy gyfrwng celf.
Byddaf yn tynnu dy lun
i ti gael dy weld dy hun.
Byddaf yn dangos i ti nad wyt ti mewn poen
ar dy ben dy hun.

Hwn oedd fy addewid i ti,
hwn ydy fy addewid.
Fy mrawd Kai,
Adawa i ddim i ti losgi.

Act 2

Llef y Cigfrain

Kai

Mae'r cigfrain wedi glanio.
"Kai, Kai, Kai."

Cip drwy'r bleind toredig
a'r tu ôl iddo
mae'r adar ag esgyll eboni yn saethu
cysgod adenydd dros lawr fy stafell wely.

Tun-stash metel agored.
Beth sydd ar ôl?
Dim ond digon i
fy ergydio i gwsg
heno.

Paid â smocio yn y dydd.
Dyna mae'n ei ddweud bob amser
pan fydd yn deffro.

Codi'n sigledig,
syllu ar yr wyneb hagr yn y drych.
Cysgod barf – bachgen y llygad llwyd.

Mae'n cymryd peth amser i gofio –
dyma fi.

Cnoc ar ddrws fy ystafell wely o bell. "Kai, cariad! Bwyd yn yr oergell … 'Nôl am wyth. Tria gael ychydig o awyr iach. A thria gadw draw o ffordd Frankie. O, a thaclusa fanna, wnei di, Kai? Mae'n rhaid i bawb wneud ei ran."

Mae llais Dad yn fy nghlust.
"Pe bawn i'n un o'r doethion gwnawn fy rhan ddi-goll,
Ond pa beth a roddaf, fy mywyd oll."

Llais meddal, swynol wedi'i dorri
efo'r un nodyn yn ailadrodd
"Kai, Kai, Kai, Kai!"
Yn syllu arna i trwy'r bleinds,
mae fy nghigfrain wedi dod amdanaf i.

"Iawn! Does dim angen gweiddi. Dwi'n effro! Dwi'n effro!" Dwi'n sleidio'r ffenest ar agor ac anadlu llond ysgyfaint o niwl oer. Ydy hi wedi bod yn un gaeaf hir ers i Swla farw?

Wrth gael cip ar y bore'n ymosod arna i, dwi'n ceisio clywed Orla yn symud o gwmpas i fyny'r grisiau ond mae ei fflat hi'n dawel. Dwi'n baglu at y ffenest ac yn plannu fy nwy law yn erbyn y gwydr rhewllyd.

Dyna Orla yn rhuthro i fyny'r ffordd o'r Rec. Dwi'n ei gwylio hi'n rhedeg yn nerthol i fyny'r bryn. Mae hi wedi newid.

Ble ydw i wedi bod?
Mae hi'n arafu ac yn aros wrth goeden Swla,
gan godi'i phen at fy malconi.
Ydy hi'n dal i boeni digon i chwilio amdana i?

"Kai, Kai, Kai," mae fy nghigfrain yn pwnio.
"Byddwch ddistaw! Ewch allan o 'mhen i! Allwch chi ddim siarad!"
dwi'n sgrechian,
yn eu gwthio i ffwrdd.

Beth byddai hi'n ei ddweud pe bawn i'n trio estyn allan ati rŵan?
Mae hi'n loncian tuag at ein bloc,
ddim yn edrych i fyny.
Dwi'n cilio'n ôl i mewn.

"Kai, Kai, Kai, coda a dos i'r ysgol."
Dwi hyd yn oed yn gwybod
mai'r cigfrain, a ddim Orla,
sy'n galw fy enw i
dro ar ôl tro ar ôl tro.

"Stopiwch fy nrysu i," dwi'n sgrechian, gan lithro'r drws
ar gau,
ei gloi.

Dwrn caeëdig
yn gwthio i'r gwydr,
gwingo gan y boen.
Rhyddhad gan y chwalfa.

Gwylio'r darnau jig-so'n chwyddo.
Crawc, chwerthiniad, crawc.
Bydd Frankie yn gynddeiriog.
Rŵan dwi mewn helynt.

"Gad ni i mewn, Kai. Gad ni i mewn!"

Un yn syllu trwy'r ffenest,
yn tapio arni erbyn hyn,
yn lledaenu'r crac.
Dyna'r oll maen nhw ei angen
ac mae cigfran yn hofran i mewn i fy ystafell.

"Tyrd rŵan, Kai. Gwisga dy wisg,
 dos 'nôl i'r ysgol.
Glanha dy hun."
Dyna'r un awdurdodol.

Rŵan daw un arall i mewn yn llawn hyder.
"Paid â gadael iddyn nhw dy gau di allan.

Os oes rhaid sgrechian a gweiddi i fynd 'nôl mewn,
gwna hynny."

Efallai eu bod nhw'n iawn.
Dylwn i frwydro mwy.

"Tria, Kai, tria."

Dwi'n ysgwyd fy mhen i lacio'r niwl.
Mae'n codi.
Dwi'n cicio tywel llawn llwydni ar y llawr,
ei lapio o gwmpas fy nghanol, crwydro i'r stafell ymolchi
ac ysgwyd y teimlad dwi bob amser yn ei gael y dyddiau hyn
pryd bynnag y bydda i'n camu allan o fy stafell wely ...
y teimlad nad oes lle i fi yma mwyach,
heb Dad,
ym mywyd newydd cysurus, tawel, "diolch, Frankie," Mam,
y bywyd dwi'n meddwl ei bod hi'n hoffi.
Os daw Dad byth adref
a fydd lle iddo fo yma hefyd?

Mae cynfasau llwch Frankie dros bopeth.
Dwi'n chwilio'r ystafell fyw. Bob dydd mae Dad "i ffwrdd" –
dyna beth rydyn ni'n ei ddweud rŵan,

"i ffwrdd" –
mae rhan arall ohono'n cael ei roi mewn bocs,
dim ond nes bod y paent yn sych.
Ond mae'n teimlo fel na fydd byth.
Doedd o byth yn y Bwth.
Dwi'n syllu ar focs gwyn ein stafell fyw
ac yn ôl trwy'r drws agored i fryntni fy ystafell wely,
pentwr pitw fy modolaeth i.

Crwydro draw i'r silff uwchben y teledu newydd
y byddai Dad yn ei gasáu,
dwi'n codi'r llun cyntaf ohonyn nhw a finnau'n fabi.
Pawb yn haul-wenu. Gwên go iawn,
gwên tu ôl i'r llygaid.
Dwi'n edrych yn union fel yr edrychai Dad bryd hynny.

Dwi'n cau drws y stafell ymolchi, yn agor y tap dŵr poeth
yn agor y caead ar ddiferion olaf olew bath Dad.
Arogli'r persawr prennog.
Dim ond ychydig ddiferion, ond mae fy llaw'n llithro ac mae'n gwagio.
Swigod ym mhobman.
Mae arogl llethol Dad
yn torri argae'r dagrau.

Rydyn ni gyda'n gilydd eto,
Yn torri ein ffordd drwy'r gwyllt.
Fo'n adrodd straeon,
canu i fi.
Meddwol,
troelli'r pen.

Atgofion hapusrwydd cyn
Swla,
cyn trymder,
anobaith.

Dwi'n tynnu fy mysedd dros siâp fy asennau.
Ai dyma fy nghorff i?
Stêm yn llenwi'r stafell ymolchi,
cocŵn o niwl.
Mae arogl Dad yn dod â fi at fy nghoed.

Dwi'n trochi fy nhroed yn y dŵr chwilboeth,
teimlad yn darfod.
Ymollwng yn araf i'r dŵr,
datglymu'r cyhyrau,
brest yn agor,
meddwl ar ffo,
dŵr yn gorlifo.

Coesau a breichiau'n cyrlio,
gwneud fy hun mor fach â Swla.
Cân felys yr adar
yn adlais o bell,
dod yn agosach,
disgleiriach,
yn fy nallu i.
Ac i mewn i fy llygad
daw'r aderyn tenau
oedd wedi cwympo o'i nyth,
un a falwyd ar y llawr
heb sŵn,
heb gân,
awyr las wedi mynd.

Mae dŵr yn gorlifo.
Llygaid yn pigo.
Eisiau gweiddi.
Dringo allan.

Dal wedi fy lapio yn y tywel, corff yn stemio.
Calon yn curo'n galed trwy'r croen,
llif lafa yn codi o fy stumog.
Argae dagrau halen yn torri
a phigo ar fochau.

Paid â mynd yno, Kai … Paid â mynd …

"Araf pia hi. Dos i'r ysgol a gwna dy orau, mêt."
Ai llais Dad neu'r adar oedd hwnnw? Neu fy un i?
Mae'r cigfrain y tu allan – allwch chi ddim eu clywed mwyach!
Ond yna dwi'n eu teimlo, tu mewn, tu ôl i fy llygaid,
yn gwneud iddyn nhw ddisgleirio.
Adenydd gobaith yn taro yn erbyn fy mrest,
fy annog ymlaen, fy annog ymlaen, fy annog ymlaen.
Sut maen nhw'n gwneud hyn?
Gan ddilyn y waliau, dwi'n ymestyn am fy stash,
dim ond un ffag arall i lyfnhau'r ymylon.
Does dim byd yn mynd i fy rhwystro
rhag cerdded trwy'r giatiau …

Dyma nhw'n dod eto,
gan guro ar fy nghroen.
"Kai, Kai, Kai, Kai, gwranda! Gelli di ymddiried ynon ni.
Rydyn ni'n gefn i ti."
Ac yn nisgleirdeb llachar ein llygaid
mae'r haul iâ yn llifo trwy'r ffenest doredig,
a finnau,
Kai, Kai, Kai,
o'r diwedd
yn torri.

*Dwi'n dal am fynd i mewn ond
ddylwn i ddim bod wedi dod mor gynnar.
Wedi bod ar gyfeiliorn,
gwneud cawl o bethau.
Efallai y dylwn fynd adref,
bath eto
a thrio yfory …*

*Tynnu'n ddwfn ar y mwg a'i anadlu allan mewn
cylchoedd cynnes,
un,
dau,
tri …
Gorwedd yma ar y tir diffaith,
yn llygadu'r awyr.*

*Yn fy mhlyg, yn socian,
llygaid wedi'u cysgodi rhag yr haul llachar
sy'n llifo trwy'r llwydni.*

*Gwasgu glaw o wallt clymog,
gwisg ysgol wedi crychu, yn llawn llaid,
crynu.*

Beth ydy'r pwynt? Pa werth sydd i hyn?
Dagrau poeth yn cymylu golwg, yna trwy'r niwl mae bwa o liw
yn dyfnhau,
yn lledrithio'n gliriach rŵan ...
Enfys yn fy llygad.
Un go iawn neu ddychmygol? Oes ots?

Rhywle draw dros yr enfys, mae adar gleision yn hedfan.
A'r freuddwyd y byddwch yn ei mentro hi.
O pam, o pam na alla i?

"Pam na alla i?
Pam na alla i?
Pam na alla i?"

Dwi'n gweld Glaw gyda'n llygad bach i,
Glaw'r llygad toredig,
a Bwa
â'r plu coll.
Ydy eich adenydd chi hefyd yn anghytbwys?

Glaw

Maen nhw'n meddwl eu bod nhw'n ein hadnabod ni, Kai,
yr haid angharedig,
na ddylid ymddiried ynddyn nhw,
lladratwyr pethau sgleiniog, meddwl nad oes ganddon ni hawl i
berchen.
Arlliw indigo,
adenydd duon,
enfysliw.
Argoeli gwael,
sgrechian, crynu, gwichian
wna'r hebryngwyr angau.
Adar cyllell-mewn-cefn,
adar duon
ddim i ymddiried ynddyn nhw.
Cau eu cegau,
eu cau i ffwrdd,
eu cau nhw allan.

Bwa

Potsian o gwmpas y dref,
clownio o gwmpas,
allan nhw mo'n gweld ni?
Ysu am wybodaeth,
cariadus, dawnsio, uchel ein cloch,
ffyddlon i'n ffrindiau,
hedfan tua'r gwir.
Digon dewr i sefyll yn gadarn.
Canu'n felys nes bo'r galon yn chwyddo,
chwarae triciau hud.
Meithrinwyr hardd y galon dyner
byth i gael ein gwahanu.
Hedfan ar draws cefnforoedd,
gollwng hadau,
adeiladu pontydd.

Glaw

Paid â phaldaruo, Bwa.
Mae'r bachgen yn gwybod hyn i gyd.
Jyst
paid byth â gadael iddyn nhw ddweud wrthyt ti
nad ydy o'n brifo.
Mae ffyn a cherrig
yn arfau peryg,
ac mae geiriau hefyd
yn gadael creithiau yn y brics a'r morter,
yn gwenwyno'r dŵr.

Dawnsio ymlaen
nes iddyn nhw edrych yn ein llygad, Kai.
Arwyneb wedi cracio,
poen yn deor.

Weithiau mae'n rhaid i ti godi yn eu herbyn.
Gadael iddyn nhw weld
pwy ydy'r gwir warth.

Bwa

Dyna ddigon, Glaw.
Y cynllun oedd canu hwiangerdd iddo
nid ei annog i wirioni ar chwyldro.
Rŵan edrycha! Mae Faith yn mynd heibio!
Dydy gobaith heb farw, Kai.
Rwyt ti jyst yn hurtio eto.
Deffra rŵan.
Coda, a sefyll
wrth fariau giatiau'r ysgol.
Sytha dy wisg,
paid â bod yn hwyr.
Tyrd, Kai! Deffra dy hun,
edrycha'n fyw,
dos amdani.
Tria, Kai, tria.
Gad iddyn nhw weld y disgleirdeb yn y llygad.
Dos amdani! Coda dy hun.
Chwilia am y geiriau …

Kai

Dwi'n tynnu fy hun i fyny o rywle draw dros enfys i glywed sgwrs felys mam a merch yn dawnsio trwy'r glaw. Faith *ydy* hi efo'i Hope bach yn trywanu fy nghalon. Dwi'n aros iddyn nhw ffarwelio, y ffarwelio na ches i a Swla y cyfle i'w wneud, ac yn cerdded tuag at fam Zak. Dwi'n simsan ar fy nhraed, ac o be wela i, dydy hi ddim mor saff chwaith.

Dwi'n estyn ati i helpu efo'i bagiau ond wrth weld yr ofn yn fflachio ar draws ei llygaid dwi'n cilio'n ôl.

"Os gwelwch yn dda! Faith! Mrs Lawrence, dwi'n gwybod 'mod i'n llanast heddiw, ond os ydw i'n twtio fy hun, a gaf i ddod i mewn fory?"

Mae fy llygad cigfran yn edrych yn ddwfn i'w llygad hi wrth iddi weld fy nhrowsus mwdlyd a'r siaced flêr.

Rŵan mae hi'n arogli'r aer. "Fydd hynny byth yn digwydd os byddi di'n troi i fyny yn y cyflwr yma, na fydd o, Kai?"

"Plis, Mrs Lawrence. Peidiwch â throi eich cefn, os gwelwch yn dda ..." Mae hi'n fy anwybyddu, gan hedfan tuag at giatiau Ysgol Ravenscroft. Ond rydyn ni'n hedfan yn gynt, ac ymestyn ein hadenydd o freichiau.

"Beth sy'n bod ar y cigfrain hyn?" Mae hi'n codi ei hymbarél i'w gwthio i ffwrdd.

"Sori am bopeth …" Mae geiriau yn llithro o fy ngheg ond does neb yn gwrando. Mae mam Zak yn siarad â rhywun ar y ffôn. Yn galw am help.

Mae swyddogion diogelwch yn camu ymlaen, gan ddal ein hadenydd wrth iddo flocio'r ffordd. "Ffwrdd â ti, boi bach. Edrycha ar yr olwg sydd arnat ti!"

Rydyn ni'n hedfan yn llawn panig o'i afael.

Mae Faith yn galw ar ein hôl ni. "Sori, Kai, dwi wedi trio ond alla i ddim gwneud dim mwy."

Glaw

Dyma fy nghyngor.
Gwrthoda fod yn dawel.
Hedfana'n uwch, hedfana'n uwch!
Cyrcha'r giatiau.
Paid â gadael iddyn nhw dorri dy adenydd di.
Methu hedfan oddi tanodd,
Methu hedfan oddi uchod.
Arhosa nes bod y niwl yn dechrau codi.
Yna torra trwodd, Kai.
Pam lai?

Bwa

Bydd ddistaw, Glaw ...
Elli di ddim gweld bod y bachgen mewn gormod o boen
i glywed cecru'r crawcian?
Rhy ddisglair ydy llewyrch dy un llygad da.
Tyrd rŵan, Kai,
dyma sut mae'n cael ei wneud.
Barod, barod?
Lledu adenydd.
Rydyn ni i gyd yn cwympo weithiau.
Coda dy hun,
ceisia eto.
Barod, barod,
dyna'r ffordd.
Tyrd, Kai.
Ti wedi'i deall hi.
Dyna'r ffordd.
Hedfan.
Hedfana, Kai, pam lai?

Glaw

Chwyldroadau cigfrain.
Dadglipio ein hadenydd.
Hedfana gyda ni, Kai.
Chwil ar chwyldroadau.
Beth sydd i'w golli?

Brodyr wedi marw.
Chwaer hefyd.
Cymaint o boen yn fy mhen.
Gad iddyn nhw fynd, Kai,
gad iddynt fynd.
Crawc, crawc, crawc,
dwyt ti ddim ar dy ben dy hun mwyach.

Kai

Clywed cloch,
gweddill ar ras tua'r giât.
Ar ben fy hun
yn nhawelwch ein Rec
lle mae'r enfys
eisoes wedi pylu ...
Beth sydd gen i ar ôl?
Tyrchu yn y deiliach,
pigo ar y bwyd dros ben.
Beth dylwn i ei wneud ar y Rec beth bynnag?
Canu? Chwarae? Dawnsio? Gweddïo?
Breichiau'n troi'n adenydd,
neidio ar hyd y llwybr,
osgoi tanau a chiciau.
Fflapio,
tynhau dwylo'n grafangau,
cuddio yn gwylltir.
Tyllu i lawr i dir y dagrau.
Sbecian trwy reiliau diogelwch sy'n ein gwahanu ni
o'r adeg pan oedden ni'n gywion.

Amser maith yn ôl
roedden ni'n arfer troelli a hedfan fel y gwna Hope rŵan.
Lliwiau'n chwyrlïo fel enfys ...
Hedfan yn isel i weld, gyda fy llygad cigfran,
y craciau o dan y wyneb llyfn,
tir concrit, awyr yn malu'n agored.
Plisgyn glas wedi torri.
Uffern amdani.

Ble sydd ar ôl i hedfan rŵan?
I ffwrdd, i ffwrdd!
Dwi'n ffoi i sŵn cloch Ysgol Ravenscroft.

Kai

"Meddwl y basan ni'n dod o hyd i ti'n ôl yma!" Dydy Taz ddim yn trafferthu curo, dim ond yn cerdded i mewn fel petai'n berchen ar y lle, yn trio cymryd mwy o le nag mae ei angen ar ei gorff tenau. Sut daeth *o* i fod yn ben bandit pan dwi a Zig ddwywaith ei faint o? Mae croen Taz bron yn dryloyw. Dwi'n llygadu'r gwythiennau gwyrdd ar ochr ei ben ac mae'n llygadu fy siaced ysgol wrth iddo dynnu'n ddwfn ar y mwg.

"Stwff da, hwn! Ddim yn dal i geisio torri i mewn i'r twll yna, wyt ti?" Mae'n chwerthin, yn fflicio'r arwyddlun ar fy siaced ysgol i. "Wedi dod â stwff i ti am edrych ar ôl ein hadenydd ni!"

"Dwedais i 'mod i ddim eisiau stwff wedi'i ddwyn yma," dwi'n dweud.

Ond mae Taz yn rhoi'r ffag i fi. Mae Zig yn mwmian dan ei wynt, "Cymer o, Kai. Waeth i ti heb â'i ymladd o."

Pa adenydd mae Taz wedi'u torri i wneud i Zig fod mor ofnus?

Mae Taz yn taflu braich o 'nghwmpas i. "Ti'n edrych yn ryff, boi. Pam na wnawn ni fynd am reid nes 'mlaen?"

Dwi'n ysgwyd fy mhen, ddim hyd yn oed yn siŵr rŵan a allwn i sefyll.

Mae fy meddwl yn troi,
                               yn y mwg.
Fy mol hefyd,
                 ben i waered mewn car gwyllt.
Y ffordd iawn i fyny eto,
dwi'n ddigon saff i feddwl 'mod i'n pitïo'r tri ohonon ni.
Ai dyma'r cyfan sydd ganddon ni?
Crwydro o gwmpas yn y gwyll ar feiciau wedi'u dwyn?

"Na, Taz. Dwi ddim eisiau dim byd i'w wneud efo'ch beiciau chi. Wnewch chi fynd â nhw o'ma? Dwi'n mynd i roi'r gorau i smocio yn ystod y dydd. Mae'n chwarae gyda 'mhen i. Dwi jyst ei angen o i helpu fi gysgu."

"Gawn ni weld!" mae'n dweud, ond heb ddadlau.

Dwi'n codi'n sigledig ac yn cerdded gyda nhw i fyny'r bryn, heibio i goeden Swla.

Pryd bynnag dwi yma mae hi'n gwneud i fi deimlo mor euog, fel petai hi'n edrych lawr arna i.

"Dim probs, Kai ... Newn ni'n siŵr bod ti'n iawn." Dwi'n dal y gwreichion yn llygad Taz a dydy pethau ddim yn iawn. Mae'n gwenu arna i.

Dwi'n eu clywed yn reidio i ffwrdd ac er holl actio Taz yn ddyn mawr i gyd, dwi'n gweld pa mor fach a main ydy o. Mae Zig, mêt y mysls, mor dal â fi, yn edrych yn gryfach … Yna dwi'n deall. Mae o ar fy ôl i i fod yn Zig arall.
Dyna ni, Kai.
Tria, Kai, tria.

Nid dy frodyr di ydy'r rhain.
Tyrd o hyd i'r frwydr fewnol.

Edrychaf ar y balconi uchaf.
Ble mae Om?

Pen yn atseinio.
Drws metal yn slamio.

Tu mewn i fy fflat wag,
tu mewn i fy stafell,
syrthio ar fy ngwely.
Y cigfrain yn eistedd ar y reilins eto.
Dwi'n gwrando ar eu galwadau.

Mae eu crio fesul wythawd.
Sacs Dad yn fy mhen.
Pen yn curo,
ond fy meddwl i yn ddigon clir i gofio
pelydryn o obaith.

*Ai fi oedd hwnna
bore 'ma?
Oes yn ôl,
yn gorwedd yn y bath
yn breuddwydio am well yfory?*

*Mae cri'r cigfrain yn seiren trwy fy meddwl.
Dwi'n llithro'r ffenest ar agor,
gorwedd ar y llawr.
Maen nhw'n neidio i fy ochr,
un wrth bob braich,
dal fi yn eu hadenydd.*
Edrych i'r disgleirdeb yn eu llygad, Kai.
Edrych i'r disgleirdeb yn eu llygad.
Dwi'n edrych, Dad.

Mae olwynion beic yn llithro y tu allan.

"Dalia, mêt!" Mae Taz yn taflu pecyn. "Iawn, mêt!" Mae'n chwerthin. "Be 'di'r cigfrain 'na ar dy sgwyddau di? Dwi'n gwybod bod ti wedi deud mai dy ffrindiau di ydyn nhw ond …"

"Ydyn, maen nhw."

"Ia, wel, mae gynnot ti *ni* rŵan. 'Dan ni'n gofalu am 'n gilydd. Byddwn ni wrth dy ochr di. Sbia amdanon ni wedyn. Mae gynnon ni rwbath arall i ti beth bynnag, chydig o ddiolch am ymuno efo criw'n ni!"

Yna mae fy nghigfrain yn mynd ar ei ôl, gan erlid y cysgodion oddi ar fy nrws. Mae Taz yn fflapio o gwmpas, gan drio osgoi Glaw a Bwa. "Beth sy efo'r blydi adar du 'ma? Be maen nhw'n feddwl ydyn nhw, *bodyguards*? Sortia nhw, Zig."

Nhw ydy fy angylion gwarcheidiol yn y Gwyrdd-diroedd,
dwi'n sibrwd o dan fy anadl.
Dydyn ni ddim eich angen chi.
Dwi'n sefyll ac yn eu gwylio yn cyflymu
wrth i'r gwynt ruo i fyny'r bryn,
gan blygu canghennau coeden Swla,
y canghennau cain hynny,
ac am eiliad
dwi'n cau fy llygaid ac yn gweld fy hun yn cyflymu
i ffwrdd o'r cyfan.
Mae fy nghalon yn rasio,
yn curo yn erbyn asgwrn fy mrest
wrth i fi
lithro'r drws ar gau
rhag yr oerfel sy'n brathu.
Cysgodi dan y garthen,
yn ysu i gysgu.

Dwi'n gwybod na allaf fynd heb ffag.
Dwi'n clensio'r 'stash rhodd' yn nghledr fy llaw,
cyn agor fy mysedd rhew.

Orla

Pan feddyliais i amdanat ti, sef drwy'r amser mwy neu lai, ro'n i'n ysu i wneud yr hyn a addewais i Mam fyddwn i ddim yn ei wneud; ceisio helpu. Yn enwedig diwrnod y blydi cyfarfod hwnnw o Warcheidwaid y Gwyrdd-diroedd a oedd yn rhoi cymaint o strès i fi. Os dylai unrhyw un fod wedi bod yno yn ymladd i achub y lle yma, ti a dy dad oedd y rheini.

Ac os allet ti ddim, neu os na fyddet ti, ro'n i'n gwybod bod yn rhaid i fi fod yno, ond ro'n i'n teimlo mor unig. Ro'n i'n trio sortio yn fy mhen i beth byddwn i'n ei ddweud i achub ein tir, ond y cyfan ro'n i'n gallu meddwl amdano oeddet ti.

Wrth ddringo'r grisiau i fyny i fflat Om meddyliais i faint oedd wedi newid ers iddo symud i mewn. Ro'n i'n arfer bod yn fentor iddo fo, rŵan fi ydy'r un sy'n pwyso arno fo. Ro'n i'n deall pam roeddet ti'n gymaint o ffrindiau efo Om. Mae fel petai o'n ei adnabod ei hun yn well nag unrhyw un ohonon ni.

Pwysais fotwm ei *intercom* ac ar ôl ychydig daeth Om at y drws yn edrych dan straen. Dywedodd ei fod yn ddrwg ganddo ond allai o ddim dod wedi'r cyfan achos bod ei fodryb o'n sâl. Gofynnais iddo fo a oedd angen help arni o gwbwl ac yna dywedodd y peth mwyaf rhyfedd. "Ddim ond i fi fod yn barod pan fydd y cysgodion yn cwympo."

Baglais yn ôl i lawr gyda fy nghoesau'n drymaidd. Erbyn i fi sefyll yn y cyntedd concrit hwnnw y tu allan i dy ddrws di, ro'n i'n crio'r glaw am ba mor unig ro'n i'n teimlo, am faint ro'n i dy eisiau di wrth fy ochr i ac er cof am y dyddiau hynny pan oedden ni'n hedfan ac yn chwerthin ac mor llawn o fywyd a heulwen.

Daeth dy fam allan o'ch fflat chi, gan dynnu cês bach ar olwynion. Roedd hi wedi synnu fy ngweld i yno. Nodiais arni ac ro'n ar fin brysio ymlaen, achos doedd hi ddim hyd yn oed wedi edrych arna i ers iddi fy ngalw i'n slei, ond yna gwenodd a sylweddolais i nad o'n i wedi gweld golau fel yna yn ei llygaid ers talwm. "Orla cariad, mae'n ddrwg gen i am sut dwi wedi bod. Ddylwn i ddim bod wedi pigo arnat ti."

"Mae'n iawn." Ro'n i'n wyliadwrus ond mi gynigiais help beth bynnag, "Os oes unrhyw beth y galla i a Mam ei wneud ..."

"Oes, mae 'na!" Rhoddodd Janice law ar fy mraich i. "Dwi wedi gadael nodyn i Kai. Mae o'n cysgu'n drwm ac allwn i mo'i ddeffro fo." Mae hi'n rholio'i llygaid. "Ond os ydy o'n dod i'r golwg heno elli di ddweud wrtho fo 'mod i wedi cael galwad i fynd a threulio cwpwl o ddiwrnodau efo Dexter. Mae'r doctor yn meddwl ei fod chydig bach yn well. Mae Frankie yn picio heibio i drwsio ffenest yn ystafell Kai ond ..." Edrychodd tuag at ei drws ac ochneidio. "Cadwa lygad arno fo, wnei di Orla? Dwi'n meddwl bod gan dy fam allwedd sbâr o hyd." A chyn i fi allu ateb roedd hi wedi mynd i'r gwyll.

Drysodd hyn fi. Ro'n i'n teimlo piti dros dy fam ond hefyd rhywfaint o ddicter hefyd o feddwl ei bod hi'n meiddio rhoi hyn i gyd arna i! Pwysais yn erbyn y wal y tu allan i'ch fflat chi am hydoedd. Ro'n i'n amau fy hun achos rŵan ro'n i'n gwybod dy fod di ar dy ben dy hun, ond yn teimlo mai dyma fy nghyfle i ddod i siarad efo ti. Meddyliais, *Pam ar y ddaear dwi'n mynd i gyfarfod?* Roedd geiriau Om yn rhedeg trwy fy meddwl. *Bod yn barod pan fydd y cysgodion yn cwympo* ... Onid dyna beth ddylwn i fod yn ei wneud ar hyn o bryd i Kai?

Yna anfonodd Zak neges destun i ofyn ble ro'n i achos bod y cynghorydd wedi cyrraedd yn barod ac roedd ei gadw fo i aros yn anghwrtais. Do'n i ddim yn meddwl yn gall, yn teimlo fel bod y waliau'n cau amdana i felly meddyliais fyddwn i ddim yn gallu bod yn fawr o help i ti beth bynnag. Penderfynais wedyn y byddwn i'n mynd i dy weld di yn y bore ac yn trio siarad, beth bynnag fyddai'n digwydd.

Ro'n i'n hwyr a'r golau'n pylu'n gyflym yn barod, ond roedd yn rhaid i fi weld coeden Swla i fy atgoffa i mai ein brwydr ni oedd hon. Tra o'n i'n sefyll yno, ro'n i'n ei deimlo … Roedd yr holl dristwch o'i cholli hi wedi'i gladdu yn y ddaear, ond hefyd yr holl obaith oedd wedi'i roi ynddi. Roedd fel petai cerdded drwy ein Gwyrdd-diroedd wedi gwneud i fi weld bod popeth yr oedden ni'n ei wneud i achub y tir hwn hefyd yn ymwneud â'n hachub ni, parchu'r gorffennol a buddsoddi yn ein dyfodol. Ac ro'n i'n gwybod beth roedd angen i fi ei ddweud a'i wneud.

Disgleiriais fflachlamp y ffôn, dewis deilen a'i rhoi yn fy mhoced, gan feddwl y byddwn yn ei rhoi i ti ac yn cymryd darn bach o Swla efo fi i'r cyfarfod hefyd.

Fe wnes i osod rhyw fath o brawf i fi fy hun, ti'n gwybod – fel ro'n ni'n arfer ei wneud pan oedden ni'n blant. Os galla i redeg i fyny ein Gwyrddlas Fryn mewn llai na munud yna fe fydda i'n cael lwc dda, y math yna o beth. Er 'mod i'n gwybod bod hyn yn beth gwallgof, penderfynais gerdded trwy'r Gwyrdd-diroedd yn y tywyllwch ... mae'n debyg mai dyna'r peth agosaf y gallwn i ei wneud at gerdded gyda thi.

Roedd yn iasol o dawel wrth i fi deimlo fy ffordd oddi wrth ganghennau rhewllyd, pigog coeden Swla gyda dim ond golau fy ffôn yn gwmni.

Y tu ôl i fi, daeth golau balconi Om ymlaen. *A wnaeth o hynny i fi?* Wrth i fi droi'n ôl collais fy ngham a sgrialu i lawr y llwybr, llithro ar fy mhen ôl i'r dde i'r Bwth, gan felltithio fy hun achos 'mod i wedi gwisgo'n smart i gwrdd â'r cynghorydd.

Ro'n mewn lle rhyfedd y noson honno, Kai, ac roedd y Bwth yn fy nhynnu i tuag ato, fel petawn i wedi cerdded yn ddwfn i ogof atgofion. Bron i fi dagu wrth i fi wthio'r drws ar agor achos yr holl ddrewdod ac yna gwelais fechgyn y cysgodion yn pwyso yn erbyn yr hen wely, a'u llygaid yn goch. Wedi cymryd gormod o fwg i godi eu pennau. Mi symudon nhw pan welson nhw fi.

"Helo, cariad ... Chwilio am ffag? Tyrd i'r parti? Do'n i ddim yn gwybod bod Kai yn dod â'i gariad o lawr yma! Bastad bach budr. Wel, os 'di hi'n eiddo iddo fo, mae'n eiddo i ni, deall be dwi'n ddeud, Zig?" Triodd afael ynof i ond roedd ei ddwylo'n chwifio'n wyllt.

Mi giliais i, a'r cyfan wedi codi pwys arna i. Ro'n i wedi gweld digon: waliau wedi'u pentyrru gyda beiciau newydd sbon sgleiniog eu golwg, ac ro'n i'n teimlo'n sâl efo'r hyn roeddet ti wedi'i wneud i'n Bwth ni, Kai – ffau i ladron a chyffuriau. Trion nhw redeg ar fy ôl i, ond roedd rhyddhad yn drech nag ofn gan ei bod yn amlwg nad o'n nhw mewn unrhyw fath o stad i redeg wrth i fi sgrialu o amgylch ochr y Bwth ar fy mhedwar, gan ddilyn reilins yr ysgol.

Efo darn o bren, curais fy ffordd drwodd, gan ddymuno y gallwn i redeg ymhell o'r Gwyrdd-diroedd a'i holl gysgodion. Doedd geiriau dy dad am adenydd anghytbwys yn gwneud dim synnwyr i fi o'r blaen, ond mi deimlais i'r peth y pryd hwnnw ... Y lle olaf yn y byd ro'n i eisiau camu iddo'r noson honno oedd bywyd clyd Zak. Ro'n i'n deall pam roeddet ti'n ddig efo fo, ond yn bennaf ro'n i'n ddig efo ti ... am ei gwneud hi mor anodd i fi dy helpu di.

Erbyn i fi gyrraedd drws Zak, ro'n i'n fŵd o 'nghorun i fy sawdl. Bron i fi gwympo i freichiau Zak pan agorodd o'r drws.

Daeth Faith drwodd, cymryd un olwg arna i a 'nal i yn ei breichiau hi. "O, Orla! Be yn y byd sydd wedi digwydd? Ro'n i'n meddwl dy fod di'n dod gyda dy fam. Dim Gisou nac Om?"

"Doedden nhw ddim yn gallu dod ond dwi'n iawn. Des i ar hyd y llwybr trwy'r Gwyrdd-diroedd am ysbrydoliaeth ond fe wnes i ... syrthio. Alla i fenthyg dillad glân? Dwedwch wrthyn nhw y bydda i'n barod i siarad mewn deg munud."

Rhoddodd Faith ochenaid o ryddhad ac ofynnodd hi ddim mwy o gwestiynau i fi, er y gallwn ddweud ei bod hi eisiau. "Zak, dos di i siarad efo nhw," gorchmynnodd. "Mi helpa i Orla i gael hyd i dywel ar gyfer cawod, ac ychydig o ddillad."

Doeddwn i erioed wedi cael cawod o'r fath yn fy mywyd – dim ond diferion sy'n dod o'n cawod ni. Helpodd y dŵr poeth i ddileu rhywfaint o'r trymder yn fy nghalon i. Gallwn i fod wedi aros yno am oriau, gan faldodi fy hun gydag olewau a sebon persawrus Faith. Am eiliad bu bron i fi anghofio bod gen i waith i'w wneud.

Sychais fy hun yn gyflym a gwisgo'r crys chwys a'r *joggers* roedd Faith wedi'u hestyn i fi ac, wrth i fi roi fy nillad budr mewn bag plastig, hedfanodd y ddeilen o goeden Swla allan. Codais i hi wrth fynd heibio i ystafell wely Hope a'i dal yn dynn yn fy llaw.

Pan gerddais i mewn i'r ystafell fyw, roedd y bwrdd yn llawn dogfennau a phapurau. Roedd Faith wedi cadw lle wrth ei hymyl ar ben y bwrdd ac roedd llefydd gwag ar hyd y meinciau i Mam, Gisou ac Om. Ro'n i'n teimlo ein bod ni wedi'i siomi hi. Esboniais eu bod nhw i gyd wedi ymddiheuro. Wnes i ddim dweud wrthi 'mod i heb wahodd fy mam, achos doeddwn i ddim eisiau iddi fynd i dŷ Zak. Peidiwch â chamddeall: does gen i ddim cywilydd o sut rydyn ni'n byw, jyst y ffordd yr oedd mam a thad Zak yn mynnu 'mod i yn eu galw'n Faith a Joel ac yn fy nhrin i fel eu merch nhw. Ro'n i'n meddwl y byddai Mam yn casáu hynny, er 'mod i'n gwybod y byddai hi wedi bod yn falch o weld 'mod i'n cymryd yr awenau yn yr ymgyrch.

Gwenodd Faith yn galonogol. Ro'n i'n ei pharchu hi am fy nghymryd i o dan ei hadain er ei bod hi'n amlwg bod tyndra rhyngof i a Zak. Serch hynny, teimlais ddicter yn codi ynof i tuag at bawb oedd yn eistedd o amgylch y bwrdd, hyd yn oed ati hi. Ro'n i'n gweld pethau'n glir. Iddyn nhw, roedd achub y Rec a'n darn bach ni o goed y Gwyrdd-diroedd yn teimlo fel rhyw fath o weithgaredd cymunedol. Petaen nhw'n colli, beth fyddai hyn yn ei olygu mewn gwirionedd i unrhyw un ohonyn nhw? Troais at Zak a gwgu, gan gofio mai'r hyn oedd yn ei boeni fo am golli'r Rec oedd meddwl ble byddai o'n chwarae pêl-droed.

Roedd un person newydd wrth y bwrdd a chymerodd dipyn o amser i fi ei adnabod heb ei iwnifform. Swyddog Heddlu Cymunedol yr ysgol – Yannis. Ar ôl yr hyn ro'n i newydd ei weld yn y Bwth, doedd y ffaith ei fod o yma ddim yn ei gwneud hi'n haws. "Ro'n i'n meddwl bod ti wedi dweud bod y cynghorydd yma!" sibrydais.

"Yannis ydy'r cynghorydd newydd!" esboniodd Zak, gan dapio'i draed. Roedd yn dal i edrych arna i, heb fod yn siŵr bellach sut i 'narllen i neu efallai y gallai ddweud 'mod i ar fin ffrwydro. Roedd ei dad yn paldaruo am sut y gallai o ysgrifennu erthygl a chael sylw'r wasg. Doeddwn i ddim wir yn canolbwyntio yn y cyfarfod. Roedden nhw'n gweithio drwy eu hagenda: coed, ystlumod, coetir, rheoliadau cynllunio, mynediad, parcio, llygredd, cigfrain a hawliau trigolion ... Dyna drefn yr agenda. Gwnaeth i fi fod eisiau codi a gadael. Ond dyna ble'r o'n i, yn ysgrifennu'r cofnodion.

Roedd rhywun yn dweud, "Efallai mai ein bet gorau ni ydy'r adroddiad am y 'stlumod," ac ysgrifennais hwnnw, gan feddwl tybed a oeddwn i'n sownd mewn rhyw realiti amgen. Roedd fel petawn i'n edrych i lawr arna i fy hun yn niwl ysgafn yr ystafell honno ac yn sydyn ro'n i'n gwybod nad oedd hi'n iawn o gwbwl bod y cyfarfod hwn yn digwydd yma a ddim yn y Gwyrdd-diroedd.

"Hyd yn hyn dwi'n meddwl bod y cyngor wedi bod yn eithaf rhesymol," meddai Yannis a darllenodd eu hatebion i'n gwrthwynebiadau. Roedd y cyngor wedi rhoi sicrwydd:

- **Ni fydd y llwybrau cerdded na mynedfeydd i'r ysgolion trwy'r Rec yn cael eu peryglu.**
- **Bydd rhan o'r Rec yn cael ei gadw at ddibenion hamdden y gall y ddwy ysgol leol elwa ohonynt.**
- **Gellir addasu'r "llwybr/ffordd mynediad" i'r tri bloc tai a fwriedir gyda safleoedd parcio er mwyn osgoi difrod i goed hynafol a bywyd gwyllt.**

"Orla, hoffet ti ddweud wrth y cynghorydd beth roeddet ti'n bwriadu ei ddweud?" Syllais yn ôl ar Faith yn wag, felly gofynnodd hi eto. "Mae Orla wedi paratoi araith ar ran trigolion fflatiau'r Gwyrdd-diroedd." Gwenodd Faith arna i'n ddisgwylgar ac roedd yr holl eiriau ro'n i wedi bod yn eu hymarfer ar y ffordd wedi'u drysu yn fy mhen. Agorais fy llaw chwith a dal y ddeilen wedi'i gwasgu i fyny atyn nhw.

"Beth am goeden Swla?" Rhwygodd yr un cwestiwn hwnnw allan achos roedd colli Swla fel golau llachar yn fy meddwl bob tro pan o'n i'n ymladd dros y Rec.

Gosododd Faith law gysurlon ar fy mraich a meddyliais am Hope fach i fyny'r grisiau yn swatio yn ei gwely clyd. Mi welais y boen yn llygaid Faith hefyd ac ro'n i'n gwybod ei bod hi'n teimlo annhegwch y cyfan, felly mi wnes i bwyllo ychydig.

Ond yna daeth y ddau bwynt olaf ar yr agenda.

"Adroddiad yn cwyno am weithgaredd tramgwyddus a throseddol mewn coetir. Asesiad risg o weithgaredd troseddol."

Pan ddarllenodd tad Zak hwn yn uchel gallwn deimlo Yannis yn craffu arna i. Y cyfan y gallwn i feddwl amdano oedd faint o drafferth y gallet ti fod ynddo. A phan feddyliais i na allai pethau fynd yn waeth, soniodd Joel wrth Yannis fod ei feic newydd sbon wedi cael ei ddwyn a theimlais 'mod i'n mynd i fethu fy rheoli fy hun.

Nodiodd Yannis. "Dy feic di ydy'r deunawfed beic gafodd ei ddwyn yn ystod y mis diwethaf. Mae hyn bron yn sicr yn gysylltiedig â grŵp o bobl ifanc wedi'u gwahardd sydd wedi symud i'r ardal. Cawson ni gŵyn gan un o'r trigolion a oedd bron â chael ei daro y diwrnod o'r blaen gan fachgen yn mynd ar ei feic i lawr y ffordd heb oleuadau. Os ydyn ni am wella pethau mae angen i ni wneud yn siŵr nad oes mwy o weithgarwch troseddol o amgylch y Gwyrdd-diroedd." Edrychodd Yannis arna i'n syth pan ddywedodd o hynny. "Mae arna i ofn bod rhaid i fi fynd rŵan. Anfonwch y cofnodion ata i ac mi wna i ddal ati i geisio eirioli ar ran y gymuned. Dwi'n byw yma hefyd, i chi gael deall."

Unwaith iddo fynd, roedd rhywfaint o glebran ynghylch pa mor lwcus roedden ni i'w gael ar ein hochr ni. Ac wedyn yr hyn wnaeth fy ngwylltio i ... wn i ddim pwy ddywedodd o ond dwi'n gallu cofio'r geiriau. "Ynghylch yr enw – Gwarcheidwaid y Gwyrdd-diroedd. Allen ni ddim dod o hyd i rywbeth mwy ... bachog i gynyddu lefel y gefnogaeth leol angenrheidiol gan yr ardal gyfan? Ac efallai newid y logo? Dwi'n gwybod bod cigfrain Om i fod i edrych fel gwarcheidwaid ond mae rhai pobl yn gweld cigfrain braidd yn fygythiol. Fe allai ddigalonni pobl …"

Yn sydyn ro'n i ar fin ffrwydro ar ran Om. Ni oedd biau hyn, a rŵan roedden ni'n ei golli, hyd yn oed yr enw roeddet ti wedi'i roi iddo. Dy ddarganfyddiad di a dy dad oedd o. Chi oedd y gwarcheidwaid gwreiddiol. Rŵan roedd popeth yn cael ei gymryd oddi arnon ni a fi oedd yr unig un yma o'r Gwyrdd-diroedd gyda llais yn y mater.

Edrychais o gwmpas waliau Zak oedd wedi'u gorchuddio â darluniau a phosteri llachar, silffoedd llyfrau'n sigo o dan eu pwysau, a theimlais ryw nerth yn cronni yn fy mol. Mae'n debyg mai math o hyder oedd hyn.

Do'n i ddim yn gallu gwrando ar eu siarad, siarad, siarad mwyach. Gwthiais fy nghadair yn ei hôl, ei chicio, a chlywais hi'n disgyn i'r llawr y tu ôl i fi. Roedd Faith ar ei thraed hefyd, â phryder yn ei llygaid wrth i fi wylltio. "Allwch chi ddim hyd yn oed achub bachgen pan mae'n sefyll y tu allan i giât eich ysgol chi ac yn crio i chi ei adael o i mewn iddi. Chi jyst yn ei wylio fo'n llithro i ffwrdd ac yn cerdded heibio'n eich blaenau ac, ac …" Ro'n i'n dechrau tagu ac yn methu cael gair arall allan.

Roedd sibrwd o 'nghwmpas i. Daeth Faith a Joel â'r cyfarfod i ben. Roedd Faith yn trio fy nghael i eistedd a siarad, gan f'atgoffa ei bod hi wedi trio popeth, ond ro'n i'n benderfynol. Yn y diwedd dywedodd Joel wrth Zak am gerdded adref gyda fi, gan fy anwybyddu i'n trio dweud 'mod i *eisiau* cerdded yn ôl ar fy mhen fy hun.

Wrth y drws dywedodd Faith ei bod yn deall pa mor flin roeddwn i, ond roedd hi'n biti na wnes i allu rheoli fy hun yn y cyfarfod. Allwn i ddim, Kai. Y cyfan ro'n i eisiau yr adeg honno oedd troi amser yn ôl at y diwrnod y gwnes i dy droelli di ar y siglen, mewn cyfnod o heulwen. Y cyfan ro'n i eisiau gwneud oedd ein troelli ni'n ôl i'r amser hwnnw pan oeddwn i, ti a Zak yn chwarae yn ein ffau a phopeth yn teimlo'n ddiniwed.

Cerddodd Zak a fi mewn tawelwch. Heibio'r fynedfa i rodfa'r ysgol ag olion ein hatgofion ni arni. Cynradd ac uwchradd … Roedd fel petai ein bod yn cerdded trwy ein bywydau ni'r noson honno. Mor rhewllyd o oer, mi allet ti deimlo'r llonyddwch. Atseiniai'r tawelwch yn fy nghlustiau fel larwm. Rwyt ti'n gwybod nad ydw i erioed wedi bod yn rhy hoff o dy gigfrain di ond roedd yn rhyfedd peidio â'u gweld na'u clywed nhw.

Daliodd Zak ati i fy annog i siarad. Cynigiodd ei gôt i fi ond fe wrthodais i. Gofynnodd dro ar ôl tro, "Ti'n gwybod beth sy'n digwydd efo Kai? Jyst dwed wrtha i! Beth alla i ei wneud?"

"Ti'n meddwl 'mod i'n mynd i ddweud wrthyt *ti*?! Ti yw'r rheswm mae o wedi'i wahardd o'r ysgol," brathais o'r diwedd.

Yr unig un ro'n i eisiau bryd hynny oeddet ti, Kai, ac roedd Zak yn gwybod hynny. Ro'n i wedi fy rhwygo'n ddarnau. Meddyliais am gariad … Gwahanol fathau o gariad, cariad brawd a chwaer, cariad at Swla wedi'i chladdu o dan goeden cyn i'w bywyd ddechrau, hyd yn oed, dy gariad di at dy dad yr oedd ei feddwl wedi hedfan, cariad sy'n dy losgi di tu mewn ac allan. Ydw, Kai. Dwi'n sôn am gariad atat ti. Do'n i ddim yn gwybod y ffyrdd y gallen i garu bryd hynny ond dwi bob amser wedi dy garu di, hyd yn oed os nad oedd yn y ffordd ro't ti eisiau i fi wneud. Roedd beth roeddet ti'n ei wneud i ti dy hun, ac i ni'n dau, yn torri fy nghalon i.

Y tu allan i'n fflat fe driodd Zak fy nal i ond tynnais i ffwrdd a wnes i ddim dweud beth ro'n i eisiau ei ddweud. Pan oedden ni'n iau, roedd o wir yn teimlo ein bod ni'n gyfartal. Ffrindiau am byth na allai dim na neb byth ein gwahanu ni. Ond doedd hynny ddim yn wir yr adeg honno. Troais oddi wrth Zak a slamio'r drws metel tu ôl i fi heb ddweud dim byd, dim gair, ac roedd y ddau ohonon ni'n gwybod, beth bynnag oedd wedi bod rhyngof fi a fo, roedd o wedi dod i ben.

Pan dawelais o'r diwedd, mi sylweddolais y dylwn i aros tan y bore i siarad â ti.

Ond hyd yn oed yn fy nghwsg gwelais fflamau a chysgodion. Rwyt ti'n diflannu i fwg, a'r cigfrain yn dod fel negeswyr, yn sgrechian arna i i ddod o hyd i'r allwedd.

Y noson honno oedd y tro cyntaf i fi gael yr hunllef sydd wedi fy aflonyddu sawl gwaith ers hynny. Ti'n gweld, Kai! Ddim ti oedd yr unig un i deimlo'r rhagfynegi hwnnw.

Pan ddeffrais i, roedd hi ar fin gwawrio, ac ro'n i'n gwybod bod yn rhaid i fi dy weld di, i siarad efo ti ar unwaith. Dod o hyd i ffordd drwodd, i glirio'r llanast. Yn y tywyllwch mi agorais ddrws y balconi a dy glywed di'n clecian o gwmpas islaw, fel petaet ti'n dryllio'r lle. Ro'n i'n meddwl dy fod di'n wallgof, fel arfer. Caeais y drws, plygio fy nghlustffonau i mewn a chofio'r allwedd yn fy mreuddwyd a'r hyn a ddywedodd Janice, fod ganddon ni un sbâr. Y peth olaf a feddyliais cyn i fi fynd i gysgu o'r diwedd, gan feddwl tybed ym mha fath o gyflwr ro't ti ynddo: *Os na fyddi di'n dod at y drws, bydda i'n chwilio am yr allwedd i'w agor.*

Kai

Dwi'n deffro i sŵn pigo ar y ffenest sydd wedi torri. Mae Bwa yn crawcian y tu allan. Ro'n i'n siŵr eu bod nhw wedi cysgu yma neithiwr ond efallai 'mod i wedi'u gollwng nhw allan. Petai Mam yn dod o hyd iddyn nhw ac yn gorfod eu gollwng nhw byddwn i mewn trwbwl mawr.

"O't ti'n cysgu fel babi! Mi adawon ni ein hunain i mewn – dim ond agor drws y balconi. Hawdd!"

Dwi'n taro fy nwylo i yn erbyn fy nhalcen. Ddim hyn eto.

Dwi'n codi fy mhen oddi ar y gobennydd a dyna pryd dwi'n gwybod ei fod yn waeth na chigfrain yn fy meddwl. Taz sydd yna, yn sefyll yn nrws yr ystafell wely efo Zig wrth ei ochr.

"Do'n i ddim yn disgwyl i dy gigfrain di ymosod arnon ni."

Dwi'n syllu o Taz i Zig, calon yn curo, yn crynu, yn methu deall dim o hyn.

"Mi welson ni dy fam yn gadael felly ro'n ni'n meddwl ei bod hi'n hen bryd i ni ddod i dy weld di gartre!" Mae Taz yn dal nodyn. "Wedi mynd i weld dy dad, felly mae ganddon ni le i ni'n hunain am ddau ddiwrnod cyfan!"

Mae fy mrest ar dân. Dwi'n straffaglu allan o fy ystafell wely a'i weld o'n ei wneud ei hun yn gyfforddus wrth fwrdd y gegin.

"Da iawn ti am gael y cwrw i mewn!" Mae Taz yn chwerthin, yn llowcio'r cwrw.

"Beth wyt ti eisiau gen i?" dwi'n brathu.

Mae Taz yn symud i gadair Dad lle nad oes neb wedi eistedd ers y diwrnod hwnnw yr aeth o i ffwrdd. Fydd Mam ddim hyd yn oed yn gadael i Frankie eistedd yno. Rŵan mae'n rhoi ei draed budr ar y bwrdd ac yn rhoi'r glustog ar gadair Mam i fi ddod i ymuno efo fo. Mae Zig yn sefyll yn ôl, yn camu yn ei unfan o'r naill droed i'r llall. Dwi ddim yn symud felly mae Taz yn rhoi'r nod i Zig ac mae'n fy ngwthio i eistedd.

"Mi ges i ymweliad bach gan dy gariad bach tlws i fyny'r grisiau!"

"Dydy hi ddim …"

Mae Taz yn rhoi ei fys ar fy ngwefusau. "Wnes i ofyn i ti siarad? Y peth ydy, Kai, 'dan ni wedi bod yn meddwl pa mor garedig 'dan ni wedi bod a 'dan ni ddim wedi gorffen efo ti eto. Dyma'r set orau o adenydd rydyn ni erioed wedi rhoi ein dwylo arnyn nhw –" mae'n troelli olwyn beic sy'n cael ei daflu ar y llawr – "ac i ti maen nhw. Y cyfan sy'n rhaid i ti ei wneud ydy gofalu am ein siop fach ni a gwneud yn siŵr nad ydy dy gariad di'n sôn gair am y beiciau." Mae Taz yn cymryd cyllell fach finiog o'i boced. "Oni bai ei bod hi eisiau cael blas bach o hon!"

Dwi'n teimlo'n sâl. "Gadwch lonydd iddi!"

"Dweda wrthi ein bod ni'n gwybod ble i ddod o hyd iddi os bydd hi'n prepian! Mi wnaeth hi ffafr â ni, fel mae'n digwydd. Gwneud i ni feddwl am ddiogelwch. Fe wnaethon ni brynu clo clap er mwyn i ti allu gofalu am yr olwynion sy ganddon ni. Ti'n gallu gweld popeth oddi yma." Mae Taz yn chwerthin arna i. "A 'dan ni'n gwybod cymaint rwyt ti'n caru dy adar di! Mae honno'n storfa ddiogel berffaith – dweda wrth dy gariad a dy hen ffrindiau i beidio â mynd yno."

Dwi'n sefyll yn sydyn, pen yn troelli. "Dwi wedi dweud wrthyt ti, Taz, dwi ddim eisiau dim byd i'w wneud efo'r beiciau ... dwi ddim yn rhan o hyn. Ewch â nhw yn ôl, a hwn hefyd. Dwi ddim eisiau— "

"Na, sbia, 'dio ddim mor hawdd â hynny, mêt."

Mae Zig yn sefyll y tu ôl i fi, yn gosod dwy law ar fy ysgwyddau ac yn fy ngwthio i'r lawr.

Dwi'n clywed fy nghalon i'n rhuo, a dwi prin yn nabod y geiriau sy'n crafu fy ngwddf. "Ewch allan, ewch allan!" Dwi'n hyrddio'r geiriau atyn nhw fel crawc frawychus cigfrain yn rhybuddio.

Mae Taz yn llithro potel o gwrw ata i. "Be ddiawl! Bydd ddistaw. Ti wedi treulio gormod o amser efo'r adar 'na."

Hedfana, Kai, hedfana.
Ceisia, Kai, ceisia.
Hedfana, Kai, pam lai?!

"Be ddwedodd o?" mae Taz yn gofyn, efo'i ddannedd yn sgyrnygu'n fygythiol.

"Tyrd, Taz! Mae o wedi drysu. Gad i ni fynd cyn iddo'i cholli hi'n llwyr. Beth os bydd rhywun yn clywed?" Mae Zig yn casglu'i bethau, ond mae Taz yn dal i syllu'n syth ata i, gan gymryd swig hamddenol arall o gwrw.

"Ti'n gweld, Kai, dyma sut mae hi rŵan. Dwi ddim yn meddwl bod ti'n deall. 'Dan ni'n dy drystio di ac mae arnot ti un i ni. 'Dan ni eisiau ... profi ein bod ni *wastad* yma i ti. Ti ydy ein brawd ni rŵan, Kai, a 'dan ni byth yn siomi teulu."

"Na, Taz!"

Mae Zig yn camu ymlaen i fy amddiffyn i ond mae'n rhy hwyr. Dwi'n gweld y gwreichion yn llygaid Taz ac mae'n dod ata i.

Dwi'n tagu wrth deimlo metel trwm ar dalcen.
Gwaed yn arllwys,
llygaid yn llosgi
gyda grym yr ergyd,
baglu dros gorff metel y beic.
Golau'n pylu.
Zig yn y pellter yn pledio ar Taz i stopio.
"Tyrd, Taz, dyna ddigon – ti wedi dangos iddo pwy 'di'r bòs.
Gad i ni fynd allan o'ma."

Mae Taz yn daran uwch fy mhen, yn dal fy ngarddwrn ac yn ei throelli'n galed. Mae fy meddwl yn crynu eto a'r peth nesa dwi ar y llawr, ei draed bob ochr i fi. Yna ei liniau yn gollwng yn galed ac yn drwm i 'mol i. Mae anadl wan yn saethu allan.

"Felly? Ti efo ni?"

Dwi'n ysgwyd fy mhen. Mae gwaed yn diferu i fy llygad.

"Dylai ychydig o sioc sydyn wneud y gwaith!" Fflach ei gyllell wrth fy llygad. "Rŵan te, allwn ni ddim dy gael di'n rhoi croeso i dy gigfrain, a ddim ni, allwn ni? Mae ganddon ni enw da i feddwl amdano fo." Mae Taz yn pwyso ymlaen, wyneb yn wyneb â fi rŵan, y llafn yn ymwthio allan rhwng bysedd ei ddwrn. Mewn fflach dwi'n gweld Dad ar y to, ei freichiau yn ymestyn allan fel adenydd cigfran. Dwi'n teimlo bod rhywbeth y tu mewn i fi'n cwympo, yn rhyddhau, a dwi'n troelli i lygad storm.

Dwi ddim mwy na fy llygaid,
yn barod, barod.
Mae llafn Taz yn sownd wrtho,
crafanc cath,
yn pwyso i mewn.
Anadl o gwrw, gwair a gwenwyn
yn llifo ohono.
Lleisiau'n un niwl.
Llaw yn stwffio ceg,
arogl petrol.
Brest yn brifo,

Dwylo'n fy nal i
lawr,
lawr,
lawr.
Llygaid yn syllu i mewn i lygaid.
Petruso, ofn, panig yn codi.

"Tyrd, Taz! Ni 'di gwneud digon i'w ddychryn o. Wnaiff o ddim ein siomi ni eto!"

"Cau hi, Zig. *Fi* sy'n dweud pan 'dan ni wedi gwneud digon!"

Llygaid ar agor,
chwilio am garedigrwydd.
Ydw i'n ofni?
Mae fy nghalon yn gyson rŵan,
pob curiad, yn fyddarol o uchel,
yn dyrnu
yng ngheudod fy mrest ac yn fy nghlustiau,
wrth fy nhalcen.
Ydy'r llafn wedi fy nhorri fi?
Ogof wag ydy fy nghorff.
Cartref i galon sy'n dal i guro.
Dal i anadlu.
Pa mor hir fydd hi, cyn i fi waedu i farwolaeth,
os bydd y llafn yn taro gwythïen?

"Iawn! Amser eillio!" Mae Taz yn llyfnu ei law dros fy mhen ac yn pwyntio at Zig. "Rhaid edrych yn siarp." Mae'n cyffwrdd yn ysgafn â llafn ei gyllell ac yn profi'r ymyl. Dwi'n dal fy anadl wrth i ewyn meddal orchuddio fy mhen, yna mae'n cydio yn fy ngwallt a dwi'n teimlo rhan ohonof i'n dod i ffwrdd – wn i ddim ai gwallt neu groen ydy o.

Eilliad ar ôl eilliad ar ôl eilliad.

Wrth edrych i mewn i lygaid Taz, dwi'n cael fy hypnoteiddio gan y canolbwyntio ar ei wyneb o.

Mae'n fy nal yn ei afael am hydoedd, fel llawfeddyg yn ymfalchïo yn ei waith. Mae Taz yn codi fy llaw i fy mhen er mwyn i fi deimlo. "Eilliad go dda, honna! Dim ond ychydig bach o waed yma ac acw!"

"Zig! Be ydy ein rheol bwysica ni?" mae Taz yn gofyn, gan edrych o'i gwmpas fel dyn sioe. Dwi'n trio codi fy hun ar fy mhenelinoedd ond mae Zig yn fy nal i lawr. Mae gwaed yn diferu i 'ngheg i o friw uwchben fy llygad ac mae fy mhen i'n troi.

"Peidio byth â chymryd adenydd yn ôl."

"Cywir! Gwranda ar Zig – mae o'n gwybod be 'di be."

Rŵan mae Taz yn codi fy siwmper a dwi'n teimlo'r aer oer ar fy nghroen wrth iddo anelu'r gyllell tuag at fy nghalon i.

Ydy hi'n wir eich bod chi ddim yn teimlo poen pan fyddwch chi'n cael eich trywanu'n rhy ddwfn? Amoeba un gell ydw i, fy unig bwrpas i rŵan ydy curiad y galon.

"Tro drosodd, mêt. Fydd hyn ddim yn brifo ... llawer!" Mae Taz yn gwthio fy ysgwydd a dwi'n teimlo troed yn fflat ar fy nghefn a llafn yn tyllu fy nghroen drosodd a throsodd ... dwi'n cau fy llygaid rhag y boen.

Mae Glaw yn rhywle uchel uwch fy mhen,
dwi'n meddwl,
neu y tu mewn.
Dwi'n teimlo ei adenydd cysgodol
yn curo yn fy mrest.
Nid Glaw ond llais Dad.
Edrych i'r disgleirdeb yn eu llygad,
Kai.
Ti'n gwybod beth sy'n rhaid i ti ei wneud, fy mab.
Dadglipio dy adenydd
a bydd popeth yn iawn eto.
Paid â chrio.
Hedfana, Kai,
hedfan ... pam lai?

I lawr, i lawr, i lawr dwi'n cwympo rhwng darnau wedi torri,
llwch, carreg, brics, gwaed, asgwrn.
Adenydd cysgodol Glaw
yn hedfan trwy dŵr hynafol i'r llawr.
Hwyl fawr, Kai, hwyl fawr.
Ble mae Bwa?

Nid ei hamser hi eto na dy amser di.
Paid â chrio, Kai.
Rhywle, draw dros yr enfys,
nodau hwiangerdd Dad
yn lleddfu Swla a fi,
dwi'n nofio i ffwrdd.

Amrannau yn agor.

"Diolch am y lletygarwch." Mae Taz yn dal dwylo gwaedlyd i fyny. "Tra o't ti'n cysgu fel babi fe adawon ni anrheg fach arall ar y balconi i ti. Meddwl bod ni wedi gwneud ffafr â ti. Mae Zig wedi bod i lawr ac wedi cloi'r drws, arbed y drafferth heno i ti." Mae'n arogli'r aer. "Gest ti ffag fach slei, Zig?"

"Dim ond un gyflym."

Mae Taz yn gwthio allweddi yn fy llaw, gan orfodi fy mysedd i gau o'u cwmpas. Wrth i fi dynnu i ffwrdd mae'n troelli fy ngarddwrn chwyddedig. Dwi'n griddfan mewn poen.

"Set o allweddi i ti ac mae ganddon ni rai hefyd. Cyd-berchnogi byddwn ni'n ei alw o. Gwna'n siŵr fod dy ffrindiau bach yn cael y neges i gadw eu trwynau allan neu byddwn ni'n ymweld â nhw hefyd!"

Mae'n rhoi'i law ar fy mhen moel i fel petawn i'n gi iddo fo. "Bachgen da. Wedi eillio'n lân rŵan. Llyfn fel pen-ôl babi."

Orla

Daliais ddeilen Swla drwy'r noson honno a deffrais i arogl pinwydd ffres a golau newydd y tu allan i fy ffenest i … golau eira. Agorais ddrws y balconi i'r haen gyntaf, gan feddwl y byddwn yn mynd i loncian a datrys pethau yn fy mhen cyn i fi ddod i dy weld di.

Ond daeth cri daer un gigfran i fêr fy esgyrn. Yna, wrth edrych i lawr, gwelais waed wedi'i wasgaru yn yr eira islaw.

Troellodd galwad y gigfran yn fy meddwl ac roedd yn ymddangos fel petai'n galw dy enw di. "Kai, Kai, Kai, Kai, Kai."

"Cadwa lygad ar bethau, Orla?" Roedd geiriau Janice yn chwarae trwy fy mhen. Clywais dy ffenest di'n agor a rhyddhad yn llenwi fy nghalon i …

"Ti'n iawn, Kai?" galwais, ond yr un mor gyflym fe gaeodd y drws eto ac yna bu tawelwch. Welais i ddim y gigfran yn hedfan oddi yno a do'n i ddim yn deall. Ond yna fe wawriodd arna i – mae'n rhaid dy fod di wedi'i gadael hi i mewn.

Rhedais i'r drôr lle mae Mam yn cadw'r holl allweddi a dod o hyd i'ch un chi yn y cefn gyda chylch allwedd y goron yn dal ynghlwm. Gafaelais ynddi a gwibio i lawr y grisiau. Triais yr *intercom*, curo ychydig o weithiau ac aros, ond clywed dim ond cigfran yn crawcian y tu mewn.

Agorais y drws a mynd i mewn. Roedd arogl cwrw a gwaed yn fy nharo a bron i fi dagu ar gyflwr y lle. Roedd eich fflat chi wedi'i orchuddio â budreddi olwynion beic, gwadnau esgidiau, diferion gwaed wedi tasgu ar y waliau a'r llawr. Roedd poteli o gwrw ar chwâl ymhob man. Roedd beic lliw arian yn pwyso yn erbyn y soffa. Ro'n i'n meddwl 'mod i wedi gweld y beic o'r blaen ... beic Joel. Ro'n i'n methu credu'r hyn ro'n i'n ei weld. Yng nghanol un o'r clustogau roedd rhywbeth fel nyth ond pan edrychais yn agosach gwelais mai cudynnau o wallt oedd o ...

Codais y gwallt a'i deimlo rhwng fy mysedd – dy wallt di, Kai. Dy wallt hyfryd hardd, trwchus, wedi'i gneifio i gyd.

"Kai?" Prin y daeth fy llais allan, wedi'i dagu gan ofn. Erbyn hynny ro'n wedi dychryn yn llwyr.

Eto ddaeth dim ateb o dy stafell wely. Rŵan ro'n i'n ymbalfalu am fy ffôn achos ro'n i'n ofni'n fawr yr hyn y byddwn i'n ei ddarganfod. Cymerais anadl ddofn, agor y drws a chamu i mewn.

Teimlais ryddhad yn llifo trwof fi pan welais i ti'n eistedd ar dy wely. Do'n i prin yn dy nabod di gyda dy ben wedi'i eillio, yn grachod ac yn waed i gyd. Roeddet ti'n syllu arna i â llygaid gwag, cigfran wrth dy ymyl a staeniau gwaed dros dy ddwylo, dy wyneb a'r dillad gwely. Petawn i wedi mynd heibio i ti ar y stryd, fyddwn i ddim wedi dy adnabod di, Kai. Roedd dy lygaid di wedi suddo'n ddwfn i byllau coch a phorffor, dy wyneb llawn gwaed wedi'i anffurfio gan dristwch.

Crynais wrth edrych ar y stafell. Roedd hi'n rhewi. Es o amgylch y wal gan fwriadu gadael y gigfran allan a chau'r ffenestri'n dynn, ond safodd yr aderyn yn gadarn, gan wneud sŵn byrlymu rhyfedd. Es ar draws y dodrefn a oedd wedi troi ben i waered, gan gamu dros bentyrrau o ddillad, llyfrau, staeniau hylif melyn a baw. Caeais fy ffroenau yn erbyn drewdod y pydredd a gwthio ymlaen i'r balconi, gan obeithio y byddai'r gigfran yn hedfan i ffwrdd o dy ymyl di, ond gwrthododd symud.

"Orla! Paid â'i chau hi allan. Mae hi wedi colli Glaw, does ganddi unman i fynd." Dechreuodd dagrau lifo i lawr dy fochau gwaedlyd.

"Iawn, iawn ..." dywedais yn dawel, gan adael y drws ar agor.

"Orla, paid byth, byth â mynd yn ôl i'r Bwth. Addo i fi. Dweda wrth Om hefyd."

Yna dechreuaist wneud yr un sŵn byrlymu a chlicio â'r gigfran. "Iawn, ond Kai, be wyt ti wedi'i wneud i ti dy hun?" Cerddais yn betrus tuag atat ti a'r gigfran. Roeddet ti'n syllu arna i gyda golwg syn a wnaeth i fi ofni. Fel petaet ti wedi hedfan i rywle arall. Roeddet ti'n crynu'n ofnadwy ac yn sibrwd. Mi ddilynais y gwaed dros dy dalcen i lawr dy freichiau at dy ddwylo a gweld bod un arddwrn allan o siâp ac yn gorwedd ar ongl ryfedd. Dyma ti'n cilio'n syth wrth i fi estyn allan, fel petawn i'n trio dwyn rhywbeth gwerthfawr oddi wrthyt ti.

"Aden doredig a llygad toredig," roeddet ti'n dal i fwmian dan dy anadl.

Ond wedyn fe ddaliodd rhywbeth arall fy sylw. Ymwthiodd plu rhwng bysedd dy law oedd heb ei hanafu a dyma fi'n eu hagor nhw'n dyner. Yr unig beth y gallwn ei wneud oedd ceisio peidio â thaflu i fyny at yr hyn a welais – corff cigfran wedi'i falu'n goch yn dy law waedlyd.

"Paid ag ofni'r cigfrain, Kai. Edrych i'r disgleirdeb yn eu llygad." Dyna dy eiriau di drwy'r adeg. Tynnais fysedd dy law arall yn dyner ar led, gan anwybyddu dy gwynion. Roedd yn rhaid i fi weld … ac yno mewn pwll o waed rhuddgoch roedd yr hyn a ofnais: pen toredig un o dy gigfrain gwerthfawr di.

Pwysais dros y balconi a thaflu i fyny dro ar ôl tro ar ôl tro.

"Rho fo 'nôl at ei gilydd eto, Orla, wnei di?" gofynnaist ti, gan siglo yn ôl ac ymlaen wrth i ti fagu'r aderyn ar dy lin fel petai'n fabi.

"Beth ddigwyddodd, Kai?"

"Mae'r awyr las wedi torri, Orla. Mae Glaw wedi marw. Maen nhw'n dweud bod yn rhaid i fi gymryd eu hadenydd nhw, ond dwi ddim eisiau gwneud hynny."

Roedd hi mor rhyfedd, fel ein bod ni'n blant eto, yn chwarae rhyw gêm erchyll – ond roedd hon yn un go iawn. Prin y gallwn i weld trwy fy nagrau, ond fe wnes i chwilio o amgylch llanast dy stafell i ddod o hyd i hen focs esgidiau ymarfer, ei leinio efo crys-T a thynnu'r aderyn o dy law yn dyner. Wnest ti ddim gwrthsefyll wrth i fi lapio'r pen y tu mewn, wrth i fi bron â thagu ar arogl melys, trwchus y gwaed.

"Gad i ni lanhau'r briwiau 'ma." Codais i ti'n dyner ar dy draed ond roeddet ti'n symud fel petaet ti'n cerdded yn dy gwsg wrth i ni fynd gyda'n gilydd i'r ystafell ymolchi.

Dadwisgais di'n araf, gan blicio'r siwmper waedlyd oddi ar dy groen heb wybod beth byddwn i'n ei ddarganfod. Petaet ti'n gallu gwneud hyn i dy gartref ... beth gallet ti ei wneud i ti dy hun?

Roedd toriadau amrwd, bas ar dy gefn, mewn siapiau lliw rhydlyd a oedd yn edrych fel olwynion ac adenydd. Ro'n i wedi gweld marciau fel yna o'r blaen, mewn graffiti ar waliau'r Bwth. Daliais fy anadl wrth i fi edrych ar bob un a gweld nad oedd yr un ohonyn nhw yn rhy ddwfn. Roeddet ti'n noeth rŵan, Kai, asennau ac esgyrn cluniau'n ymwthio trwy dy groen. Mi wnest ti bwyso'n drwm yn fy erbyn i wrth i ti ddringo i'r bath. Hedfanodd y gigfran a oedd ar ôl i fyny at reilen y gawod, gan syllu arnon ni. Roedd y ffordd roedd hi'n edrych arnon ni yn codi'r cryd arna i.

Gadawais i'r dŵr lifo dros dy ben a dy wyneb er mwyn golchi'r gwaed. Mi wingaist ti efo'r dŵr yn llosgi dy groen di. Meddyliais, *Sut mae'r Kai hardd, dewr, dawnus wedi dod i hyn?*

Ro'n i'n beichio crio. Ro'n i'n gwybod na allwn i dy adael di ar dy ben dy hun. Ddim am eiliad. Ro'n i angen bod yn agosach, felly dringais dros ymyl y bath a gadael i'r dŵr poeth olchi dros y ddau ohonon ni. Chwyddodd fy nillad fel balŵn wrth i ti gyrlio dy goesau a dy freichiau fel ffetws, a gosod dy ben ar fy mrest. Cwpanais ddŵr yn fy nwylo a'i dywallt dros y briw ar dy dalcen, nes i'r holl waed gael ei lanhau.

Roedd yn debyg i fi fod seremoni ddefodol ffiaidd wedi bod, efo'r gigfran yn rhyw fath o aberth. Ond ro'n i'n gwybod bod rhaid i fi dy lanhau di ac efallai trio clirio'r fflat cyn i fi alw am help. Wn i ddim pam roedd ein balchder ni'n dau yn teimlo mor agos, ond ro'n i'n methu gadael i neb arall dy weld di fel yna, yn llawn budreddi.

Es allan o'r bath, tynnu fy nillad gwlyb fy hun, cydio mewn côt wely i fi a dy lapio di mewn tywel.

Crynais wrth feddwl 'mod wedi cau fy llygaid i'r hyn oedd wedi bod yn digwydd i ti drwy'r amser, dim ond un llawr i ffwrdd oddi wrtha i. Rŵan dy fod di'n dawelach, dywedais wrthyt ti ei bod yn rhaid i fi fynd am help, ond fe wnest ti lynu ynof i fel petaet ti byth am ollwng gafael. Dyna pryd y dywedaist ti'r geiriau mwyaf rhyfedd.

"Dylwn i fod wedi'u rhybuddio nhw
pan gwympodd y fronfraith
cyn i'w hadenydd dyfu.
Dylwn i fod wedi'u rhybuddio nhw."

Codais y bocs esgidiau oedd yn cynnwys y gigfran farw yn ofalus ond dechreuodd yr un fyw godi'r fath ffws, ei hadenydd hi'n pwnio yn erbyn fy mraich, nes i fi ollwng y bocs yn ôl ar y gwely.

"Bwa, mae Orla yn ffrind i ni – fydd hi ddim yn ein brifo ni." Mi dawelaist ti'r gigfran, gan godi'r blwch-arch a gafael yn dynn ynddo. "Orla, elli di fy nal i? Fy lapio i yn yr heulwen?" A dyma ti'n estyn am flanced Swla o dan dy obennydd. Felly fe wnes i ei lapio o dy gwmpas di.

Allwn i ddim diodde'r boen o dy weld di fel hyn ac fe es i mewn i'r gwely wrth dy ymyl di. Dyma fi'n llwytho blancedi dros y ddau ohonon ni rhag yr aer oer oedd yn treiddio drwy'r ffenest. "Tyrd â Bwa hefyd," sibrydaist ti a neidiodd y gigfran ar dy wely di.

Caeaist dy lygaid, estyn llaw ataf a sibrwd, "Dwi'n dy garu di, Orla."

Roedd y geiriau mor feddal a thawel ro'n i'n meddwl efallai 'mod i wedi'u dychmygu nhw. Roedd fy llygaid yn llosgi'n boeth. Clywais dy anadlu yn newid fel petaet ti ar fin cysgu ac yna cofiais fy hyfforddiant cymorth cyntaf. "Rwyt ti wedi brifo dy ben, Kai. Ceisia aros yn effro tra bydda i'n mynd am help," ond roeddet ti wedi lapio dy hun o 'nghwmpas i, dy freichiau a dy goesau'n sownd yn fy rhai i, ac ym mlanced heulwen Swla.

Arhosa nes ei fod o'n ymlacio ac yna dos am help, dywedais wrtha i fy hun. Ond bob tro ro'n i'n trio symud roeddet ti'n codi dy law dda i gyffwrdd fy wyneb, gan redeg dy fysedd dros fy llygaid a fy mochau ac i lawr at fy ngheg fel petaet ti'n gweithio allan a oeddwn i yno go iawn.

"Ai angel wyt ti?" sibrydaist ti. Ysgydwais fy mhen ond, wrth gofio'r ddeilen o goeden Swla, gosodais hi yn dy law di. Yna daliais di, gan lyfnhau fy mysedd dros dy dalcen. Syllais i lygaid y gigfran fel petai'n gallu dangos i fi beth oedd yn rhaid i fi ei wneud, ac, fel y gwnes i hynny, aeth fy llygaid fy hun yn drwm.

Bwa

Ti'n gweld,
maen nhw wedi dienyddio Glaw
a byddan nhw'n cymryd dy ben di hefyd.
Rhaid i ti fynd, fachgen.
Ni allwn ni fod yn rhydd, ti a fi,
nes i ni ollwng y cigfrain yn rhydd.
Cofia, Kai,
all aderyn sy'n gaeth ddim canu.
Paid â gadael iddyn nhw ddwyn dy gerddoriaeth di.
Hedfana, Kai,
hedfana.

Act 3

*Hedfana, Kai,
Hedfana*

Omid

Mae mwy nag un ffordd o ddweud hyn. Eistedda gyda fi wrth ymyl coeden Swla, ac fe geisiaf siarad ar dy ran di mewn celf, fel dy frawd di. Gydag ysbryd dy chwaer di wrth ein hymyl ni. Dyma fy anrheg i.

Un diwrnod, efallai y byddi di'n gallu rhoi rhagor o eiriau i'r lluniau hyn, i stori'r adeg hon, ond am y tro bydd y rhain yn ddigon. Mae'r teimlad o ddechrau cyfathrebu fel dŵr yn dod o hyd i'w ffordd trwy graig galed … Os bydd yn dod i'r wyneb, bydd yn dod o hyd i le i lifo'n fwy rhydd, os nad rŵan, yna ryw ddydd.

Rŵan rydw i'n siarad â fy llygad Omid. Rydw i'n gwneud i ti yr hyn yr ydw i'n ei wneud i fi fy hun: gwrando'n ofalus a braslunio a braslunio nes bod y ddelwedd rydw i'n ei phlannu ar y dudalen yn dod â rhywfaint o'r stori yn ôl.

Orla

Agorais fy llygaid, a chodi'n sydyn oddi ar fy ngobennydd, yn ddryslyd, yn crafu 'mhen i gofio ble ro'n i. "Kai?" sibrydaf, yn chwilio'n wyllt amdanat ti.

Sut allwn i fod wedi mynd i gysgu?

Curodd fy nghalon i mewn panig wrth i fi edrych ar lanast gwaedlyd, truenus y man lle roedden ni wedi cysgu'r noson gynt. Clywais lais fy mam yn sgrechian yn fy nghlust a'r sioc ar ei hwyneb wrth iddi ddod i mewn i anhrefn dy fflat, a 'ngweld i'n sefyll yn ei chanol, yn gwisgo dim byd ond côt wely.

Ac roedd Frankie yno hefyd, yn gweiddi arna i. Chwilio rownd y fflat, yn galw dy enw di, yn mynnu gwybod, yn fy ysgwyd i allan o fy mherlewyg. "Ble mae o, Orla?"

Edrychais o'r ffenest agored lle roedd y gigfran fyw yn clwydo, at y gwely gwag. "Mae o wedi mynd!" dywedais i.

"Dos â hi allan, Holly," gorchmynnodd Frankie. "Mi wagia i'r adeilad."

Teimlais freichiau Mam o 'nghwmpas i, a'i chôt dros fy ysgwyddau. Rhoddodd rhywun fy esgidiau am fy nhraed a cherdded gyda fi allan o dy fflat di. Daeth drewdod i fy ffroenau yr un pryd ag y gwelais y mwg yn codi i'r awyr a rhewais mewn arswyd wrth weld ein Bwth ni ar dân. Goleuadau'n fflachio ar y ffyrdd, seirenau'n sgrechian. Roedd y gigfran roeddet ti'n ei galw'n Bwa yn hedfan o gwmpas coeden Swla fel petai hi'n ei gwarchod.

Daeth llais fy mam ata i. "Orla, ro'n i'n meddwl dy fod di yno yn y tân." Cydiodd ynof a daliodd fi yn ei breichiau, mor dynn nes prin y gallwn i anadlu. Yna daeth y môr o gwestiynau ond ro'n i mor ddideimlad gan oerfel a sioc.

Daeth Frankie allan o'r Gwyrdd-diroedd, gan helpu Om i gerdded efo'i fodryb Gisou. Roedd siôl dros ei hwyneb hi fel petai hi ddim eisiau gweld. Mi welais i hi'n crynu'n ofnadwy a darllenais i'r cwestiwn ofnus yn llygad Om. "Ble mae Kai?" sibrydodd, gan rythu ar y Bwth.

"Ti'n meddwl y gallai o fod i lawr yna?" gofynnodd Frankie gan fy ngorfodi i'w wynebu o. "Orla, ym mha stad oedd o pan welaist ti o?"

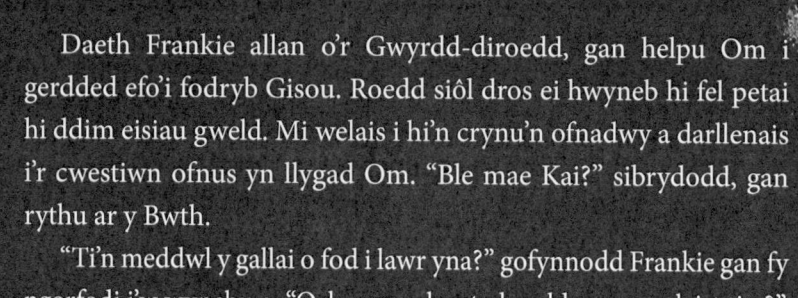

Rhwygodd geiriau toredig allan ohonof. "Ar chwâl … mi welais i rai eraill yna hefyd ddoe. Rhai o'r gang 'na, yn smocio." Yna roedd Frankie wedi mynd, gan weiddi ar y diffoddwyr tân eraill y gallai fod plentyn yno.

Ac fe dorrodd y gair hwnnw fi – "plentyn" – achos roedden ni'n dal i fod yn blant bryd hynny a ddylai dim o hyn erioed wedi digwydd.

Alla i ddim gadael Glaw ond mae dy olwynion di'n adenydd felly hedfana, Kai, pam lai?

Omid

Pan welodd hi'r tân, syrthiodd fy modryb i'r llawr. Roedd hi mewn panig ac yn llawn ofn, wedi cyrlio i lawr ar y palmant. Gwneud tarianau o'i dwylo, cuddio rhag cof am dân. O dan ei blancedi roedd hi'n llafarganu.

"Dim mwy o farwolaeth, dim mwy o farw ... Dim mwy o losgi, dim mwy o ddinistr, dim mwy o grio ..."

Mae'r gwynt yn gry'
ond dwi yma,
yn dawel ac unig
gydag adenydd wedi'u dwyn,
yn dal fy ngafael
gyda chrafangau toredig.
Yn anelu
at lygad gwaedlyd toredig
y storm.

Orla

Roedd Modryb Gisou mewn gofid difrifol. Roedd hi'n pwyso'n drwm ar Om ac yn crio. "Nid dyma'r tro cyntaf i ni ffoi rhag tân," esboniodd Om wrth Frankie. "Mae'n dod ag atgofion – fflamau'n rhy agos."

Pan oedden ni i gyd allan yn ddiogel, clywais Frankie yn ffonio Janice a dweud wrthi am ddod adref. Rwyt ti wedi'i gamddeall o, Kai. Dydw i ddim yn meddwl ei fod yn ceisio denu dy fam. Dwi'n gwybod ei bod hi'n anodd i ti gredu hyn, ond dwi'n meddwl ei fod o jyst cisiau helpu. Mae o'n achub pobl – dyna'i waith o. Roedd o'n siarad efo dy fam mor dyner a charedig, ac yn gofyn sut roedd dy dad di hefyd. Yn dweud wrthi am ddod adre a rhoi gwybod iddo pan oedd hi'n nesáu. Doedd o'n swnio fel dim byd ond cyfeillgarwch i fi.

Cyrhaeddodd Yannis a chymerodd fi ac Om o'r neilltu ac erfyn arnon ni i ddweud yr holl fanylion wrtho, popeth roedden ni'n ei wybod.

"Roedd Kai yno y bore yma, yn penlinio yn y mŵd pan osodais fy mat i weddïo. Roedd hi wedi gwawrio," meddai Om wrtho.

"Ac mi arhosaist ti yn ei fflat dros nos?" gofynnodd Yannis i fi yn dyner. "Ydy hynny'n wir, Orla?"

"Roedd … roedd o mewn stad ofnadwy. Dwi'n meddwl ei fod o'n sâl iawn. Des i o hyd iddo fo efo pen cigfran yn ei ddwylo. Fel petai o wedi bod yn rhan o ryw fath o ddefod," llwyddais i ddweud, ond ro'n i'n teimlo nad oedd cysylltiad rhwng fy ngheg a fy nghorff i.

Erbyn hynny, dechreuodd drewdod mwg ac awyr ddu lenwi coed y Gwyrdd-diroedd. Rhwygodd y fflamau allan o ffenest y Bwth ac roedden ni'n cael ein gwthio ymhellach ac ymhellach yn ôl. Gosodwyd rhaff ddiogelwch ac wrth i fi wylio mewn arswyd ro'n i'n gwybod yn sicr, os oeddet ti yno, dy fod di'n llosgi.

Clywais sŵn llusgo wrth i bibell drom gael ei thynnu i lawr y bryn, lleisiau brys yn galw, yn cyfarwyddo, yn gorchymyn. "Dewch â rhywfaint o raean ar y llwybrau 'ma. Gosodwch raff arall ymhellach o'r Bwth. Mae'r tân yma yn mynd i gymryd amser i'w ddiffodd. Petrol, dwi'n meddwl. Gadewch i ni ei ddiffodd cyn iddo roi'r goedwig gyfan ar dân."

Gosododd Om ei gôt ar lawr wrth fy ymyl, gan ostwng ei ben i'r ddaear a'i godi wedyn, ac er nad ydw i erioed wedi gweddïo yn fy mywyd, cymerais ei law a phenlinio wrth ei ochr o.

Chwipiodd Bwa storm o adenydd uwchben coeden Swla, gan sgrechian a sgrechian a gwrthod hedfan oddi wrth y fflamau a oedd yn codi. Dyna beth wnaeth i fi feddwl dy fod di yno a phob gobaith dy fod di'n fyw wedi cael ei dynnu oddi arna i. Dwi erioed wedi teimlo mor oer.

Aeth rhywun â fi i mewn i'r ambiwlans a lapio clogyn arian am fy nghorff crynedig. Gadawais i Mam fy nghofleidio i ar ei glin. Wrth ein hymyl roedd Modryb Gisou a gyffyrddodd â fy moch a gafael yn dynn yn llaw Om. Yna fe wnes i grio mwy nag yr ydw i wedi crio ers pan oeddwn i'n fabi. *Fy mai i ydy hyn … Petawn i wedi mynd am help …*

Wedi i mi gynhesu, fe helpodd yr heddlu fi a Mam i fynd i mewn i un car ac Om a'i Fodryb Gisou i gar arall.

Yn araf, symudon ni trwy'r tyrfaoedd a oedd wedi dod ynghyd. Fflachiadau o wynebau wedi'u dal yng ngolau'r seiren.

Siaradodd yr heddwas yn gyson o dan ei wynt i'w *intercom* wrth iddo yrru, a'i gyd-weithiwr yn gwneud nodiadau. "Dau ifanc, un ar bymtheg oed, o stad y Gwyrdd-diroedd. Tystiolaeth o argyfwng iechyd meddwl. Cofnod o'r ymweliad diwethaf â thad y bachgen yn y cyfeiriad hwn – ymgais i'w ladd ei hun. Gwaed yn y fflat. Tystiolaeth o gymryd cyffuriau … Tri arall ar goll o bosib. Swyddogion fforensig wrth eu gwaith."

"Mae'n rhaid ei fod o wedi mynd yno i gladdu'r gigfran," dywedais i wrth Mam, ond fe wnaeth hi fy nhawelu fi, gan ddweud y gallwn i ddweud popeth wrth yr heddlu pan fydden ni'n rhoi tystiolaeth.

"Mae mam Kai wedi cael gwybod ac mae hi ar ei ffordd adref." Trodd yr heddwas i dawelu ein meddyliau.

Edrychais allan o'r ffenest at oleuadau'r stryd oedd yn adlewyrchu oddi ar yr eira trwchus, gan geisio fy ngorau glas i wthio'r llun o fy meddwl o Janice yn cerdded at gyflafan y Gwyrdd-diroedd. Yn union wedyn gwelais rywun yn cilio y tu ôl i wrych. Craffais arnyn nhw. Roedd yn bendant yn un o'r bechgyn penfoel a welais yn y Bwth. Ddim yr un a gilwenodd arna i, y llall. Daliodd fy llygad i, a minnau'n darllen euogrwydd ac awgrym o adnabod yn ei lygaid o hefyd.

"Stop! Roedd o yno! Yn y Bwth ddoe! Dylech chi ei holi, a'i ffrind o. Roedd Kai yn stwna o gwmpas efo nhw. Edrychwch ar ei ben o, wedi'i eillio hefyd. Roedd Kai wrth ei fodd â'i wallt – fyddai o byth yn gwneud hynny iddo fo'i hun." Mae'n debyg nad o'n i'n gwneud llawer o synnwyr ond ro'n i'n siŵr bod un o fechgyn y cysgodion yn gwybod rhywbeth.

Arafodd car yr heddlu a bacio, gan aros ar y palmant. Aeth y swyddog allan a cherdded at y bachgen. Roedd yn crynu ac wrth iddo siarad â'r heddwas fe dorrodd y dagrau, gan bwyntio draw at y Bwth lle roedd mwg trwchus yn goferu dros y Gwyrdd-diroedd.

Cydiodd y swyddog yn gadarn ym mraich y bachgen a phwyso mewn i'r car. "Dwi wedi galw am ragor o heddlu. Dwi'n dod ag o i mewn. Roedd o yna, yn smocio. Ewch chi yn eich blaenau efo'r ddau hyn."

"Wyt ti wedi gweld Kai? Doedd o ddim yno, oedd o?" Gwaeddais drwy'r ffenest, ond cyn iddo allu ateb symudon ni i ffwrdd.

Allwn i ddim peidio â syllu ar y tatŵ ar wddf y bachgen. Roedd y tag ar waliau'r Bwth a'r tag ar ei groen o yr un peth â'r un oedd gennyt ti ar dy gorff.

"Sut allwn i fod mor dwp?" Saethais ymlaen yn fy sedd. "Allai o ddim rhoi tatŵ iddo fo'i hun, na'llai? Nhw oedd wedi gwneud! Mae'n rhaid mai nhw oedd yn ei fflat o ... Neithiwr roedd 'na feic yno, beic Joel, a bore 'ma roedd o wedi mynd!"

"Araf bach, Miss. Fe gymerwn ni ddatganiad llawn pan gyrhaeddwn ni'r orsaf," meddai'r plismon, a gwelais yr olwg o drueni yn ei lygaid o hefyd. Gollyngodd ochenaid ddofn wrth iddo ddarllen neges ar ei ffôn. "Ddaethon nhw ddim o hyd i neb yn yr adeilad oedd yn llosgi. Dim byd heblaw beiciau."

Ac yn araf bach, wrth i ni yrru trwy'r dref, dechreuais anadlu eto. Daliais i a Mam ein gilydd yn agos a gwylio'r eira'n lluwchio ac yn gorchuddio'r ddaear. Ro'n i'n meddwl pe gallen i gyd fod gyda'n gilydd eto, gallen ni argraffu ein hunain ar y ddaear werdd berffaith hon a dechrau eto.

Yn yr orsaf roedd fy mhen yn curo efo'r holl gwestiynau.

"Felly fe wnest ti aros dros nos yn fflat Kai?"

"Oedd parti?"

"Beth ydy natur dy berthynas di â Kai?"

"Mae'r fflat wedi'i ysbeilio."

"Ac roeddet ti'n adnabod y beic yn bendant?"

"Faint o feiciau welaist ti yn y sied, neu'r Bwth fel rwyt ti'n ei alw?"

"Ydy hi'n bosib bod Kai wedi chwalu ei fflat ei hun?"

"Dwedwch wrthyn ni am y bechgyn roedd o'n treulio amser efo nhw. Allet ti adnabod y bachgen arall?"

Ond y cwestiwn anoddaf i'w ateb oedd, "Pam na wnest ti dynnu sylw dy fam neu unrhyw un arall at gyflwr Kai, gan wybod bod ei dad wedi trio'i ladd ei hun?"

Mae hynny wedi aflonyddu arna i byth ers hynny. Petawn i'n gallu troi'r cloc yn ôl a newid beth wnes i'r noson honno … mi arhosais yn y fflat allan o gariad ac i dy amddiffyn di, achos allwn i ddim diodde gadael i neb arall dy weld di fel 'na, ond dwi'n gwybod rŵan nad oedd hyn yn iawn. Ro'n i'n gwastraffu amser. Doedd Zak ddim yn snichyn pan ddywedodd wrth ei fam ei fod yn poeni amdanat ti … Fo oedd yr un dewr a fi oedd y llwfrgi. Gallwn i fod wedi dy achub di rhag byd cyfan o boen.

Edrych ar anadl yr iâ
a lluwch yr eira,
cenais a chenais,
canu cân a gofiais,
ganol gaeaf noethlwm.

Omid

Roedd yr heddlu'n gofyn yn ddiddiwedd i fi am ein lluniau ni. Yng ngweddillion y Bwth daethon nhw o hyd i ddarnau o blaster wal gydag olion ein darluniau arnyn nhw. Gofynnais a allwn eu cadw oherwydd eu bod yn dal darnau ohonof i, ond ni chefais ateb. Fe roddon nhw'r gorau i'r cyfweliad a dweud wrthyf ei bod yn rhaid i fi aros.

Roedd fy modryb wedi cynhyrfu, gan ddweud ei bod yn rhaid i ni gael cyfreithiwr a chyfieithydd hefyd. Ar ôl amser hir, daeth y ddau a chefais fy nghyfweld eto. Teimlais y cysgodion yn cwympo ynof, gan gofio'r holl adegau hynny pan oedd yn rhaid inni ateb cymaint o gwestiynau gan lygaid oer, fel petaen ni wedi gwneud rhywbeth o'i le, yn lle'r holl ddrwg oedd wedi cael ei wneud i ni. Eisteddai fy modryb wrth fy ochr, ei llaw yn dynn yn fy un i. Roedd hi'n llawn gofid gan ofyn i'r cyfieithydd a oedden nhw'n fy amau, gan ddweud, "Roedd Omid yn ffrind da i'r bachgen hwn. Pam maen nhw bob amser yn meddwl y gwaethaf ohonon ni?" Ceisiais ei thawelu.

Eglurais eto am yr arlunio yn yr ysgol – fy mod wedi tynnu'r llun fel y byddai Kai yn cael cyfle i'w weld ei hun. Gwnaethon nhw ofyn i fi pam roeddwn i wedi peintio llawer o fflamau a thanau. Siaradais yn Arabeg â'r cyfieithydd fel bod fy modryb yn gallu deall yn iawn hefyd. "Oherwydd bod tanau yn fy nghalon. Oherwydd bod fy nghartref, fy nheulu a'r cyfan rydw i'n ei wybod wedi'i losgi. Ond mae tanau'n llosgi ym mhobman … Efallai y galla i eu gweld yn fwy na'r bobl hyn."

Ni wnaeth y cyfieithydd ailadrodd y cyfan a ddywedais, dim ond dweud, "Mae Omid yn gweld ei waith fel ffordd o fynegi'r trawma y mae wedi byw drwyddo. Roedd yn meddwl y byddai dangos i'w ffrind sut i wneud hynny yn ei helpu yntau hefyd."

Gwelais yn llygaid y swyddog nad yw'n ymddiried ynof. "Dwi'n cael trafferth efo hyn, Omid. Dwi ddim yn siŵr 'mod i'n deall sut rwyt ti'n meddwl y gall lluniau a darluniau o danau achub pobl?"

Yna ataliwyd y cyfweliad a daeth seiciatrydd plant i fy ngweld i. Dechreuais wylltio. Dywedais nad plentyn ydw i, rydw i'n gwybod fy meddwl fy hun. Ond roeddwn i'n dechrau amau. Roeddwn i'n meddwl efallai fod gormod o wirionedd yn fy lluniau. Efallai, wrth geisio helpu Kai, y gwnes i roi mwy o boen iddo.

Ceisiais egluro eto. Dywedais wrth y seiciatrydd i mi beintio gyda Kai yn y Bwth oherwydd bod angen i'r ddau ohonom ni fwrw'n teimladau. Pan ddes i yma deallais fod gen i bethau i'w dangos i Kai. Rydw i wedi gweld llawer o bobl ar goll yn eu meddyliau, fel ei dad. Ac rydw i wedi gweld lawer gwaith, er y gallech feddwl na fydd llwybrau newydd yn dod, fod y boen yn gallu meddalu. Oherwydd rydw i'n gwybod sut deimlad ydy bod ar goll. Mae gen i rywfaint o brofiad.

Yn y diwedd derbyniwyd y datganiad a chefais i a Modryb Gisou gynnig i gael ein gyrru adref mewn car heddlu, ond gwrthododd

hi. Yn hytrach arhoson ni yn yr eira am fws. Roedd ei hwyneb fel carreg. Dywedodd hi un peth yn unig. "Rhybuddiais i di, Omid, y byddai'r bachgen hwn yn dod â chysgodion i'n drws ni. Rŵan y cyfan y gallwn ni ei wneud ydy gweddïo."

Toddodd y tân y pibonwy'n ôl yn fysedd.

Orla

Cefais fy nghyfweld ddwywaith. Yr ail waith oedd iddyn nhw ddweud wrtha i bod Zig wedi ildio dan y cwestiynau. Pan ddes i allan o'r ystafell gyfweld, fe ddes i wyneb yn wyneb â 'Taz' (Toby, mae'n debyg) – y crîp o'r Bwth efo'r llygaid crwydrol. Ond doedd o ddim yn edrych yn rhy glyfar yn eistedd rhwng dau blismon, wedi crymu'n belen fach. Edrychodd o arna i wrth i fi basio, ac ro'n i'n teimlo fel ei ddyrnu fo go iawn. Ond yna mi welais i ofn yn ei lygaid o fel gwreichion. Ro'n i eisiau ei gasáu o ond roedd o'n edrych mor unig, allwn i ddim. Wnes i erioed ddychmygu y byddwn i hyd yn oed yn hanner poeni amdano fo ar ôl yr hyn a wnaethon nhw i ti. Mae'n haeddu cael ei gosbi, ond alla i ddim peidio â meddwl pam roedd rhaid iddo fo fod felly. Pam nad oedd neb yno iddo fo?

Efo'i gyfaddefiad o, roedd yr holl ddarnau coll yn ffitio i'w lle, heblaw amdanat ti ... yn dal i fod allan yna yn rhywle, efallai hyd yn oed yn anymwybodol yn yr eira.

Ro'n i'n ofni mynd yn ôl i'r Gwyrdd-diroedd. Doedd o ddim hyd yn oed yn edrych fel cartref. Des i allan o'r car, yn gobeithio bod un peth wedi'i achub, dal fy anadl, gan obeithio'n daer nad oedd o wedi'i ddinistrio gan y fflamau ... Roedd y rhan fwyaf o'r hen goed wedi'u llosgi ond safai coeden Swla, ei changhennau cain wedi'u gorchuddio gan eira, ac uwch ei phen y gigfran ro't ti'n ei galw'n Bwa yn eistedd fel gwyliwr, yn ei gwarchod. Pryd bynnag ro'n i'n gweld Bwa ro'n i'n teimlo mor drist nad oedd dy gigfran wedi mynd efo ti, ble bynnag yr oeddet ti.

Fe wnaeth yr heddlu i fi gerdded o amgylch y fflat i weld a allwn i sylwi bod unrhyw beth ar goll. Roedd blwch-arch y gigfran wedi mynd – ro'n i wedi dyfalu hynny'n barod – ac mi wnes i chwilota am y ddeilen o goeden Swla ro'n i wedi'i rhoi yn dy law di. Doedd fawr o bwynt dweud wrth neb am y ddeilen honno ond ro'n i'n gobeithio dy fod wedi mynd â hi efo ti. Roedd Janice yn meddwl efallai dy fod wedi mynd i drio gweld dy dad. Roedd yr heddlu'n holi bob dydd ond doedd neb yn galw yn yr ysbyty.

Ar y dechrau pan ddaethon nhw â Taz i mewn, triodd o roi'r bai am y tân a'r beiciau oedd wedi'u dwyn arnat ti a Zig. Mi ddwedodd o mai chi'ch dau a gynlluniodd y cyfan achos bod gennych chi allweddi i'r Bwth. Mi ddaethon nhw o hyd i olion petrol yn dy fflat ac yn y Bwth hefyd, ond roedd Zig wedi rhoi ei ochr o o'r stori yn barod.

Tynnwyd y rhaffau diogelwch. Rŵan roedd llwybr clir trwodd o'r Gwyrdd-diroedd i'r Rec, heibio lle roedd y Bwth yn arfer bod. Er bod llwybr clir drwyddo roedd pawb yn cerdded ar hyd y ffyrdd, a daeth y Bwth yn dwll mawr llosgedig, llawn euogrwydd yng nghanol ein byd ni.

Parhaodd arogl dinistr ymhell ar ôl i'r Bwth gael ei glirio, safle ein holl blentyndod. Uwch ei ben roedd y coed du yn cael eu gorchuddio'n fwy trwchus ag eira glân, ffres, bob dydd. Erbyn hyn, Gwarcheidwaid y Gwyrdd-diroedd oedd canghennau ariannaidd coeden Swla, oedd heb eu cyffwrdd, a'r gigfran oedd yn gwrthod gadael. Roedd Bwa fel petai'n aros yno amdanat ti, yn edrych allan dros y darn o ludw siâp llygad.

Do'n i ddim yn gallu ateb negeseuon testun a galwadau cyson Zak, felly yn lle hynny cerddais i lawr at goeden Swla a gosod fy mreichiau o amgylch ei boncyff a chrio a chrio i ti ddod adref.

Roedd Yannis yn dod yn ei ôl o dro i dro i weld a allwn i roi mwy o fanylion am sut roeddet ti y tro diwethaf i fi dy weld di. Cyfunon nhw fy nisgrifiad i a'r llun ysgol diwethaf roedd Janice wedi'i roi iddyn nhw. Bachgen gyda mop o gyrls a bochau crwn meddal.

Ond doedd y ffotoffit yn edrych yn ddim byd tebyg i ti. Ro'n i'n gwybod pam ... Ddim ti oedd y naill na'r llall o'r bobl hynny mewn gwirionedd. Allwn i ddim hyd yn oed roi disgrifiad iddyn nhw o'r hyn roeddet ti'n ei wisgo achos dy fod di wedi gwisgo amdanat tra o'n i'n cysgu a doeddet ti ddim yn gwisgo'r dillad wedi'u staenio â gwaed a oedd amdanat ti pan ges i hyd i ti. Dywedodd yr heddlu mai'r ffordd fwyaf tebygol o dy adnabod di oedd trwy'r beic, y tatŵs a'r briw ar dy law. Rhoddodd tad Zak lun o'r model a'r gwneuthuriad iddyn nhw. Ro'n i'n meddwl ei bod hi mor drist eu bod nhw'n fwy tebygol o dy nabod di trwy feic wedi'i ddwyn na dy wyneb di.

Ychydig ddyddiau ar ôl y tân darllenais adroddiad yn y papur daeth Mam ag o adref. Ro'n i wedi gweld y posteri hyn o'r blaen ar arosfannau bysiau ac yn y gorsafoedd Tiwb.

AR GOLL AR ÔL TÂN RAVENSCROFT

Aeth bachgen lleol un ar bymtheg oed, Kai King, ar goll noson y tân yn y Rec yn Ravenscroft. Roedd yn reidio beic Ridgeback arian newydd. Mae ei law chwith wedi'i hanafu ac o bosib wedi torri. Ar ôl pryderon cychwynnol ei fod wedi ei ddal yn y tân mae'r heddlu bellach yn chwilio amdano. Mae lle i gredu y gallai fod angen cymorth iechyd meddwl ar Kai. Mae ei enw bellach ar gofrestr o bobl sydd ar goll ac mewn perygl. Os oes gan unrhyw un wybodaeth bellach am yr ymholiad hwn cysylltwch â:

Wrth i fi ddarllen y poster person coll drosodd a throsodd daeth syniad i fi, un a ddylai fod wedi bod yn amlwg i fi ynghynt. Ddim jyst newyddion oedd pob stori am berson ar goll, ond stori am unigolyn sy'n cael ei garu, fel ti.

Roedd y poster yn fy mhoeni, yn enwedig gan fy mod i wedi clywed Yannis yn dweud, "Fy mhryder i ydy ei fod o yn yr oedran pan fydd plant ifanc digartref yn llithro drwy'r rhwyd weithiau. Fydd yr olwg hŷn a garw sydd arno fo ddim yn helpu."

"Pa rwyd?" ro'n i eisiau sgrechian. Ro'n i'n sâl yn meddwl amdanat ti'n crwydro yn yr eira rhewllyd a hyd yn oed yn fwy sâl pan oedd pawb yn dal i baldaruo am ba mor brydferth oedd yr eira. Y cyfan y gallwn i feddwl amdano oedd dy fod di allan yn rhywle ar y strydoedd, yn daer yn trio cadw'n gynnes, yn ofni dod adref i wynebu'r llanast roeddet ti wedi'i adael ar ôl.

Yna daeth yr Adfent a chyfri'r dyddiau. Prynodd Mam y calendr siocled arferol i fi ond doedd gen i wir ddim awydd ei agor.

Edrych ar anadl yr iâ,
meddyliais ei fod yn ffrind i mi.
Ond pan gysgais
dygodd fy adenydd.
Cenais a chenais
y gân a gofiais.
Y gân am aeaf noethlwm.

Un tro, wrth edrych dros y Rec amdanat ti fel ro'n i'n ei wneud bob dydd, gwelais yr hen ddyn hwnnw – wyt ti'n ei gofio fo? Yr un a ddywedodd mai fo adeiladodd y Bwth, ac a ddaeth efo'i ferch a'i gi pan oedden ni'n blant. Ro'n i'n teimlo braidd yn euog achos dros y blynyddoedd dwi ddim hyd yn oed wedi meddwl amdano fo. Beth bynnag, mae'n rhaid bod y ddynes wedi bod yn eithaf penderfynol i gael yr hen ddyn allan achos roedd hi wedi'i wthio fo drwy'r eira mewn cadair olwyn, a blanced fawr dros ei liniau. Ro'n nhw yn yr union fan lle roedd ein Bwth ni'n arfer bod.

Roedd breichiau'r hen ŵr wedi'u codi uwch ei ben ac roedd yn edrych fel ei fod yn gwneud ymdrech fawr i ddweud rhywbeth wrth y ddynes, wrth iddo bwyntio draw o goeden Swla i gyfeiriad adeiladau'r ysgol. Roedd yn ymddangos yn gynhyrfus ac ro'n i'n teimlo fel rhedeg i lawr atyn nhw a dweud wrth y ddynes fod yr hyn a ddywedodd o'n wir – roedd Bwth yn arfer bod yma ac un tro roedd wedi bod yn lle hapus i ni. Un na fydden ni byth wedi'i ddarganfod hebddo fo.

Roedd cymaint o 'ddylwn i fod wedi gwneud' bryd hynny, Kai. Sefais yno wrth i'r ddynes wthio'r hen ddyn yn araf drwy'r eira. Mi arhosais i yno am hydoedd, gan eu gwylio'n mynd yn llai ac yn llai ac yn meddwl tybed a fyddai popeth yr oedden ni wedi bod drwyddo gyda'n gilydd un diwrnod yn pylu i ddim hefyd. Fe wnes i grio llawer y diwrnod hwnnw, Kai. Amdanat ti, am yr hen ŵr, ac am yr holl atgofion hapus o adeiladu ein Bwth bach ni.

Dechreuais feddwl bod darn ohonon ni i gyd wedi llithro i ffwrdd efo ti, bod fy ngafael i ar realiti yn methu. Roedd fel petaen ni i gyd yn ddall gan eira.

Es i ddim i'r ysgol y diwrnod hwnnw. Ro'n i'n teimlo'n rhy drist, gan gofio mor felys roedd bywyd pan oedden ni i gyd yn gwmni clòs yn y ffau. Roedd hi'n Rhagfyr y 5ed, ac agorais y ffenest ar y calendr a bwyta'r siocled. Edrychais ar yr holl ffenestri Adfent heb eu hagor a meddwl na allwn i adael i'r dyddiau fynd heibio a gwneud dim.

Teimlai i mi gael fy llorio gan holl boenau Glaw pan wnes i ei gladdu o. Gwelais y byd drwy ei lygad toredig.

Ro'n i'n methu peidio â sefyll ar fy malconi yn edrych am arwyddion dy fod yn dod 'nôl. Ro'n i'n arfer caru eira, ond rŵan fel yr oedd yn dyfnhau bob bore, roedd yn ymddangos yn benderfynol o orchuddio pob arwydd ohonot ti. Wal wen o dawelwch. Ro'n i hyd yn oed yn gallu gweld ei fod o'n gwneud i'r Gwyrdd-diroedd edrych yn brydferth eto, fel petai'r tân heb fod erioed, yn dileu ein gorffennol ni.

Roedd Frankie allan bob dydd gyda chriw o wirfoddolwyr, yn chwilio amdanat ti, yn postio taflenni trwy ddrysau. Aeth Zak, Om a finnau allan efo fo ambell waith ar ôl ysgol ond roedd yn teimlo'n anobeithiol, ac ar ôl ychydig allwn i ddim mynd.

Roeddet ti wedi bod ar goll am wythnos gyfan pan gysylltodd Faith â fi i ofyn a oeddwn yn dod i gyfarfod nesaf Gwarcheidwaid y Gwyrdd-diroedd. Ro'n i'n gwybod y dylen ni ymladd yn galetach fyth rŵan er dy fwyn di, ond allwn i ddim. Allwn i ddim cysgu na bwyta. Mae'n rhaid bod Faith wedi ffonio Mam, a heb holi mwy, cynigiodd hi fynd yn fy lle i.

Ers i ti adael mae hi wedi dechrau siapio ac, er bod dy fam yn ei gwrthod hi ar y dechrau, daeth hi i ymddiried bod fy mam yno iddi. Perswadiodd Mam Janice i ymuno â Gwarcheidwaid y Gwyrdd-diroedd ac mi roddodd hyn rywbeth iddi ganolbwyntio arno. Gwyliais i nhw'n mynd, dy fam a fy mam i, fraich ym mraich, yn gorymdeithio ar draws y Rec efo Om a'i Fodryb Gisou. Roedd ôl eu traed yn nodi eu llwybr yn yr eira ac ro'n i mor falch o Mam am ymladd i beidio â chrio pan o'n i ddim yn gallu gwneud.

Wrth edrych ar ôl eu traed, meddyliais, *ro'n i'n anghywir i beidio â chynnwys Mam o'r blaen.*

Rwyt ti'n dweud dy fod di wedi colli dy eiriau, Kai, wel, dwi'n meddwl 'mod i wedi hefyd am ychydig.

Baglodd Rhagfyr yn ei flaen, gan oeri, eira'n cwympo ac yn rhewi, yn syrthio ac yn rhewi. Bob awr nad oedd unrhyw newyddion amdanat ro'n i'n tyfu'n fwy dideimlad y tu mewn i mi. Doedd dim byd wir yn fy nghyffwrdd i. Ddim hyd yn oed y straen y byddwn i fel arfer yn ei deimlo am arholiadau … Yn wir, ro'n i'n croesawu cael eistedd lawr i adolygu am awr ar ôl awr yn lle gorfod meddwl amdanat ti a ble roeddet ti yn ystod yr hyn roedd pawb yn ei alw "y gaeaf oeraf mewn canrif".

Byddai Zak a fi ac Om yn dod at ein gilydd weithiau, yn bennaf i weld a oedd unrhyw newyddion. Dywedodd Zak fod beic ei dad wedi cael ei ddarganfod efo dyn digartref, ac roedd hwnnw'n honni bod y beic wedi'i adael yn rhywle. Dywedodd Joel y byddai wedi rhoi unrhyw beth i ti fod wedi dod adref yn lle'r beic. Roedd yr heddlu'n mynd i roi'r llun person coll allan eto, dyna'r cyfan yr oedd yn ei wybod.

Doeddwn i'n neb, dim byd mwy na rhith y Kai a fu. Mor dawel â'r eira yn lluwchio dros y bont.

Wedyn cafodd Om syniad. "Gyda'r llun hwnnw o'r bachgen caled â llygaid rhewllyd, fyddan nhw byth yn dod o hyd iddo." Roedd o'n siŵr o hyn.

Ei syniad o oedd i fi ddisgrifio'n union sut roeddet ti'n edrych y noson y gwnest ti adael. Dywedodd ei fod yn adnabod dy wyneb di'n well na neb, y mynegiant yn dy lygaid. Ac roedd y llun a dynnodd yn edrych mor debyg i ti y noson y gwnest ti ddal y gigfran wedi'i dienyddio, bu bron iddo dorri fy nghalon i.

Sicrhaodd Yannis fod y llun a dynnodd Om yn mynd i'r papurau newydd. Mi welais y llun mewn arosfannau bysiau ac ar y Tiwb pan dreuliodd Zak, Om a fi ein penwythnosau yn chwilio amdanat ti. Rywsut roedd unrhyw densiwn oedd wedi bod rhyngof i a Zak wedi cilio, achos y cyfan ro'n ni'n meddwl amdano oeddet ti. Doedden ni byth yn sôn am y peth, ond wrth i ni ymlwybro drwy'r eira, yr hyn oedd ar ein meddwl ni oedd bod ein cytundeb i aros gyda'n gilydd bob amser yn dod yn wir, yr un wnaethon ni pan oedden ni'n blant. Ond dim ond achos dy fod di ar goll. Ro'n ni i gyd yn dymuno yr un peth … ein bod ni ddim wedi ei gadael hi'n rhy hwyr.

Rhoddodd llun newydd Om ohonot ti dipyn o obaith i ni. Cerddon ni ar hyd y lle, gan ddosbarthu taflenni, ond doedd neb wedi dy weld di.

Dwi'n credu ar y dechrau fod dim un myfyriwr neu athro wedi cerdded i mewn i'r Rec heb feddwl amdanat ti, Kai, ond roedd hi'n ymddangos, wrth i'r dyddiau fynd heibio, bod pobl yn dechrau sôn llai amdanat ti.

Ac, wrth i wyliau'r Nadolig agosáu, roedd holl blant yr ysgol gynradd, yn eu dillad llachar a'u hetiau cynnes, yn llenwi'r Rec efo'u llawenydd a'u gornestau peli eira. Roedd yn edrych fel golygfa llyfr lluniau perffaith dros wyliau'r Nadolig, ond i ni roedd cysgod dy absenoldeb di dros bopeth.

Bob bore byddai dy gigfran unig di'n clwydo ar fy malconi i, fel petai angen i fi gael fy atgoffa dy fod di wedi mynd. Byddai'n well gen i petai'r gigfran yn cadw draw.

Gwrthodais bob cynnig gan Faith i fynd i weld y therapydd hwnnw yn yr ysgol, wyddost ti, yr un roedd hi eisiau i ti fynd ato hefyd. Ro'n i'n teimlo'n chwithig pan o'n i'n cael help, a ti allan yna ar dy ben dy hun. Os nad o'n i'n gweithio byddai fy meddwl i'n mynd i'r noson y des i o hyd i ti, ac ro'n i yn ei ailchwarae dro ar ôl tro yn fy meddwl ... Beth dylen i fod wedi'i wneud, beth gallen i fod wedi'i wneud?

Beth bynnag, yr unig un a oedd i'w weld yn deall oedd Om. Mi ddeallais i bryd hynny yr hyn roedd o wedi trio'i wneud i ti. "Orla, rhaid i ti ddod o hyd i ffordd i oroesi rŵan, trwy'r boen yma … Efallai y gallet ti beintio hefyd?"

Ceisiais wneud jôc ohono. "Wyt ti wedi gweld fy lluniau i, Om?"

Ond yr oedd Om o ddifri. "Rheda, te – rho dy droed yn yr eira, un ar ôl y llall, a theimla ble rwyt ti yn yr eiliad hon."

Fe wnes i ei gofleidio wedyn am ei garedigrwydd. "Ro'n i'n meddwl mai fi oedd i fod yn fentor i ti!"

Ac ar ôl hynny, dechreuais redeg eto.

Omid

Ers y tân a chyfarfodydd Gwarcheidwaid y Gwyrdd-diroedd, roedd Modryb Gisou wedi dechrau dod yn fwy cyfarwydd â'r bobl yn y tŵr. Daeth dy fam a mam Orla yn ffrindiau agosach ac roedden nhw'n gwahodd Modryb Gisou i fwyta gyda nhw, felly dychwelodd hi'r gwahoddiad. Roeddwn i mor hapus, ond hefyd yn drist, ein bod ni rŵan yn rhan o'r gymuned hon, heb fy mrodyr i. Tybed faint o frodyr y gallwn i eu colli? Am y tro cyntaf roedd fy modryb wedi cynefino'n well na fi.

Syniad Modryb Gisou oedd plannu'r rhosyn Nadolig wrth ymyl coeden Swla. Nid oedd hi'n credu y gallai unrhyw flodyn oroesi'r eira hwn, felly pan welodd hi'r rhosyn yn y ganolfan arddio dywedodd ei bod hi'n teimlo gobaith yn ei chalon dros Kai ac Ishy hefyd.

Cofiais bryd hynny sut roedd hi'n arfer gwasgaru hadau ar ein taith hir yma i godi fy ysbryd i, gan blannu perllannau newydd ar ein ffordd.

Dywedodd hi wrthyf i, "Pan ddaw'r bachgen hwn adref, bydd yn gwybod ein bod wedi plannu dymuniadau da iddo, yma ar y tir hwn yr ydym wedi hedfan iddo."

Wrth blannu'r rhosyn Nadolig daeth Modryb Gisou â channwyll. Roedd Orla wedi gwahodd Zak, ond nid oedd neb arall yn cael cloddio yn y lle hwn ac nid oeddwn i na Zak yn cael ei helpu hi.

Dyna sut y daeth Orla o hyd i'r blwch gyda'r gigfran farw ynddo. Deallais o'r diwedd mai dyna roeddwn i wedi dy weld di'n ei wneud y diwrnod hwnnw pan oeddet ti'n sefyll wrth goeden Swla: claddu'r aderyn … ac yna roedden ni hefyd yn gwybod pam roedd y gigfran fyw yn gwarchod y tir hwn bellach, o deyrngarwch.

Daeth dagrau o'n holl lygaid a'n hysgyfaint a'n calonnau ni i ti, Kai. Am unwaith aeth y gigfran fyw yn llonydd a distaw wrth i Orla blannu'r rhosyn yn barchus uwchben bedd y gigfran a'i ddiogelu yn y ddaear oer, oer. Y tu ôl i ni, gwelais dy fam yn dal llaw Modryb

Gisou ac yn dawel bach dechreuodd fy modryb sôn am ei hatgofion o wylnosau ar y ffordd, atgofion am y rhai a adawyd ar ôl.

Cofleidiodd y merched ei gilydd yn dynn. Gwelais Orla yn gafael yn llaw Zak ac yna estynnodd diwb o'i fag. Gosododd o ac Orla y tiwb mewn ychydig o'r hylif a chwythu un swigen enfawr o'r man lle roedden nhw'n sefyll wrth ymyl y goeden. Nid oeddwn i'n deall ystyr hyn, ond torrodd dy fam i lawr a chofleidiodd mam Orla hi. Rhoddodd Zak ei law ar fy ysgwydd ac esbonio i fi eich bod chi'n arfer gwneud hyn fel plant, a gofynnodd i fi wneud dymuniad hefyd.

Fy nymuniad i oedd i chi, fy mrodyr Kai ac Ishy, ddychwelyd ataf i. Hefyd i dad Kai ddod adref. Ni ddywedodd neb yr un gair, dim ond gwylio'r swigen enfawr yn arnofio ar draws y Gwyrdd-diroedd, gan ddal golau enfys a newid siâp wrth arnofio am amser hir, cyn iddi gwrdd ag eira'r ddaear a thoddi.

Orla

Roedd plannu'r rhosyn hwnnw, a chwythu'r swigen, wedi cyffroi rhywbeth ro'n i'n meddwl oedd yn farw ynof i ... yr ewyllys i ymladd dros ein darn bach o wylltir efo'r Bwth neu hebddo. Edrychais i lawr dros y Rec dan orchudd o eira lle nad oedd ffiniau na therfynau hyd y gwelai neb. Doedd o ddim byd i'w wneud â pha ochr i'r Rec roedden ni'n byw ynddo. Dim byd i'w wneud â bod yn berchen arno ein hunain. Rydyn ni'n berchen arno'n barod achos, waeth beth mae darn o bapur yn ei ddweud, ein tir ni ydy'r darn bach hwn o bridd. Gwlad ein plentyndod, ac os ydy o'n perthyn i unrhyw un, mae'n perthyn i ni.

Fe ges i'r syniad y diwrnod hwnnw fod cadw'r Gwyrdd-diroedd yn saff, a tithau'n dod adref, yn rhwym efo'i gilydd. A phe bydden ni'n rhoi'r gorau i ymladd am ein tamaid o dir yna fe fydden ni'n rhoi'r ffidil yn y to arnat ti hefyd.

Dywedodd Zak 'mod i wedi dweud wrthyt ti nad oedd ei ddymuniad o erioed wedi newid.

Felly, beth bynnag, fe wnes i ddechrau siapio, fel Mam, a dechrau siarad yn y cyfarfodydd eto.

Dechreuais flino'n llwyr ar ymladd, Om.

Omid

Ar y dechrau roeddwn i'n meddwl fel hyn. Rwyt ti'n fachgen cryf. Byddi di'n dod adref. Roeddwn i'n meddwl efallai ar yr adeg hon bod angen i ti fod ar dy ben dy hun, ond ar ôl pythefnos nid oeddwn yn siŵr mwyach. Bob dydd yr oeddet ti ar goll, ymgollais ymhellach yn fy arlunio.

Dyma'r darluniau wnes i yn yr amser aros hwnnw. Y rhosyn Nadolig wrth ymyl coeden Swla yn anrheg i ti pan fyddi di'n dychwelyd yw un ohonyn nhw. Un arall yw portread ohonot ti, Kai, nid yn wan ond yn gryf, ac un arall … coeden ffigys fach i ddangos, hyd yn oed ar ôl yr holl amser hwn, nad wyf yn rhoi'r gorau i'r gobaith o dy weld di ac Ishy, fy mrawd, eto.

Mae mam Zak yn meddwl mai'r darluniau hyn yw fy ngwaith gorau i ac mae'n rhaid i fi eu cyflwyno ar gyfer fy ngwaith cwrs TGAU. Dywedais wrthi fod gen i un arall yn y gyfres hon dwi eisiau ei beintio.

Sefais ble safon ni … o'r blaen.
Cynllunio, darlunio, addo i ni'n hunain y daith nesa i fynd i mewn.

Rydw i'n gosod fy mrwsh paent ar y papur. Rydw i'n plannu coed a blodau ac yn dymuno am Wyrdd-diroedd. Rydw i'n gadael tân ar ôl. Rydw i'n gwybod ei bod yn rhaid i fi aros yn y golau ar gyfer fy modryb a bod yn rhaid i fi aros yn y golau ar gyfer fy mrodyr hefyd.

Dyma'r geiriau a ddefnyddiais i fel *nodiadau* ar fy llun.

Pan ddarllenodd hi fy ngeiriau, gwenodd Orla arna i, fel petai hi'n dweud, "A beth amdana i?", felly ychwanegais y geiriau *ar gyfer fy chwaer hefyd*. Yna buom yn crio gyda'n gilydd, gan feddwl amdanat ti.

Orla

Ar Ragfyr y 18fed, sef diwrnod olaf yr ysgol, agorais y calendr Adfent am yr ail dro. Arth fach oedd y siocled felly es i ag o i lawr at goeden Swla a'i osod yno wrth ymyl y rhosyn Nadolig. Roedd popeth yn llawn atgofion.

Roedd pobl yn meddwl mai fi oedd wedi trefnu'r wylnos, ond mewn gwirionedd fe ddaeth popeth at ei gilydd trwy ewyllys y gymuned. Roedd ganddon ni i gyd ran ynddo fo. Efallai fod pawb yn chwilio am rywbeth i oleuo dy ffordd di.

Roedd Faith yn help i gael cefnogaeth yr ysgol hefyd ac rwyt ti'n gwybod sut mae hi ar ddiwrnod olaf y tymor, yn enwedig efo'r Rec fel yr oedd bryd hynny. Y gaeaf mewn gogoniant. Arhosodd pawb. Lledaenodd y neges i bedwar ban i bobl ddod â channwyll i Kai, y tu

hwnt i bob rheswm. Allwn i ddim credu faint a ddaeth ynghyd ar y Rec, yn dal cannwyll i ti ac i'r Gwyrdd-diroedd.

Oddi tanon ni roedd pobl ro'n i'n eu hadnabod ond hefyd cymaint do'n i erioed wedi'u gweld o'r blaen. Roedd yna blant bach o'r ysgol gynradd, yn dal i fod yn eu gwisgoedd o'r ddrama Nadolig, wynebau wedi'u peintio, yn sefyll efo'u teuluoedd.

Grŵp o blant meithrin gydag adenydd angylion yn sticio allan o'u cotiau, yn griw cynnes efo'i gilydd. Yng nghefn y dyrfa synnais i weld Zig a'i dad, er iddyn nhw gadw eu pennau wedi plygu.

Arhosodd Faith, Mam a Modryb Gisou yn agos wrth fy ymyl, ac ychydig yn nes 'nôl, lle roedd ein ffau yn arfer bod, roedd tad Zak yn dal llaw Hope, â *halo* arian ar ei phen. Ond roedd Janice ar goll. Yn un peth, roedden ni'n meddwl y gallai gweld y fath gefnogaeth ei helpu hi. Do'n i ddim eisiau annerch nes ei bod hi yno, ond roedd yna dawelwch, tawelwch sy'n digwydd pan fydd tyrfa'n ymgynnull ac yn gwybod ei bod hi'n bryd i rywbeth ddechrau. Ond sut allwn ni ddechrau heb dy fam?

Mi welais i gar Frankie yn symud yn araf ar hyd y ffordd waelod. Goleuadau'r car yn fflachio drosodd a throsodd ac fe ddaeth dy fam allan ac yna ... dringodd dy dad allan, yn dal braich dy fam. Cerddon nhw'n araf i fyny'r bryn i sefyll efo'i gilydd wrth ymyl coeden Swla. Llithrodd Frankie i mewn i'r dorf.

Roedd dy dad yn edrych yn dalach nag ro'n i'n ei gofio ac mor denau. Fel petai wedi bod trwy storm. "Helô, Orla." Roedd fy nghalon yn torri dros y ddau ohonyn nhw wrth i fi roi'r gannwyll i dy fam, taro matsien a'i chynnau, yn union fel y gwnaethon ni drefnu. Trodd hi at dy dad a rhoi'r gannwyll yn ei ddwylo.

Gan droi at yr holl bobl oedd wedi ymgasglu yno, cymerodd un anadl ddofn, ac yn uchel ac yn glir bloeddiodd y geiriau hyn dros y Rec – "I Kai a'r Gwyrdd-diroedd." Ac atseiniodd y lleisiau i gyd wrth iddo osod y gannwyll ger coeden Swla.

"Orla, cwtsh!" Torrodd Hope yn rhydd o Joel a rhedeg i fyny'r bryn ataf fi.

Gwyliais ei hwyneb bach penderfynol hi, a gwingais y tu mewn wrth i Joel geisio ei hatal. Ro'n i'n dymuno y byddai'n rhoi'r gorau i alw ei henw hi, ond gwenodd dy dad gan sibrwd, "Gad i Hope ddod."

Fe'i codais hi a thrwy'r amser, uwch ein pennau ni, roedd y gigfran yn galw, "Kai, Kai, Kai," yr un ro't ti wedi'i galw'n Bwa. Ro'n i'n meddwl y byddai fy nghalon i'n chwalu.

Roedd Om wedi penderfynu ar y drefn. Felly fesul un, gwahoddodd bobl i gamu ymlaen a gosod eu canhwyllau ar y carped gwyn o eira oedd yn gorchuddio tir y Bwth. Y wraig efo'r ci aeth gyntaf, heb unrhyw sôn am yr hen ŵr wrth ei hochr.

Goleuodd ei channwyll a'i gosod lle roedd y Bwth. Ro'n i eisiau gofyn iddi ble roedd yr hen ddyn, os oedd o'n iawn, ond mi gollais i hi yn y dorf.

Ar ôl gosod y canhwyllau i gyd, trawsnewidiwyd y Bwth i'r siâp roedd Om wedi'i wneud yn yr eira – fel llygad mawr yn disgleirio.

"Mae'n rhaid i'r holl olau a'r gobaith hwn ddod â Kai adref," sibrydodd dy dad, gan sychu ei ddagrau. Gwelais dy fam a dy dad yn edrych ar ei gilydd efo'r fath gariad ac ar yr eiliad honno ro'n i eisiau dy weld di'n cerdded yn ôl i mewn i'r Rec i'w gweld, a theimlo'r cariad hwn i gyd.

Yno y buon ni'n sefyll nes i'r fflamau ddechrau pylu ac yn araf bach gadawodd pawb, heblaw dy rieni a oedd yn sefyll wrth ymyl coeden Swla ymhell ar ôl i'r gannwyll olaf losgi'n ddim.

A thros y dyddiau canlynol gwelais ddieithriaid yn cynnau cannwyll i Kai wrth wylio'u plant yn chwarae yn yr eira a meddyliais fod yr hyn a ddywedodd Modryb Gisou yn wir. "Ni fydd yn hawdd anghofio llygad disglair gobaith yn y gymuned hon."

Edrych ar y disgleirdeb yn eu llygad, Kai.
"Beth rydych chi eisiau gyda ni? Am beth rydych chi'n chwilio?" crawciodd y cigfrain.

Edrych ar y disgleirdeb yn eu llygad, Kai.
Y tu mewn gwelais fy adlewyrchiad wedi'i oleuo yn erbyn yr eira.

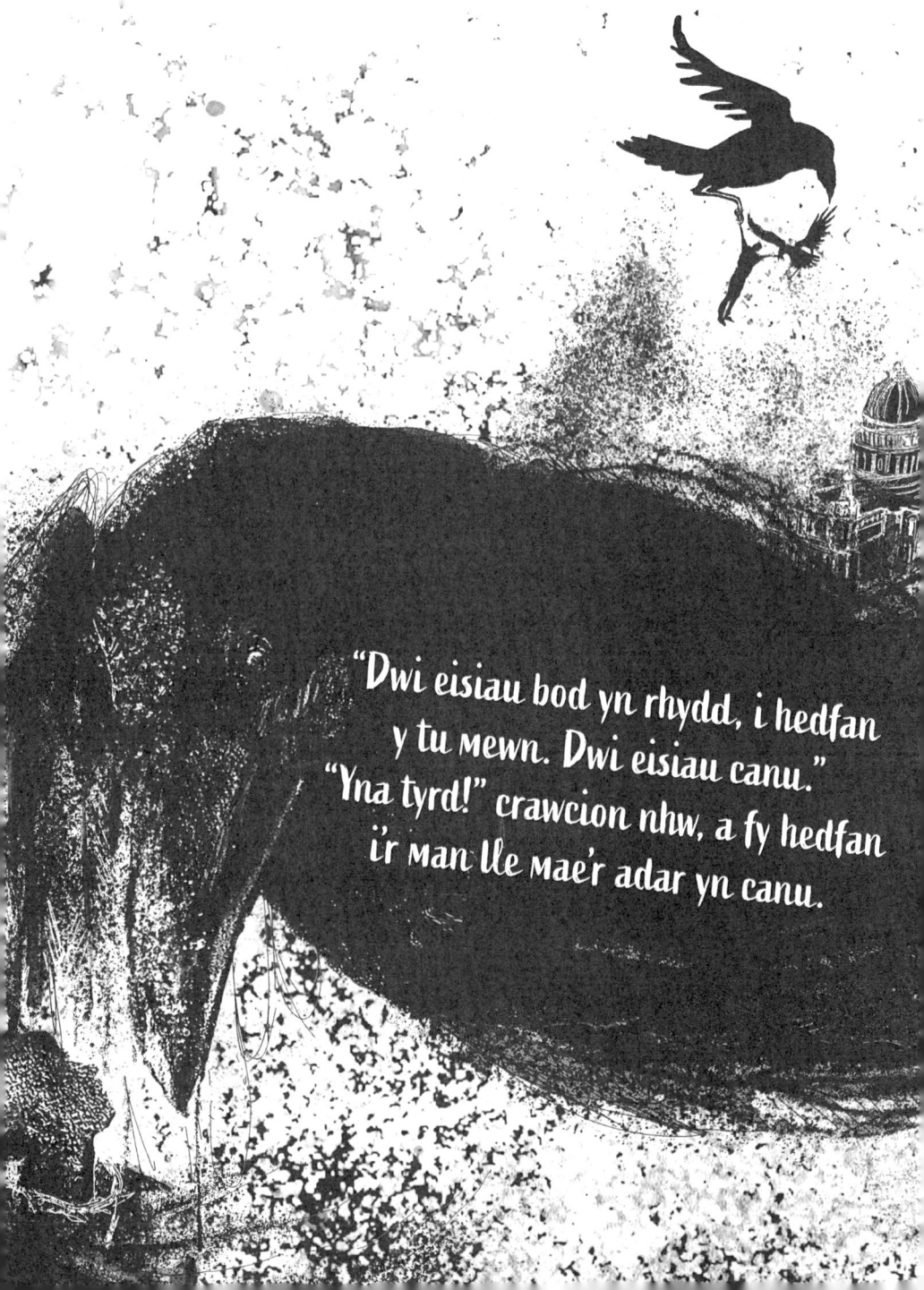

Om, fy mrawd,
dwi'n dy gofio di.
Yn gwrando ar gôr y gaeaf noethlwm,
dwi'n goleuo'r gannwyll hon i ti ac i dy frawd Ishy,
a Swla, Swla, Swla ...
Mae arogl golau ar ddeilen arian
yn fy nhynnu adref.

'Ganol gaeaf noethlwm',
Beth oedd geiriau'r gân?
Dwi ddim hyd yn oed yn ei chofio.
Yr un roedd Dad yn arfer ei chwarae.
Y coesau hyn, mor drwm â cherrig,
yn troedio'n araf drwy'r eira.
Camau cyntaf, Kai.
Camau cyntaf.

Kai

Mae'n cymryd tan y Pasg i fi fynd yn ôl i'r ysgol. Er y bydd yn rhaid i fi aros am flwyddyn i wneud fy TGAU, mae Faith wedi bod yn gefn i fi. Wedi fy nghymryd o dan ei hadain. Wna i ddim dweud celwydd: ro'n i'n teimlo cywilydd 'mod i gymaint ar ei hôl hi efo'r gwaith, ond mae gen i bethau eraill ar fy meddwl i. Mae Dad a fi yn bwrw ati gydag ymgyrch Gwarcheidwaid y Gwyrdd-diroedd.

Yn yr ysgol, mae Faith yn trio fy nghadw i'n brysur ac mae hi'n gofyn i fi ymgynghori â thîm lles y staff ynghylch sut i helpu'r plant a allai fod yn cael pethau'n anodd. Pan gyrhaeddon ni yn ôl wedi'r haf, dechreuais fentora bachgen o'r enw Sunil a merch o'r enw Leena. Ac ar ôl ychydig, mae'n ymddangos 'mod i'n dechrau torri trwodd atyn nhw. Mae'n gwneud i fi deimlo'n llai fel olwyn sbâr – dal i gymryd fy TGAU pan fydd fy holl ffrindiau wedi symud ymlaen at Safon Uwch.

Mae'n ddoniol bod Sunil yn meddwl 'mod i'n athro go iawn. Weithiau mae'n anghofio mai Kai ydw i ac yn fy ngalw i'n "Syr"! Mae Faith yn paldaruo bod gen i ddawn ac mae'n gofyn o hyd a ydw i erioed wedi meddwl bod yn athro. Mae'n rhaid mai cellwair mae hi, ac eto mae'n ymddangos o ddifri hefyd.

Dwi'n dweud wrthi nad *rocket science* ydy cysylltu efo nhw, ac mae hi'n chwerthin, gan ddweud, "Wir i ti, Kai, mae'n teimlo felly weithiau!"

Ddwy flynedd yn ddiweddarach, mae gen i flwyddyn arall o 'mlaen i o hyd. Dwi'n gwahodd Sunil a Leena draw i arddangosfa Safon Uwch olaf Om, heb ddisgwyl i'r naill na'r llall fod yno ond mae Sunil yn dod! Dwi ddim yn gwneud ffws mawr, ond mae Dad yn cymryd Sunil yn syth o dan ei adain. A ninnau gyda'n gilydd, mae'n taro tant wrth i fi edrych ar Sunil a gweld fy hun yn ifancach ynddo. Dwi'n sylweddoli bod Faith yn iawn wedi'r cyfan … Mae gweithio gyda Sunil a Leena wedi bod yn ddechrau ar rywbeth arbennig.

Mae Om yn nerfus. Mae hynny'n amlwg pan mae o'n ein croesawu ni i "Y Bwth". Alla i ddim credu ei fod wedi cyflawni hyn i gyd.

Wrth i ni gerdded i mewn rydyn ni'n darllen gyda'n gilydd y geiriau sydd wedi'u hysgrifennu ar y wal. "Mae'r arddangosfa hon wedi'i chyflwyno i fy mrodyr a chwiorydd, presennol ac absennol."

"Ychydig yn ddwys!" Mae Sunil yn edrych i fyny arna i ond yn stopio'n syth pan dwi'n dweud wrtho y dylai ddangos rhywfaint o barch.

Mae Om wedi symud ymlaen gymaint o'r hyn roedd o'n arfer ei beintio. Hyd yn oed o'r fan yma, dwi'n gallu gweld mai celf i'n codi ni ydy hyn, allan o realiti. Mae'r llinellau siarcol yno ond dwi'n sylwi ar liwiau meddal hefyd. Dwi erioed wedi gweld Om yn defnyddio lliw fel hyn o'r blaen. Dwi'n crwydro o gwmpas yn gegagored, gan syllu ar ei luniau sy'n ein codi ni ymhell y tu hwnt i'n nefoedd fechan isel.

"Iawn, mêt?" Mae Zak wedi gweld 'mod i wedi fy ngwefreiddio. Mae'n dweud y bydd o'n cadw llygad ar Sunil ond does dim angen iddo wneud hynny – mae Sunil wedi cael ei swyno hefyd.

Mae ei wyneb yn gwneud i mi wenu achos mae ei lygaid fel soseri, ac mae o'n llonydd am unwaith. Mae ganddo fo broblemau canolbwyntio mae'n debyg, ond mae'n gallu gwneud yn iawn os ydy o'n rhywbeth mae o eisiau ei ddeall.

"Ydy Om fel Banksy neu rywbeth, Syr?" mae Sunil yn gofyn, gan syllu ar ddarlun sy'n hanner bachgen, hanner cigfran, yn dawnsio dros fflamau. "Ti ydy hwn, yntê? Yn y darluniau hyn? Be maen nhw'n feddwl?"

"Bydd rhaid i ti ofyn i Om ond dwi'n meddwl bod hwn yn rhyw fath o ddweud rhywbeth fel … mae pob un ohonon ni'n haeddu hedfan!"

Mae Sunil yn cilio oddi wrtha i a dwi'n chwerthin yn uchel wrth edrych ar ei wyneb o. Dyma'r un edrychiad ro'n i'n ei roi i Faith pan fyddai hi'n fy nghanmol i.

"Mae'n gwneud yn dda!" Mae Orla yn gwenu, gan osod ei gwallt y tu ôl i'w chlust, a'r eiliad honno dwi'n cael cip ar datŵ pilipala bach ar ei garddwrn hi.

"Pryd gest ti hwnna? Do'n i ddim yn meddwl fod gennyt ti ddiddordeb mewn tatŵs!"

"Wel, doedd gen i ddim ond mae rŵan! Wedi'i gael penwythnos diwetha."

"Be mae o'n ei feddwl?"

Mae hi'n gwenu. "Wn i ddim, Kai! Jyst rhywbeth wnaethon ni am hwyl, Chidi a fi. Heb feddwl gormod am y peth! Dydyn ni i gyd ddim fel Om – does dim rhaid iddo fo olygu dim byd."

Dwi'n nodio ond yn pwyso cledr fy llaw yn erbyn ei llaw hi a'r adeg honno yn union mae heulwen yn ffrwydro i'r stiwdio, yn ein dallu ni i gyd.

"Ydych chi'ch dau'n mynd allan efo'ch gilydd, Syr?" Mae Sunil yn torri ar ein traws, a gwreichion direidi yn hedfan o'i lygaid.

"Na, dydyn ni ddim," dwi'n dweud yn uchel ac yn glir, ac am y tro cyntaf dydy'r ffaith honno ddim yn torri fy nghalon i.

Ar ôl arddangosfa Om rydyn ni'n rhedeg allan o Ravenscroft, yn cael ein socian mewn cawod sydyn o law yr haf. Fi, Orla, Zak ac Om … ac mae'n teimlo fel petaen ni'n blant eto. Ddim yn poeni pa mor fwdlyd neu wlyb diferol byddwn ni. Mae chwerthin Orla yn goleuo'r Gwyrdd-diroedd wrth iddi fy herio i ras i fyny'r allt. Rydyn ni'n llithro dros y lle! Mae'n agos ac rydyn ni ochr yn ochr, ond mae hi'n taflu ei breichiau allan i wneud i fi stopio achos o'n blaenau ni, yn gorwedd wrth droed coeden Swla, y mae Bwa.

Ac wrth i ni gladdu Bwa wrth ymyl Glaw, ni allaf anwybyddu'r teimlad bod Bwa yn aros nes 'mod i'n barod i hedfan.

Pan fydda i'n edrych i fyny o'r diwedd ar ôl i fi fod yn ysgrifennu, mae'r haul yn taflu ei gysgodion olaf dros y Rec. Dwi'n clirio'r blodau crin a osodon ni i Bwa, a dwi'n gwybod ei bod hi'n bryd ei gollwng hi a'r holl gysgodion eraill.

Mae'n debyg mai dyma'r peth anoddaf i fi orfod ei wneud erioed – ysgrifennu hwn, fel trio torri trwy wylltir fy meddwl fy hun, a hwnnw'n tagu'r un mor gyflym ag y mae'n cael ei glirio.

Mae fy mysedd yn rhedeg ar hyd tudalennau brau olaf meingefn y llyfr nodiadau hwn; ymylon miniog pob diweddglo gwrthodedig – beth allai fod wedi bod, a beth oedd.

Diweddglo

Wrth i fi bacio portffolio Om, mae fy ffôn yn canu. Dwi'n edrych ar fy sgrin ...

Dyma ni, dim ond ychydig oriau yn ôl. Wedi ein dal mewn amser am byth wrth goeden Swla. Fi, Orla, Om a Zak.

Alla i ddim credu mai dim ond y bore yma roedd hynny. Mae darllen trwy ein gorffennol ni wedi arafu amser y presennol. Dwi'n rhoi portffolio Om i gadw.

Yn y pellter dwi'n gwylio goleuadau bloc chweched dosbarth Ysgol Ravenscroft yn diffodd fesul un. *Tybed ai Faith ydy honna?* Yna dwi'n cofio'r llythyr a roddodd Zak i fi. Dwi'n estyn amdano o fy mhoced. Dydy'r amlen ddim wedi'i chyfeirio ata i'n bersonol.

At ymgyrch Gwarcheidwaid y Gwyrdd-diroedd

Mae'r amlen wedi'i hagor yn barod. Wrth i fi dynnu'r llythyr allan, mae'n fy nharo i mai un o brosiectau Faith i gadw fy meddwl i ar waith ydy hwn.

Dwi'n ysgrifennu yn dilyn marwolaeth fy nhad. Dywedodd wrthyf sawl tro ei fod wedi adeiladu Bwth ar safle'r Gwyrdd-diroedd.

Dwi'n gwegian ychydig cyn setlo'n ôl i ddarllen. Daw cyfarthiad ci hen ŵr i'r cof, sy'n teimlo fel amser maith yn ôl … neu stori dylwyth teg pan oedd tri wyneb bach yn sbecian trwy'r bylchau mewn waliau ffau.

Roedd fy nhad yn dioddef o ddementia a thua diwedd ei oes daeth i aros efo fi. Doedden ni ddim yn ymwybodol ei fod o erioed wedi byw yn Llundain o'r blaen. Ond daeth i'r amlwg iddo fynd trwy gyfnod anodd yn ei arddegau er nad oedd o erioed wedi sôn am hynny, ac iddo, mewn gwirionedd, fyw yma am gyfnod. Yn fuan ar ôl iddo symud i mewn efo ni roedd fel petai'n cael ei ddenu at y Gwyrdd-diroedd, er na allai esbonio pam, felly byddwn i'n arfer mynd ag o yno o dro i dro.

Rydyn ni wedi darganfod yn ddiweddar ei fod o wedi bod yn arddwr ym Mhlas Ravenscroft pan oedd o ddim ond yn bedair ar ddeg oed, adeilad a ddaeth yn ysgol yn ddiweddarach. Adeiladodd ei fwth ei hun yno fel rhyw fath o guddfan ac efallai atgof o ddyddiau hapus plentyndod yn Ucheldiroedd yr Alban.

Mae wedi cymryd sbel i fi gael trefn ar eiddo fy nhad. Dysgu ei hun wnaeth o, ac roedd ganddo fo lawer o lyfrau. Diddorol iawn oedd dod o hyd i un am fythod yr Ucheldiroedd ac ro'n i'n edrych drwyddo pan ddes i ar draws y map yma. Mae'n dangos bod y tir y cafodd y Bwth ei adeiladu arno yn perthyn i'r ysgol mewn gwirionedd, ond mae'r tir sy'n cael ei alw bellach yn 'goed y Gwyrdd-diroedd' a'r Rec wrth ei ymyl yn cael eu henwi ar y map fel 'Tir Comin Hynafol'.

Darllenais yn y papur newydd am ymgyrch Gwarcheidwaid y Gwyrdd-diroedd i achub y Rec rhag datblygiad. Y diwrnod y bu farw fy nhad ymunais â gwylnos ar y Rec. Dyma fi'n cynnau cannwyll i fy nhad, yn ogystal ag i'r bachgen coll. Wedi hynny ro'n i'n hapus i glywed ei fod o wedi dod 'nôl, fel petai fy nhad wedi bod efo fi rywsut.

Rywsut, mi roedd o. Dwi ddim yn siŵr a all y map a dynnodd fy nhad fod o ryw werth i chi ac i'r ymgyrch. Yn anffodus, allwn ni ddim adfer y bennod goll hon o fywyd fy nhad mwyach, ond roedd yn teimlo'n iawn i drosglwyddo hyn i chi.

Dwi'n gobeithio y gall fod o werth i'r ymgyrch …

Mae fy mysedd yn crynu wrth i fi roi'r llythyr yn ôl yn yr amlen, llythyr sy'n teimlo fel ei fod wedi cwympo o'r awyr. Dwi'n estyn eto am fy ysgrifbin o fy mhoced, yn rhoi'r amlen i mewn wrth dudalen olaf fy llyfr nodiadau ac yn ei droi drosodd i ysgrifennu'r dechrau newydd. Wrth i fi wneud hyn, dwi'n cael fy syfrdanu gan lais llachar, melys bronfraith. Dwi'n cau fy llygaid, gan ddarlunio'r geiriau sy'n llifo rŵan o'r sgrifbin wrth iddyn nhw ganu trwof fi.

Cyflwynedig i
Dad, Mam, Swla,
Omid, Orla, Zak,
Faith, Glaw a Bwa
a hen ddyn
nad ydw i hyd yn oed yn gwybod ei enw.
Chi ydy'r aur ar ddiwedd yr enfys hon.

Amnest Rhyngwladol

Mae Amnest Rhyngwladol yn fudiad byd eang o filoedd o bobl gyffredin sy'n cefnogi hawliau dynol, gan gynnwys cyfartaledd, cyfiawnder, tegwch, rhyddid a gwirionedd.

Mae Amnest yn cymeradwyo *Cwymp y Cysgodion* gan ei bod yn cefnogi hawliau plant. Mae'r rhain yn hawliau sy'n berchen i bawb hyd at 18 oed. Does dim ots beth yw eich hil, ffydd, rhyw, rhywedd, os ydych yn gyfoethog neu'n dlawd, abl neu'n anabl, niwroamrywiol neu niwronodweddiadol, ble bynnag ydych chi'n byw – os ydych chi o dan 18 oed, mae hawliau plant yn perthyn i chi. Deddfau ydyn nhw sydd wedi cael eu creu i'ch helpu chi ddatblygu, ac mae Llywodraeth Cymru wedi eu mabwysiadu. Maen nhw'n cynnwys hawliau ynghylch bywyd, goroesi a datblygu, safon byw digonol, a'r safon uchaf bosib o iechyd – gan gynnwys iechyd meddwl. Maen nhw hefyd yn cynnwys eich hawl i ryddid meddwl a mynegiant, hawl yr oedd Kai ac Om yn ei weld mor werthfawr.

Mae'n drist bod hawliau plant yn cael eu hanwybyddu'n aml. Mae bylchau mawr rhwng hawliau mewn egwyddor a hawliau sy'n digwydd go iawn. Ond mae gennych chi hawl i lais, ac i gymryd rhan ym mhob penderfyniad sy'n effeithio arnoch chi er mwyn i chi weithredu i wneud newidiadau cadarnhaol, er eich mwyn chi ac eraill. Mae llawer o fudiadau defnyddiol yn gweithio i gefnogi hawliau, ond gallech chi ymweld â gwefan www.amnesty.org.uk i ddarganfod sut i ddechrau grŵp ieuenctid Amnest yn eich ysgol neu yn eich cymuned chi, ymuno â Rhwydwaith Hawliau Plant neu ddefnyddio adnoddau addysgol Amnest am ddim.

Diolchiadau

Ni allai *Cwymp y Cysgodion* fod wedi cael ei hysgrifennu heb ysbrydoliaeth, angerdd a chefnogaeth llawer o bobl yn fy mywyd, ers i mi ddechrau gweithio ym maes theatr gymuned ac ieuenctid. Nid oes lle yma i ddiolch iddyn nhw i gyd, ond os yw ein llwybrau wedi croesi ym myd ysgrifennu, celf neu theatr, a'n bod wedi cydweithio neu wedi treulio amser yn trafod y ffordd orau o gysylltu â phobl ifanc a'u helpu i ddod o hyd i ryddid mynegiant, derbyniwch fy niolch yn ddiffuant.

Ni ddaeth yr hyder i gyhoeddi fy ngwaith nes i mi fagu fy nheulu. Yn gyntaf, diolch i fy nghariad mawr Leo a'n tri phlentyn anhygoel sydd wedi hen dyfu erbyn hyn, sef Maya, Keshin ac Esha. Rhain yw fy ysbrydoliaeth a'm hanogaeth fwyaf mewn bywyd ac wrth ysgrifennu.

Diolch enfawr i Sophie Gorell Barnes o Asiantau Llenyddol MBA sydd bob amser wedi bod â ffydd yn y nofel hon ac wedi ei gweld trwy lawer o newidiadau nes iddi ddod o hyd i'w lle yn Little Tiger, wedi'i chomisiynu gan Ruth Bennett. O'r cychwyn cyntaf fy nghyd-weithwyr ar y stori hon oedd Ruth a'm golygydd, Mattie Whitehead. Mae mewnwelediad dwfn, cefnogaeth ac anogaeth y ddwy wedi gwneud y llyfr hwn yr hyn y mae heddiw. Ni fyddaf fyth yn anghofio cred Mattie yn y nofel hon, a'i hymroddiad a'i dawn i gwblhau'r stori trwy'r cyfnod clo, gan gynnwys erthygl olygyddol yn y Rec a ysbrydolodd y lleoliad. Hoffwn ddiolch i'r holl dîm anhygoel yn Little Tiger a phawb arall a fu'n gweithio ar y llyfr, er mwyn iddyn nhw gael eu gweld a'u llongyfarch am eu hangerdd dwfn at y stori hon ynghyd â'u gofal wrth ei chyhoeddi: Ruth Bennett, Mattie Whitehead, Charlie Moyler, Lauren Ace, Nina Douglas, Dannie Price, Summer Lanchester, George Hanratty, Sarah Shaffi, Kate Newcombe, Demet Hoffmeyer, Nicola O'Connell, Tom Truong, Lucy Rogers a Jane Tait.

Mae'n golygu llawer i mi fod Lauren Ace yno ar ddechrau fy nhaith i fel awdur pan oeddwn yn ysgrifennu drafftiau cyntaf y nofel hon a bod Lauren wedi dod yn awdur mor wych ei hun.

Mae darlunydd y gyfrol hon, Natalie Sirett, wedi bod yn ffrind ers pan oedd ein plant yn y feithrinfa. Roedd cael byrddau arlunio a phebyll sari yn yr ardd yn rhan bwysig o fagu plant. Rwyf wedi edmygu chwedlau anhygoel Natalie ym myd celf ers hynny. Rhoddais ddrafft o'r stori hon i Natalie flynyddoedd lawer yn ôl a chefais fy syfrdanu gan y delweddau a gyflwynodd i mi mewn ymateb iddi. Ni allaf ddiolch digon i Natalie am ei hysbrydoliaeth i'r nofel hon nac i Charlie Moyler am ei gwaith anhygoel ar y dyluniad, oherwydd mae'r hyn mae'r cymeriadau ifanc yn methu ei fynegi mewn geiriau yn cael ei ddal mewn celf.

Diolch i gymuned anhygoel Canolfan Ffoaduriaid ac Ymfudwyr Islington, yn enwedig i'r ffrindiau gwych Jane Ray a Ros Asquith a phawb sydd wedi mynychu'r dosbarth dros y blynyddoedd ac wedi teimlo pwerau iacháu celf ac ysgrifennu.

Diolch i Robby Sukhdeo yn arbennig. Y tro cyntaf i mi gyfarfod ag ef oedd adeg symud i'n cartref ugain mlynedd yn ôl. Rwyf wedi fy syfrdanu gan y ffordd y mae wedi trawsnewid darn o dir trefol gyda chymorth ei deulu a'i gymuned, darn o dir a esgeuluswyd, a'r ffordd y mae wedi gweithio gyda'r fath ffydd a dychymyg a gofal am yr holl bobl ifanc a ddaeth o hyd i'w ffordd yno. Mae enw addas i'r Rec bellach, sef Maes Hamdden Oliver Tambo. Rwyf wedi gwylio flwyddyn ar ôl blwyddyn wrth i'r lle arwain at ryddid, chwarae, addysg, amser hamdden, cydraddoldeb, potensial a chydlyniad cymunedol. Mae amynedd ac arweiniad Robbie wedi newid bywydau llawer o bobl ifanc ac mae eu gobeithion, eu hanes, eu colledion a'u chwerthin i gyd wedi'u plannu ar y Rec hwnnw. O ran y cigfrain ... dwi wedi gwylio eu harferion nhw ers blynyddoedd hefyd, ac mae'r diolch iddyn nhw am Glaw a Bwa.

Diolch i'r awduron gwych Az Dassu, Gill Lewis, Nicola Penfold a Jasbinder Bilan am eu hanogaeth wrth ddarllen copïau cynnar o'r stori hon ac am fewnwelediad a chyngor Sarah Shaffi. Diolch i Onjali Q Rauf, Maya Sanbar a Juliet Stevenson, Nicky Parker a'r tîm yn Amnest Rhyngwladol am fod yn ysbrydoliaeth ddyddiol i ddilyn llwybrau o olau cymunedol yn lle'r cysgodion.

Mae fy niolch yn fawr iawn i'r llu o bobl ifanc rydw i wedi gweithio gyda nhw a'u mentora dros gyfnod o ddeng mlynedd ar hugain yn y celfyddydau, theatr ieuenctid, addysg ac ysgrifennu, am bopeth rydych chi wedi'i ddysgu i mi, ac yn parhau i wneud. Mae dyheadau a dymuniadau teithiau bywyd wedi'u nodi ar y tudalennau hyn. I chi'r darllenwyr am godi'r llyfr hwn mae'r diolch olaf a mwyaf twymgalon ... Gobeithio y byddwch chi'n dod o hyd i'ch ffordd eich hun i fynegi'r hyn na ellir ei fynegi bob tro yn nhrefn arferol amser.

Nodyn yr Awdur

Taith bywyd oedd taith ysgrifennu *Cwymp y Cysgodion*. Dechreuodd y cymeriadau ifanc ddod i'r amlwg flynyddoedd lawer yn ôl ac mae haenau'r stori hon yn tarddu o'm dechreuadau yn y gymuned gyda phobl ifanc oedd yn ffrwydro gyda photensial ond oedd eisoes wedi'u gwahardd o'r ysgol. Ganddyn nhw y dysgais beth sy'n digwydd pan nad oes gan bobl ifanc rwydi diogelwch cymorth teuluol a chymdeithasol, ac yn dioddef effeithiau hirdymor hiliaeth.

Rwyf wedi gweithio ym maes Addysg Celf ers deng mlynedd ar hugain, gan helpu i ddatblygu potensial pobl ifanc sy'n agored i niwed mewn cymdeithas, drwy gynnig y celfyddydau fel ffordd drwy'r tymhestloedd y maen nhw yn eu hwynebu. Mae'r stori hon yn deyrnged i'r bobl ifanc sy'n cerdded y ddaear hon yn y cysgodion, ac ynddyn nhw fe welwch bobl o ddewrder ac egni mawr yn ymdrechu i wireddu eu breuddwydion ac yn gweiddi am gymorth.

Mae'r bobl hynny sydd wedi goroesi o fod yn ffoaduriaid wedi bod yn ganolog i'r gwaith hwn ers y dechrau. Rwyf wedi dod o hyd i ysbrydoliaeth mewn celf yn ogystal ag ysgrifennu fel modd o fynegi'r hyn nad yw'n hawdd ei ddweud, efallai. O'r gwaith hwn cafodd Omid ei eni. Roeddwn yn gwybod erioed y byddai ei gelf yn allweddol i adrodd y stori hon. Mater o foddhad creadigol mawr i mi yw trosglwyddo'r geiriau amhosibl eu mynegi i Natalie Sirett, er mwyn iddi hi allu eu mynegi mewn celf. Mae angen meithrin ein bydoedd symbolaidd trwy gydol ein bywydau ac rydym yn colli'r nofel ddarluniadol pan fydd ei hangen hi arnom fwyaf. Rwyf mor hapus eu bod yn ganolog i'r stori hon.

Dro ar ôl tro rwyf wedi gweld sut mae'r profiad o ddod o hyd i lais drwy ddrama, ysgrifennu, dawns, canu, celf, peintio, chwarae, ynghyd â chysylltu â byd natur wedi bod yn achubiaeth i lawer o bobl ifanc. Dyma'r rhwydi diogelwch mwyaf anweledig o greadigrwydd nad ydyn nhw'n cael eu gwerthfawrogi.

Yn ystod y blynyddoedd ers i mi greu'r cymeriadau hyn, mae nifer y gwaharddiadau o'r ysgol wedi codi i niferoedd brawychus ac mae'r argyfwng iechyd meddwl bellach yn effeithio ar y mwyafrif o deuluoedd a chymunedau. Yn ystod y pandemig COVID byd-eang mae pob plentyn wedi profi sut brofiad yw bod y tu allan i gatiau'r ysgol.

Os wyt ti neu dy ffrindiau'n cael trafferth gyda phryderon iechyd meddwl, paid ag oedi cyn chwilio am help. Nid oes unrhyw stigma mewn gofyn am help. Dywed wrth aelod o'r teulu, ffrind, rhywun rwyt ti'n ymddiried ynddo yn dy ysgol, coleg neu brifysgol neu dy feddyg teulu. Os ydy hi'n haws i ti siarad â rhywun y tu allan i dy gymuned, mae yna elusennau sy'n bodoli i helpu, gan gynnwys Young Minds a Papyrus, elusen atal hunanladdiad. Mae eu manylion ar-lein.

Rwy'n credu'n gryf bod straeon yn aros am eu hamser. Cyhoeddir *Cwymp y Cysgodion* mewn cyfnod pryd, yn fyd-eang ac yng ngwledydd Prydain, nid ydym erioed wedi gweld mwy o anghydraddoldeb rhwng y rhai sydd â'r adnoddau mwyaf, a'r tlotaf mewn cymdeithas. Mae mynediad i addysg wedi bod yn bwysig i bawb, ond y rhai mwyaf bregus fydd â'r bryn uchaf i'w ddringo. I fi, mae'n addas bod Kai a'i ffrindiau, sydd wedi wynebu'r trawma ac wedi goroesi, yn adrodd y stori hon o ben eu Gwyrddlas Fryn gan anfon neges o wytnwch a gobaith.

Rwy'n gobeithio y bydd y nofel hon yn gatalydd i lawer o awduron ac artistiaid newydd sy'n chwilio am yr aur ar ddiwedd yr enfys. Gyda gobaith mawr ar gyfer y dyfodol, rwy'n trosglwyddo'r ysgrifbin hwn.

Am yr Awdur

Mae Sita Brahmachari yn awdur nofelau, nofelau byrion, straeon byrion a dramâu sy'n cael eu canmol a'u darllen yn eang. Mae ganddi gefndir mewn gweithio ym myd theatr ieuenctid a chymuned ac mae ganddi MA mewn Addysg Gelfyddydol. Enillodd Wobr Llyfr Plant Waterstones gyda'i nofel gyntaf, *Artichoke Hearts*, ac anrhydeddwyd ei gwaith *Tender Earth* gan y Bwrdd Llyfrau Rhyngwladol i Bobl Ifanc. Mae ei nofelau niferus wedi cyrraedd rhestr fer Gwobr Llyfr UKLA a Gwobr The Little Rebels. Mae hi wedi'i henwebu ar gyfer Medal Carnegie CILIP, a'i gwaith wedi cael ei gyfieithu i lawer o ieithoedd ledled y byd. Hi oedd Awdur Preswyl The Booktrust, a hi yw'r Awdur Preswyl yng Nghanolfan Ffoaduriaid ac Ymfudwyr Islington. Mae Sita yn llysgennad Amnest Rhyngwladol ac yn Gymrawd Llenyddol Brenhinol. Mae hi'n byw yn Llundain gyda'i theulu.

Am y Darlunydd

Mae Natalie Sirett yn artist amlgyfrwng sydd â'i gwaith yn cael ei ddangos yn rhyngwladol, ac mae ganddi ddiddordeb ynom ni, ein cyrff, ein straeon. Mae ei gwaith yn aml wedi archwilio materion sy'n ymwneud â delwedd y corff a phoenau tyfu llencyndod. Mae *Cwymp y Dynion* yn brosiect a rannwyd gyda Sita Brahmachari dros nifer o flynyddoedd ac mae wrth ei bodd ei fod wedi dwyn ffrwyth. Mae Natalie yn byw ac yn gweithio yn Llundain.